薬の魔物の解雇理由

Ayaka Sakuraze
桜瀬彩香

As
イラスト：アズ

TOブックス

目次

005 プロローグ
007 就職し婚約者が出来ました
024 薬の魔物に任命しました
041 残業代をお支払い下さい
059 魔物が厄介なものを集めてきました
077 朝食は妖精の料理です
093 白い闇と雨だれの酒（煉瓦の魔物）
098 リボンと楓の木（ディノ）
104 真夜中に訪れます
116 仕事が終わったら街に出ます
122 婚約者を慰めたら婚約破棄されました
143 魔術師と通信妖精（エーダリアとヒルド）
156 庭で迷子になり魔物を持ち帰りました
180 魔物を不注意で潰しかけてしまいました
191 金貨色の訪問者です

202 大事な魔物が怪我をしました
220 報復措置を取ろうと思います
249 羅針盤が職務放棄します
258 魔物に命を狙われました
274 エピローグ
281 ウィームの小さな物語集
282 調香の魔物とこれからのカード
292 たった一人のお姫様
301 私の大好きな人
307 調香の魔物と優しい工房
317 ホットワインとリノアール
338 あとがき
340 薬の魔物の特別図鑑

イラスト
アズ

デザイン
團 夢見
（imagejack）

プロローグ

「何でも願いを叶えてあげるから、私の願いをきいてくれるかい？」

そんな麗しい囁《ささや》きが落ちたのは、暗い夜の森。

この世界では名前が魂に繋がるらしいと知り、絶賛封印中の本名はネアハーレイなネアは、現在、頭を抱えて己の運命を呪っているところである。

諸《しょ》事情から、与えられた部屋を抜け出して訪れた夜の森は、様々な色彩と不思議に溢れ、溜息を吐きたいくらいに美しかった。無造作にしゃがみ込んだこの足元にすら、色とりどりの花々が咲き乱れているのは、やはり異世界らしい美しさと言えよう。

（……でも、美しいというなら、この生き物の方なのだ）

そろりと見上げた視線の先には、すらりと背の高い、美しい男が立っていた。

清廉な雪と同じ色の長い髪には、淡く淡く、虹のような色合いが宿る。

ラベンダーにミントグリーン、淡い水色に、色相を変えた青を何種類も薄く滲ませたような影。仄《ほの》かに色付くくらいの薔薇色は繊細《せんさい》で、檸檬《れもん》色に見えるのは透けるような金色であるのかもしれない。そんな、真珠《しんじゅ》色のゆるやかな長い巻き髪の美しさも格別なのだが、こちらを見ている、澄んだ水に鮮やかな紺《こん》色のインクを一滴だけ垂らしたような色をした瞳は、内側に光を孕《はら》むように鮮やかだ。それらのぞくりとするような美貌《びぼう》をどこか無垢《むく》に見せているのは、水紺《みず》色の瞳に浮かぶ、微《かす》かに不安げな様子だろうか。

服装は、色味を違えた白で統一しており、ほんの僅《わず》かに青みのある白のフロックコートのような形の上着に、雪のように白いクラヴァットを巻いた貴族的な装いである。とは言え、膝《ひざ》下までの長さの上着に施された刺繍の精緻《せいち》さや、縫い込まれた宝石や結晶石の光り方を見ていると、そこに宿る煌《きら》めきは、これ迄《まで》に知っていた宝石とはまるで違うものなのだろう。

「どのような願いでも、叶えられるということはないでしょう。あなたは、何の魔物なのですか？」

(魔物を捕えるには、鏡の前で歌乞《うたこ》いをするらしい)

儀式の場に用意された鏡に向かって歌い、その歌声に引き寄せられた魔物が姿を現したところで、交渉に入るのが、歌乞いの契約までの流れだと言う。幸いにも、教本に書かれている魔物は、低階位の存在であれば身近な存在のようだったので、これならばと胸を撫で下ろしたのが、つい先程のこと。

(でも、……これは)

手順の書かれた教本を渡されていたのを良いことに、本来は儀式殿で行われるという召喚の儀を、夜の森でこっそり行ったのがいけなかったのだろうか。それとも、魔術に浸された水鏡で行うべきことを、ポケットに入っていた手鏡で、まぁいいかえいやっと、やってしまったのが最大の敗因だろうか。はたまた、教本を読みながら複雑な儀式詠唱を行ったので、おかしな片言を発したからだろうか。

結果としてネアは、予定とはだいぶ違う魔物を呼び出してしまったようだ。

就職し婚約者が出来ました

それは、静かな静かな朝だった。

ネアは、もう、家のどこにも紅茶がない事に気付き、しょんぼりと眉を下げて、昨晩煮出してしまったティーバッグの残骸を持ってきた。ぐりぐり押してお湯に漬け込めば、少なくとも紅茶風味のお湯は飲めるだろうかと考えながら、火を熾《おこ》せなくなった、古い石油ストーブを悲しく一瞥《いちべつ》する。

それでも今朝は、薄切りのバタートーストがあるのだ。バターを買う為には紅茶を諦《あきら》めざるを得《え》なかったが、焼いたパンにじゅわりと染み込む黄金色のバターを、一月ぶりに堪能《たんのう》出来る。時として人間は大義《たいぎ》の為に犠牲《ぎせい》を払わねばならず、それが今朝は、お湯が色づくこともないくらいに酷使《こくし》されたティーバッグだったというだけだ。とは言え、そろそろ、庭や公園に生い茂《しげ》る何かが、芳しい紅茶の材料になるかどうかを試してみる頃合いかもしれない。そう考えて、きりりと孤独に痛んだ胸に少しだけ目を閉じてからぱちりと目を開くと、ネアは、美しい森の中に一人で立っていた。

「え……」

これは一体何事だろうとぱちぱちと目を瞬き、色鮮やかな森の中で立ち尽くす。

そこは、とても美しい森だった。

その美しさに、ほうっと息を吐き、けれども、おそるおそる周囲を見回してみる。

（……森？）

ふくよかな秋の色彩に満ちるのは、大きな木々の天蓋から灰色の雲に覆《おお》われた空が落とす、薄紫《うすむらさき》がかった不思議な光。青緑色の針葉樹めいた木々と、色づき、けれどもよく知る秋の彩りとは違う、淡い色彩や白みの紫などで整えられた枝葉が、パッチワークのような美しさの落葉樹の木々。見上げるほどの大木の幹にはきらきらと光る鉱石のようなものが育ち、森のそこかしこには、まるで春や初夏の豊かさで花々が咲き乱れていた。

百合に薔薇《ばら》、鈴蘭《すずらん》に菫《すみれ》。ライラックに似たラベンダー色の花を満開にした木や、指先ほどの大きさの、ふっくらとした薔薇に似た花が咲いている茂み。ぼうっと内側が光っていたり、光の粒を細やかに落としていたり、全てが一枚の絵のような不可思議な美貌で佇んでいる。

（おとぎ話の森だわ……）

ふすんと感嘆の息を吐き、ネアは、夢中でその森を見ていた。

自分はなぜここにいるのだろうと考えるよりもまず、おとぎ話の森の美しさに圧倒されてしまい、見たことのない不思議な光景に胸が震える。

しゃりんと硝子《ガラス》のベルを鳴らすような不思議な音に振り返り、小さな光に目を凝《こ》らせば、ぱたぱたと飛んでゆく、真ん丸な兎《うさぎ》のような奇妙な生き物が見えた。もふもふむちむちとした灰色の生き物の背中には、蜻蛉《とんぼ》と蝶の間といった感じの繊細な羽がある。どう考えても、あのむちむちの体に対して羽が小さ過ぎるが、その生き物は軽やかに飛び、木立の向こうに消えていった。

「……え、」

一拍《いっぱく》遅れて、自分が何を見たのかを理解し、ネアは、息を呑《の》んだ。

（よ、妖精の羽が生えているように見えたけれど、……これは、夢？）

強張《こわば》った息を吐き、そっと手を伸ばして、はらりと落ちてきた花びらを、手のひらに載せてみる。

（……きれい）

おまけに、手のひらに落ちたラベンダー色の花びらは、しゃわりと崩れて光の粒子になって消えてしまうではないか。これはもしや魔法の類《たぐい》だろうかと目を瞠《みは》り、呆然としたまま周囲を見回していたネアは、自分の手のひらに視線を戻したところで、今の着衣の心許《こころもと》なさに気付いて眉を顰《ひそ》めた。

残念ながら、魔法の森に探索に行く予定はなかったので、着の身着のままだ。仕事に出かけようとしていたので着替えは済んでいたが、簡素なウール地のワンピースを着ているばかりで、見知らぬ森の中に放り出されるのなら、せめて、コートくらいは着てからにしてほしかった。

（……夢でなければ、無意識に家を出て、どこかに迷い込んでしまったのだろうか？）

現在は少しばかり異世界感が強めだが、この問題をより現実的に考えるのなら、病による幻覚や、犯罪絡みの遭難かもしれないという恐ろしい推理も出来る。

（でも、家の近くに森林公園はあるけれど、こんなに深い森は、街の郊外にしかない筈《はず》だわ……）

眠っている間に、夢遊病者のように遠くの森まで出かけたのだとしても、ネアが暮らしているのは、生まれ育った英国の、それなりに都市部の住宅地なのだ。手入れの行き届いていない古い屋敷の周囲は、昔からの閑静《かんせい》な街並みではあるが、こんなにも自然豊かなところまで出かけてゆくのには、それなりに時間がかかる。加えて、大きな木の幹が、宝石のように美しく結晶化している事をどう説明すればいいのか。となるとやはり、ここはネアの知るどこでもないような気がする。

何しろこの森には、妖精がいるのだから。

夢でもなさそうだぞと考えて首を傾げてしまうのは、ふくよかな森の香りや、清しい花の香りが、あまりにも瑞々しいからだろう。頬に触れる秋風の冷たさや、踏み締めた落ち葉がぱりぱりと鳴る音も夢にしては鮮明過ぎる。だとすれば、本当の自分はもう、あの屋敷でひとりぼっちのまま死んでしまっていて、ここは死後の世界なのかもしれない。

(……ただ、そうなると、私に与えられる死後としては、少し贅沢《ぜいたく》過ぎるような気がするわ)

そう考えて首を傾げるのも当然だろう。

ネアは、それなりに大きな罪を犯した人間なのだ。


ネアことネアハーレイという人間は、ある人物への復讐《ふくしゅう》を成就させたことがある。

家族を殺した人なのだ。相応の報《むく》いではないかと言いたいところだが、ネアがそんな事をして家族が喜ぶ筈はないのだから、その復讐は所詮、身勝手な自分自身の為のものだった。

けれども、不運や不幸と呼ばれるネアにとっての見慣れた客人は、親族達が集まった歌劇場で痛ましい事件を起こしたり、大事な弟を病気で連れ去ったりしながら、少しずつネアの一族を、ネアから削ぎ落していった。だからこそ、最後に残った両親までもが、理不尽な理由で命を奪われた時、たった一人で残されたネアは、自分を生かす為に復讐をするしかなかったのだ。

今もまだ、瞼《まぶた》の裏の暗闇に潜《もぐ》ると、あの秋の夜の雨音が聞こえる。

高貴な人達の集う店で、その取り巻きに紛れ込み、ネアは初めて彼に会った。

煙草《たばこ》の煙と物憂《ものう》げな音楽の中で短く言葉を交わしただけのその人の眼差しが、思っていたよりもずっと疲弊《ひへい》していたことは、きっといつまでも忘れられないだろう。それでもネアは、その人が任された大きな式典で、彼を破滅に向かわせるに違いない事件を起こし、彼を破滅させた。

幸いにも、彼の一族の携わる事業の障害として殺された外交官夫妻の娘が、招待客のテーブルに置かれたグラスに毒が入っていたかのように振舞《ふるま》って、自ら毒を呷《あお》ったのだと気付く者はいなかった。或いは、気付いていたとしても、まだ若い彼を失脚させ、豊かな土地を奪う為に、その事件は彼らにとってても好都合だったのだろう。

集まった要人を毒殺せんとする企みがあったと糾弾され、檸檬畑やオリーブ畑の縁取りのある青い海に囲まれた異国の街で、その人は、台無しになった式典の責任を取らされる形で粛清《しゅくせい》されたという。素人配分の毒は、それを飲んだネアの体もぼろぼろにしたが、辛うじて生き延び、長い入院生活を終えた後で、ネアは、両親を殺した人の乗った車が海に落ち、彼が帰らぬ人になったという、訃報《ふほう》を聞いた。


つまるところ、ここにいるのは、そんな履歴を持つ人間である。

復讐を終えた後にも、不思議なくらいにちゃんとネアの人生は続いていたが、あの事件が、ネアという人間を模る出来事であることは間違いない。であるのならば、あんな風に自分の意思で誰かを破滅させたことのある人間を、こんなに美しい死後の世界に案内してしまっていいのだろうか。

それともこれは、復讐を終えても、子供の頃に読んだおとぎ話のように、物語の最後をハッピーエンドにひっくり返す魔法を得られないまま、ひとりぼっちで生きたネアへの最後のご褒美《ほうび》なのだろうか。

そんなことを考えながら歩いていたネアは、森の木立の向こうを駆けてゆく淡い水色の牡鹿《おじか》を見付けてしまい、物語の中に出てくるような美しさと不思議さに、思わず笑顔になる。

名前を呼んでくれる人がもう誰もいなくなって、食べる物がない程に困窮《こんきゅう》するようになったネアが一番悲しかったのは、この世界には、おとぎ話のような魔法が一つもないという事だった。

いつか、この悲しくて恐ろしい日々を、おとぎ話の作法で消してくれる特別な事が起こるかもしれないだなんていう子供じみた愚《おろ》かな願いを、ずっと隠し持っていたのだ。そんなネアが、この不思議で美しい森にすっかり夢中になってしまうのは、当然とも言えよう。

（……もしかしたら、一生分の幸せをぎゅっと纏《まと》めた、私の最後の取り分なのかもしれない！）

不幸なばかりではなかったが、支給された幸運の量が他の人達より少ないのではと感じる事は多々あったので、となるとこれはもう、正当な取り分でいいような気がする。元々強欲《ごうよく》な人間は、そうやって自分に言い聞かせると、ちりりと疼《うず》いた罪悪感はぽいっと捨ててしまい、なんだかとても素敵なこの状況を、心から満喫《まんきつ》させていただこうではないかと笑顔になる。

もしここが、死者の国に向かう為の経由地のような場所で、滞在時間にも上限があるのだとしたら、せめて時間いっぱいは堪能しなければ損だ。そう考えたネアが、大きな木の根元の紫陽花のような花を咲かせた茂みを揺らしてしまい、驚いて飛び出してきたぽわぽわの毛玉のような不思議な生き物に、目を丸くしていた時のことだった。

「託宣《たくせん》に示されたお方とお見受けします。お迎えに上がりました」

突然、それまで誰もいなかった筈の後方からかけられた声に、ネアは、ゆっくりと振り返る。

そこには、王宮の近衛騎士のような美麗《びれい》な装いで統一された、騎士と思わしき者達が立っていた。

この世界には、歌乞いという役職があるらしい。

この世界という不穏な枕言葉は、ネアが、異世界から呼び落とされた迷《まよ》い子《ご》だと判明したからなのだが、とは言えそれはもう、さしたる問題ではなかった。

勿論《もちろん》それは、ネアハーレイという人間の履歴としてはとても大事なものだ。然《しか》し乍《なが》ら、現状、それどころではない難解な状況に置かれているのだから、ひとまずその事実は置いておこう。何しろ、今のネアには、そうせざるを得ない悲しい事情がある。

この世界では、どこからか呼び落とされた来訪者を迷い子と言うらしい。だが、そんな迷い子は皆、稀有《けう》なる美貌や魔術を有しているという前提もあるそうだ。残念ながら、その全ての基準に達しておらず、結果、拾われた先で迷い子として認識されなかった可哀想な人間がここにいる。とは言え、そんな人間は、なかなかに警戒心が強く、なかなかにしたたかであった。

（職業の斡旋《あっせん》を受けられるのなら、自ら波風を立てることもないのかしら……）

不思議な森に迷い込んだネアを迎えに来たのは、ヴェルクレアという名前のこの国の、ウィーム領という土地に属する領主と、そのお付きの騎士達であるらしかった。そんなウィーム領の森で保護されたネアは現在、ウィーム領主の館に招かれ、自分の履歴を詳《つまび》らかにするよりも、ここは我が身の安全こそが大事であるという決心を促《うなが》してくる、異世界の職業斡旋なるものを受けていた。

館に招かれるなり、この、適性があるという仕事についての説明が始まったのだが、テーブルの向かいには領主と託宣の巫女《みこ》という少女が座り、その長椅子の後ろには、領主の護衛だというこのウィーム領の筆頭騎士と、その相棒《あいぼう》であるという美しい青年が立っている。とても、示された仕事を断れる雰囲気ではないのだが、まさか、強制なのだろうか。

歌乞いという、初めて聞く職業についての契約書を、読み聞かせられながら、ネアは、なぜ既に契約締結段階なのだと慄《おのの》きつつ、教えられた職名を脳内で反芻《はんすう》してみる。

（……歌乞い）

それは、こちらの世界でも、随分に特殊な職種であるらしい。

社会的な地位が得られる上に職業特権もあり、何よりも実入りが良い仕事なのだそうだ。足枷《あしかせ》になりそうな地位はいらないが、見ず知らずの異世界で後ろ盾もない今、土地の為政者《いせいしゃ》の承認の上で得られる仕事は、身元の保証を受けるに等しい。

（乗せられた馬車の窓から見た街の様子からすると、このウィーム領というところは、とても豊かな領地なのだろう……）

暮らしてゆく上では安心だが、そのような土地であればこそ、仕事は絶対に必要だろう。

こっそり見回した豪奢《ごうしゃ》な部屋は、天井が高く壮麗な空間を持つ、リーエンベルクという名前の建物の中にある。聞けばここは、元は離宮として造られた建物なのだそうだ。ネアの暮らしていた都市にも、イングランド女王のおわす宮殿はあったが、こうして誰かの住む宮殿に客人として招かれた事はないので、ついついあちこちに見惚れてしまう。

白に、澄んだ水色を溶いたような色合いの壁や柱は見たこともない石材で、彫り込まれた彫刻や夜の森を表現した美しい天井画などは、異世界のものらしい精緻さだ。けれども、そんな人の手で作られた豪奢さよりもネアの目を引いたのは、窓の外の、えもいわれぬ輝きに満ちた美貌の夜の森であった。

このリーエンベルクの周囲にある森は、古くから、妖精や精霊達が住む所であるらしい。

窓からも、そんな森の奥をぽわぽわと飛び交う美しい煌めきが見えており、木々の枝葉や咲き溢れる花々も、ぼうっと光っている。その異世界らしい不思議な風景の美しさに、ネアは、おとぎ話の森を心ゆくまで探検してみたくてうずうずしていた。

（きれい……）

深く古いその森には、きっと良くないものや恐ろしいものもいるだろう。

けれども、その先は物語の領域なのだから、興味津々になるなと言う方が無理なのである。

「まずは、歌乞いとして、魔物との契約を済ませることだね」

すぐに視線が窓の方に彷徨ってしまう、いささか集中力に欠けたお客にそう教えてくれたのは、向かいに座った託宣の巫女だという少女だ。黒髪に山吹色の瞳をした美少女なのだが、老獪《ろうかい》な口調が際立ち、可愛らしいという印象はない。ネアが、ほんの少し緊張感を覚えて職務規定書を丁寧に読み込んだのは、この少女の、外見に見合わぬ老成した口調のせいであった。なお、なぜか言葉は通じるし、文字も問題なく読める。とても助かるので、理由などはさて置き、有り難くこのままにしておく所存だ。

「歌乞いというお仕事は、唱歌《しょうか》を以《も》って呼び寄せた……魔物と契約し、その魔物の性質にあった恩《おん》恵《けい》を得るのですよね？　……魔物という言葉からの印象なのですが、契約する上で弊害《へいがい》は出ないのでしょうか？」

（あまり警戒していると思わせたくはないけれど、よりによって魔物だというし、ここは異世界なのだから、それに相応しい用心をしておく必要もあるのだろう……）

そう考えたネアは、怖々《こわごわ》と訊ねる事で、気弱な性格を印象付けようと試行錯誤《しこうさくご》していた。情報収集の為に今後も沢山の質問を重ねなければならないので、狡猾《こうかつ》な人間だと思われるより、臆病《おくびょう》な人間なのだと思われていた方がいい。相手が、土地の為政者なら尚更だ。

何しろ、ネアのお向かいに座っているのは、エインブレアという名前の託宣の巫女だけではなく、元王族だというこの土地の領主である。おまけに、領内の騎士団の全てを統括する立場だという筆頭騎士とその相棒までいるではないか。騎士の相棒という職については詳細不明のままだが、交渉事に長けていそうな人達ばかりであるし、こちらには異世界的なハンデもあるので、多少はしたたかに立ち回らねばなるまい。そして何よりも、契約相手が魔物というのは何事なのか。そんな種族名を出された以上、とても一般人なネアが、冒険物語にありがちな厄介《やっかい》な展開だけは避けたいと考えるのも、致し方なかった。

「契約の魔物は、例外なくその歌乞いに執着《しゅうちゃく》する。契約する魔物の性別や種族にかかわらず、お前さんは、伴侶や子を得ることは出来ないだろう。だが、孤独を埋めて余る程の恩恵を得られるんだ。その対価だと思うんだね」

（……警戒しようとした矢先に、いきなり、一般的な幸せが全部閉ざされてしまった）

最初に切り出された条件なのだから、一番軽い弊害がそれなのだろう。おまけに、歌乞いになりませんかという提案ではなく、ネアが歌乞いなのはもう確定であるらしい。そこかしこに不穏な予感がしないでもなかったが、ネアは、作り付けた無害な微笑《ほほえ》みのまま、まぁと呟《つぶや》くに止《とど》めた。

向かいの席に座っているのはお偉い方々なので、不敬だと叱られないような受け答えを心掛けているのだが、そうすると、この新しい喋り方はなぜかとても身に馴染んだ。普通とはかくあるべきと、これまで無理に馴染ませてきた軽い喋り言葉より、この方がずっと楽だと知ったネアは、そんな小さな発見に少しだけ嬉しくなる。


異世界なのだ。

異世界なのだからこそ、ここでは、まっさらな人間として生き直すことが出来る。


今迄に背負ってきた煩《わずら》わしさや苦しみをぽいっと投げ捨て、見ず知らずの世界で一から自分を立て直せるということには、わくわくするような不思議な魅力があった。その為にはまず、この新天地で強欲に楽しめるくらいの生活基盤も必要なのだろうが、何も持たないところから始めるという事さえもちょっぴりわくわくしてしまうネアは、初めて知る自分の冒険心に、ふすんと息を吐く。

それは悲しい事なのかもしれないが、元の世界に帰りたいとは思わなかった。

（ということは、その歌乞いの契約さえ上手く交わしてしまえば、契約相手の魔物が、この世界での相棒のような存在になるのだろうか……。ホラー感のある生き物じゃないといいな……）

出会う人達をきちんと見定めなければと、ネアは、自分に言い聞かせる。

見ず知らずの世界で最初に心掛けたのが、出来るだけ冷静になることだった。今のネアには、誰が信用出来る相手なのかを判断するだけの情報も、この世界の知識もない。となれば、異世界から来たのだと騒ぎ立てて怪訝な顔をさせるよりは、遭難者だと思われている内に手に職を付けて、自分なりの居場所を確保してしまう方がいいのは間違いなかった。

（分かっているのは、ここには魔法があって、妖精や精霊、そして魔物がいる異世界で、この国が王政であること。迷い子という存在が、そこまで珍しくはないこと。歌乞いという職があって、私がそれに任命された事。……こちらに来てまだ半日程なのだから、焦って性急な判断をしないようにしなきゃ。それと、今夜はこの建物に泊めてもらえるそうだけれど、美味しいご飯が出たらいいな……）

この国が王政だと知れたのは、外でもない、ネアの向かいに座ったエーダリアという名前のウィームの領主が、元王族であったからだ。

第二王子の肩書が過去形となる彼は現在、王族籍を放棄し、領主という肩書に加え、国内の魔術師達を束ねる組織の長という肩書き迄をも持つらしい。そして、ガレンと呼ばれるその組織こそが、歌乞い達を統括する機関なのだとか。因みに、歌乞いは各国に当代一人と決まっており、ヴェルクレア国は、第三王子の婚約者であった先代の歌乞いを亡くしたばかりという補足が付く。

（……この人達は、私こそが、次の歌乞いなのだと言う。……託宣、というものに示されたから、間違いなくそうなのだと）

だが、エーダリア元王子は、恐らく、目の前の新しい歌乞い候補が気に入らないのだろう。

淡い銀髪に、光の加減でオリーブ色にも見える鳶色の瞳が淡い微笑みを浮かべると、その下の冷ややかな嫌悪感が透けて見え、ネアはげんなりした。どう見てもお人好し王子ではない配色を見た瞬間から、こうなるような嫌な予感はしていたのだ。

（でも……）

王族籍を手放したとは言え、この男性は、ネアには理解しようもない国政の一端にも関わる立場の人間であることは間違いない。国家に一人という歌乞いの出来の良し悪しは、それなりに深刻な天秤の傾きを変えるものだろう。国の紋章入りの馬車で迎え入れられたネアにだって、その程度の深刻さを読み解くことは出来た。

（であればきっと、この歌乞いという職業は、ある程度の国益とならなければいけないお役目なのだと思う……）

自分にはそこまでの力はないような気がすると申告したいのだが、そんな事を言えば、政治的な機微《きび》を理解していると知られてしまう。こんな危険に晒《さら》されることもない元の世界ですら、知らないという事はいつだって便利な鎧《よろい》で、ここではまだその鎧を脱がない方が良さそうだと思うのは、かつてのネアが、まだ子供だという理由で標的から除外され、生き残った人間だからかもしれない。

「前の歌乞いの方は、随分とお若くして亡くなられているのですね」

条件交渉が途切れてもいけないので、ネアは、敢《あ》えて空気を読まずに、ウィーム領主に訊ねてみた。資料として見せられた前任者の功績の年表は随分と短く、何か特別な事情があるのだろうかと心配になったのだ。まさか、目の前に座っているのが異世界からのお客だとは思わない彼等は、それをさも当然かのように示したので、先程のエインブレアの発言から察するに、この役目にはまだ語るべき秘密がありそうではないか。

「君の前任者、アリステルの任期は三年だ。彼女は歴代の歌乞いの中でも、また、この国の歌乞いの中でも、最も高位の魔物を捕らえたからな。その分、身を削る場面も多かったのだろう。だが、その魔術の素養を見る限り、君が、彼女程の魔物を捕縛することはあるまい。他の歌乞いに前線での任務を任せ、後方に控えていれば、然程の摩耗《まもう》もないだろう」

不穏な単語と聞いていない話に目を瞠れば、エインブレアが説明を引き取ってくれる。

「どうやら、お前の周囲には歌乞いがいなかったようだね。歌乞いは、契約した魔物から、その魔物の司《つかさど》る魔術の叡智《えいち》を得ることが出来ると話したね？　だが、その対価として、契約した魔物の願いを叶えてやる必要がある。契約済みの魔物の願いが歌乞いを傷つけることはないが、それでも、魔物の願いというものは、魔術的な契約に於《お》いて歌乞いを削る。とは言え、お前が契約するような魔物であれば、さしたる脅威にはなるまいよ」

「……歌乞いは、国に一人だと理解していましたが、同じ職業の方が他にもおられるのですね？」

職務規定書に書かれていた情報との食い違いがある。とは言えそれは、こちらの世界の常識を知らないネアが、示された説明を読み解けないだけなのかもしれなかった。

「託宣で選ばれ、国家の顔として使役する歌乞いは、各国に一人だ。とは言え、歌乞いというもの自体はそこまで稀少な存在でもないのさ」

「……君は、面立ちからすると異国の者だろうか。生まれた国は何処なのだ？」

（迷い子かな、違うよねという最初の流れで、身元調査が終わったのではなかったらしい……）

幸運にも、そのやり取りで迷い子とは何ぞやという知識を得る事が出来たし、詳細を詰《つ》められずにほっとしていたのだが、契約に必要な常識が足りず、再度追及される羽目になってしまったようだ。この質問には無難な嘘というものもなく、ネアが仕方なく祖国の名前を告げれば、二人は首を傾げた。

「聞かぬ国名だが、西では戦乱続きの大国が斃《たお》れた後に、小さな国が幾つか興されていたな。新興国だろうか」

「かもしれません。気付いたらあの森にいたので、そこ迄どのようにして辿り着いたのかが、私にも分からないのです」

胡散臭《うさん》いことこの上ないのだが、幸運にも、魔術の叡智より示される託宣というものの絶対性は揺るぎなく、ネアの扱いが変化することはないようだった。それは同時に、ネアがこの国の歌乞い筆頭となる事も、変えられないという事でもある。

「悪戯《いたずら》に人間を攫《さら》う妖精もいるし、転移魔術を利用しての奴隷《どれい》の売買もあるからねぇ。粗悪な転移では、記憶なども損なうそうだ。お前さんも、そんな被害者の一人だろう。履歴を辿れずとも構わないさ」

「……歌乞いというものは、魔術儀式で契約を取り付けた魔物を使役し、必要とされる現場に、その力や魔術の叡智などを届ける算段を付ける、仲介業者のようなお役目なのですよね？」

「歌乞いの役割次第だね。職人達の契約の魔物となれば、祝福を授け、より質の良い物を作る才能を底上げするばかりの存在であることが多い。だが、知識を借りる、或いは、儀式や戦事に参加させるという使い方であれば、仲介業者と言えなくもない。お前がなるのは、この後者の歌乞いだ」

「人ならざる者と国を繋ぐという難しいお役目を、私などに託しても大丈夫なのでしょうか？」

「魔術の気配の薄いお前にはわかるまいが、託宣というのは、因果《いんが》で結ぶ言葉の魔術なんだよ。言葉として成された以上、それは魔術の理《ことわり》に縛られる。お前が、この国の歌乞いだということは誰にも変えられないのさ」

どうやら、この世界にはよく分からない規則性があちこちにあるようだぞと、ネアは、頭を抱えたくなった。優しいばかりの世界ではないのは当然なのだが、圧倒的に情報が足りないことをどうにかしなければと考えていたところ、ここで、エーダリアが衝撃的な告白を追加する。

「なお、厄介な因習《いんしゅう》により、君は、現在より暫くの間、私の婚約者となる。高位の魔物と契約する歌乞いの寿命は短い。故に、余計な負担がかからぬようにする為の措置《そち》なのだが、君の魔術階位での契約なら、そこまでの措置は必要ないだろう。負担にならぬよう折を見て解放するが、私の一存では決められぬ事なので、どうか暫くは我慢してほしい」

「……婚約者」

（……それは、あなた自身がとても耐えられないので、私の防壁《ぼうへき》とするべく与えられた肩書きすら、取り上げようとしているという事なのでは……）

彼は美しい男なのだろう。

だからと言って彼の婚約者という立場を魅力的だとは思わないが、寄る辺《べ》のない今のネアには、その肩書きから得られる安全すら惜しい。こうなってくると、早々に身の回りを整えて逃亡した方がいいのだろうか。こんな境遇における正解など知らないが、ここまで歓迎されていないのは少し危ない。

（でも、困窮して乞得るような自由しか選べないのなら、……いっそうもういらないわ）

今朝までのネアは、紅茶すら飲めなかったのだ。

それが今はどうだろう。香り高い紅茶が美しいカップに注がれ、ポットからお代わりする事さえ自由に出来る。貧しいという事程に、心と矜持《きょうじ》を損なう事はない。そして、何一つ選べないという事の最たるものが、貧しさなのだ。だからネアは、多少の不自由や苦労は飲み込んでも、もう一度その惨めさに指先を浸すつもりだけはなかった。

仕事の報酬がきちんと設定されており、衣食住の面倒も見てくれるのなら、いや、有体に言えば、この美味しい紅茶が自由に飲めるだけでも、よく分からない危険そうな仕事を引き受けてみようと思ってしまったのは、元の暮らしに戻されても、そう遠からず破滅したネアだからだろう。

まずはここで、仕事をしながらお金を貯め、適度なところで円満退職させていただくのが理想なのだが、その先のことは追々考えればいい。今のこの瞬間の状況だって、美味しい紅茶をごくごく飲めるだけで、ここに来る迄の生活よりは遥かに恵まれている。

「因みに、お前が呼ぶ魔物の選別は、こちらでも手伝うから安心おし。この国にも、ある程度の伝手《つて》はある。その歌声に集まる魔物がいなくても、他の歌乞いが懇意にする魔物を付けるということも出来るからね」

あれこれ企んでいたネアは、その提案を聞き、ぎくりとした。どれだけネアが狡猾な人間でも、異世界で助けもなく身を立てるのは難しい。だからこそ、契約する魔物を上手に選べば、まだ挽回《ばんかい》の余地があるのではと考えていた。

（それなのに、契約する魔物までこの人達に用意されてしまったら、唯一の味方を得る機会が閉ざされてしまう……）

自分に優しくない人達の、その手の内の魔物に縛りつけられる事だけは、避けるべきだ。何となくだが、その歌乞いとしての契約こそが、ネアのこれからの命運を握る重要な分岐《ぶんき》になるような気がしてならない。

（まずはここで、死ぬ気で踏ん張らなきゃ……だ）

理不尽な成り行きにとても遠い目になりながら、頼りない覚悟をしたその日。

確かにその選択は、ネアの運命を大きく変えたのだった。

薬の魔物に任命しました

「何でも願いを叶えてあげるから、私の願いをきいてくれるかい？」


そんな麗しい囁きが落ちたのは、暗い夜の森。

この世界では名前が魂に繋がるらしいと知り、絶賛封印中の本名はネアハーレイなネアは現在、頭を抱えて己の運命を呪っているところである。

ネアが、一刻も早く手を打たねばと、その夜の内に与えられた部屋を抜け出して訪れた夜の森は、様々な色彩と不思議に溢れ、溜息を吐きたいくらいに美しかった。無造作にしゃがみ込んだこの足元にすら、色とりどりの花々が咲き乱れているのは、やはり異世界だからだろう。

（……でも、美しいというなら、この生き物の方なのだ）

そろりと見上げた視線の先には、すらりと背の高い、美しい男が立っていた。

清廉な雪と同じ色の長い髪には、淡く淡く、虹のような色合いが宿る。ラベンダーにミントグリーン、淡い水色に、色相を変えた青を何種類も薄く滲ませたような影。仄かに色付くくらいの薔薇色は繊細で、檸檬色に見えるのは透けるような金色であるのかもしれない。そんな、真珠色の長くゆるやかな巻き髪の美しさも格別なのだが、こちらを見ている、澄んだ水に鮮やかな紺色のインクを一滴だけ垂らしたような色をした瞳には、内側に光を孕むような透明感がある。

ぞくりとするような美貌をどこか無垢に見せているのは、その水紺色の瞳に浮かぶ、微かに不安げな様子だろうか。服装は色味を違えた白で統一しており、ほんの僅かに青みのある白のフロックコートに、雪のように白いクラヴァットを巻いた貴族的な装いだ。或いは、ここまで貴族的な装飾だとジュストコールと言うべきなのかもしれないが、ネアにはその違い迄は分からなかった。おまけに、膝下までの長さの上着に施された刺繍の精緻さや、縫い込まれた宝石や結晶石の光り方を見ていると、そこに宿る煌めきは、これ迄に知っていた宝石とはまるで違うものなのだろう。

（……少しだけ不安そうにもしているけれど、身を切るように鋭くて、吸い込まれてしまいそうに暗い。これは、とても厄介なもの、……なのだろう）

現れてネアを見た途端、ふわりと微笑んだこの生き物の瞳の中に、確かな愉悦《ゆえつ》としたたかさが見えた。老獪《ろうかい》な獣《けもの》の作為《さくい》がほんの一瞬とは言えあった以上は、絶対に油断をしてはならない。

「どのような願いでも叶えられるということはないでしょう。あなたは、何の魔物なのですか？」

（魔物を捕えるには、鏡の前で歌乞いをするらしい）

渡された教本によると、儀式の場に用意された鏡に向かって歌い、その歌声に引き寄せられた魔物が姿を現したところで、交渉に入るのが契約までの流れだ。幸いにも、低階位の魔物であれば身近な存在だったようなので、これならいけるぞと胸を撫で下ろしたのがつい先程である。

（でも、……これは）

そんな手順の書かれた歌乞いの教本を渡されていたのを良いことに、本来は儀式殿で行われるという召喚と契約の儀を、夜の森でこっそり行ったのがいけなかったのだろうか。それとも、魔術に浸された水鏡で行うべきことを、ポケットに入っていた手鏡で、まぁいいかえいやっと、やってしまったのが最大の敗因だろうか。はたまた、教本を読みながら複雑な儀式詠唱を行ったので、おかしな片言を発したからだろうか。

結果としてネアは、予定とはだいぶ違う魔物を呼び出してしまったようだ。

（……とても綺麗《きれい》で素敵な魔物だけれど、まず間違いなく、私では手に負えないわ）

魔物の階位は、その美醜《びしゅう》で決まるらしい。

人間や、その他の下位の者達を捕らえる力の一端として、高位の人外者程に美しいのだそうだ。例えば、悍《おぞ》ましさこそを資質とする者たちであっても、悍しく美しい、となる。

教本に書かれていたその文言が事実なら、この魔物の階位はどれ程だろう。

綺麗なものには目がないネアであっても、喜ぶより先にこれはまずいぞと判断出来るではないか。

何しろ、あの説明会の後に、エーダリア付きの筆頭騎士の相棒が、実は歌乞いの契約の魔物であると紹介されたばかりなのだ。よりによって、現在の国内最高位だというその魔物よりも、目の前のこの魔物の方が美しいのだ。

（あの、繊細そうで儚《はかな》げな雰囲気の契約の魔物とは、好みが分かれるだろうけれど、それでも……）

あの護衛の魔物を花や宝石に例えるのなら、この魔物は、虹やオーロラだろうか。

それは、形を成して人の手に収まらず、恩寵《おんちょう》や奇跡の類に振り分けられる、もっと得体の知れないもの。人の形をしていても人ならざる者なのだと思い知らせる、善良なものとは程遠い酷薄《こくはく》さだ。

「……そうだね、君が噛み砕けるように言うのなら、……理《ことわり》に近しいもの。或いは、この世界の在り方を司るようなものだろうか」

「……詰みました」

「……おや、嬉しくないみたいだね」

がっくりと座り込んでしまったネアの頭を、伸ばされた綺麗な手がそろりと撫でる。

なぜだかこの魔物は、あんまりな召喚物に警戒心が振り切れたネアが、自損事故の悲しさにへなへなになったあたりから、とても過保護な振舞いなのだ。ひどく嬉しそうにネアを見つめては、怖々と触れてゆき、ネアに触れた指先を見つめて、また嬉しそうに微笑みを深める。しかし、自分のことで頭がいっぱいな人間はそれどころではなく、過ぎたる買い物に対する支払いを逃れようと、必死でじたばたしているところだった。

（概念《がいねん》系の魔物は高位で、その分対価の支払いも大きいって書いてあった！）

「……たいへん申し訳ありませんが、私めのちっぽけな能力では確実に養いきれないので、今回はお断りする方向で……」

「残念だけれど、一度呼び落として言葉を交わしたものは、契約済みと見做されるんだよ」

「……そうなのですね。となると、最初の願い事で即死してしまうのはさて置き、その最初の願い事すら叶えてあげられない予感がするのです。ごめんなさい」

頭を抱えたままそう詫《わ》びれば、不思議そうにこちらを見る気配がある。

「……どうして君は、自分の命に執着しないのだろう？」

目の前の生き物は、魔物らしく人間の心の機微は読まないらしい。

「……多少はしていますよ。ただ、今回のことは、私の処理能力を遥かに超えた事態なので、より心に優しい道を探っているだけなのです」

未知の世界に落とされた挙句《あげく》、命を削るのが前提な職種を割り当てられた時点から、命に執着するしないの葛藤《かっとう》はもう終えた。

(多分これは、そもそもが、私の人生の最後に与えられたご褒美のようなものなのだ……)

だとすれば、見知らぬ世界の美しさを旅人のように楽しみながら、限られた時間を可能な限り愉快に過ごす事に邁進《まいしん》したい。人間という脆弱《ぜいじゃく》な生き物は、そういうところではとても我が儘《まま》なのだ。

「では、どうして私に詫びるんだい?」

「あなたは、呼び出されてしまったから、来てくれたのでしょう? それなのに何も報いてあげられないのですから、申し訳ないと思うのは当然です。魔物にとっての歌乞いというものは、願い事を叶えてくれる恩寵なのだと聞いていますし……」

人間より遥かに長命で高位な生き物が人間に仕えるのは、相応の理由があるのだそうだ。

彼等は、気に入った歌声を耳にすると、そのお気に入りの歌声を独占するべく現れるのだが、そうして現れる魔物達は、困った事にとても独占欲が強い。

歌乞いという仕事への理解を促す為にと、エーダリアから幾つかの契約事例を聞いたネアは、魔物達は、最初から人間を対等な生き物だとは思っていないのだと理解した。彼等は、お気に入りの歌乞いが恋をすることも許さないどころか、契約後は、家族との接触すら許さなくなる。その振舞いには、歌乞いの心を慮《おもんばか》る様子は全く感じられなかった。

(気に入った歌声のお礼に力を貸してあげるという契約なのに、加えてなぜか、契約を交わすのなら、こちらの我が儘も叶えて命も貰うぞと魔物がなるのはなぜだろう……)

これればかりは不思議な事に、魔物には、歌乞いを得ないと叶えられない願いというものが、必ず

あるらしい。そしてそれは、魔物達にとっての切望にも近しい願いなのだそうだ。だからこそ、本来は束縛を嫌う魔物達が、お気に入りの人間であればと面倒な契約に応じてくれるのだが、そんな仕組みを知れば、異世界らしい不思議さに驚いてしまう。

この世界では、強く美しいからこそ万能なばかりではなく、どれだけ高位の生き物にも、魔術の理に応じた規則や限度があり、万象《ばんしょう》を司る者ですら、その縛りからは抜け出せないのだとか。

(例えば、あの筆頭騎士さんの魔物は、人間の作る食事が大好きで……)

歌乞いに「叡智と助力」を与える対価として、その魔物が願ったのは、食事を得る事だ。ひどく安価な報酬のように思われるが、そんな報酬にも魔術のルールが働いている。

食事を提供する歌乞いは、対価として与える食事のみではあるものの、その内容に見合っただけの命を削られてゆくらしく、野菜などでは一週間から二週間、肉や魚、その他の稀少な食材を使ったものの場合は最大一ヶ月。関係のない料理人が作った食事を与えても、その魔物が彼に強請った料理は、なぜか契約者である歌乞いが命を削り、その配分は魔物自身にもどうにも出来ないのだと聞けば、異世界の魔術という、目には見えないものらしい恐ろしさではないか。

(でも、魔物達が歌乞いのことを、恩寵と言うだけのことはある。多少不自由な面があっても、この契約は、彼等にとっては都合のいい部分の方が大きな仕組みなのだろう)

所詮、魔物が得るのはなくてもいい嗜好品で、支払う対価も、無理のない労働の範疇に過ぎない。命を削って彼等の力を借り得る人間とは、差し出すものがあまりにも違う。

「確かに、歌乞いというものは、我々にとっての、ある種の恩寵なのだろうね」

「……恩寵になれなくてごめんなさい」

教本の内容を思い出し、制御出来る見込みのない高位の魔物の目は見ないようにしながら、ネアがしょんぼりと詫びると、どこか微笑みを含んだ眼差しを感じた。それは、この脆弱な人間を皮肉ったものではなく、この上ない上機嫌さの気配を帯びる。

（……不思議だわ。この魔物は、どうしてこんなに嬉しそうなのだろう？）

そうして、ふと視線を上げて気付いてしまった。

きらきらと、そしてふくよかに揺れる夜の森の色彩は、ネアがこの森にやって来た時とは比べようもないくらいに彩り豊かな煌めきに満ちている。まるで、目の前の魔物の機嫌の良さを反映するような変化に、ネアは、あらためてこれは飛び抜けた生き物なのではないだろうかと慄いた。

ぼうっと青白く光る枝葉の影に、しゃりしゃりと育つのは、星屑《ほしくず》めいた光を孕む鉱石の花だ。森の茂みには先程まではなかった花々が咲き乱れ、ゆっくりと枯れ落ちてはまた花開く。

だからこそ、考えるのだろうか。

（そもそも、魔物という生き物は、どうやって扱うものなのだろう……）

このような美しく恐ろしい生き物と、どうやって共に暮らしてゆくのだろう。勝手に儀式を始めておいてなんだが、そのような部分を、託宣の巫女やエーダリア達は、説明しなかったのだ。

何を食べるのか、どんなものを好むのか。苦手なものや、アレルギーだってあるかもしれない。うっかり何かを見せたり与えたりして、こんなに綺麗な生き物が、ぎゃっとなって死んでしまったりしたら、とても悲しいではないか。

「とても初歩的な質問で申し訳ありませんが、私は、……どうやってあなたと接すればいいのでしょう？　ええと、具体的に言えば、食べられないものや、触れるとかぶれるものなどはありますか？」

「私のことは、……ぞんざいに扱って構わないよ」

「呼び出しておいて、何も与えられず、その上でぞんざいに扱うというのは……」

「ではこうしようか。それが、私の最初の願い事だ」

そろりと視線を持ち上げれば、複雑な夜明けの色彩をした美貌の瞳が、こちらを見下ろしている。

「欲求に紐《ひも》付く願い事が、……ぞんざいに扱われることなのですか？」

「そうだね」

（この魔物をぞんざいに扱うことで、私の寿命はどれだけ削られるのだろう？）

聞くところによれば、高位の魔物達は、残忍で気紛れなのだそうだ。例えば、既に不興を買っていて、契約と見せかけてこのまま殺されるという顛末《てんまつ》ならば、是非に辞退させていただきたい。

（歌乞いに対する執着だけは本物だというから、何とか手綱を握れるような魔物を呼び落とそうと思ったのに。気持ちは寄り添わないにしても、上手く力を借りられたなら、頼もしい味方になってくれる筈だったのだけれど……）

ここまで高位の魔物が現れるとは、思いもしないではないか。自損事故とは言え、惨憺《さんたん》たる結果にむしゃくしゃしかけたネアは、ふと、とんでもない疑問を持ってしまった。何かがおかしいぞ、しばし待たれよな気分で、これまでの情報を集約し、脳内を整理する。

（……ぞんざいに扱われるということを、ここでしか叶えられない願い事として抱えているの？）

他の誰にも叶えられない願い事というのは、とても強いものだろう。これだけの魔物なら、ちょっと気安く会話してねという罪のない願いを、わざわざ人間に叶えてもらう必要はない筈だ。加えて、事前に詫びておいたのだから、あっという間に死んでしまいそうなネアに叶えてもらえる願い事が、せいぜい一つくらいなのは知っての事だろう。

つまりこれは、たった一つの願い事として昇華されるぐらいに心からの切実なもの。ぞんざいという言葉を、こうでもしなければ叶えられないような切実で強力な行為として検索してゆけば、恐ろしいことに被虐嗜好《ひぎゃくしこう》という、たいへん危険なワードに変換された。

「それはもしかして、へんた……」

思わず口にしかけた途端、首を傾げた魔物が不思議そうに微笑んだので、口を噤《つぐ》む。

この魔物の特殊な性質がどうであれ、老獪で面倒そうな性格をしているようなのは間違いないので、か弱い人間としては、本音が漏れる発言は慎むべきだろう。

「その願い事への対応は、私の命で足りるでしょうか。確か魔物さんは、契約した歌乞いにかける願い事に応じた分量の歌乞いの命を、自動的に対価として削ってしまうのですよね？」

「日常的に続けてほしいことで、君の命を削ったりはしないよ。勿体ないからね」

「……に、日常的に、ぞんざいに扱ってほしいのですね……というか、貴方の匙《さじ》加減で、削る命の分量を変えられるものなのですか？」

契約の魔物が歌乞いの命を削るのは、魔物にもどうしようもない、魔術的な自然反応に近い対価だと聞いている。そうして失われる命の分量を、魔物自身の意思で変えられるのは初耳だ。

「私以外の魔物には、難しいかな。けれども、君を削らないやり方もあるんだよ」

「……成る程。特例的なものなのですね。……その、あなたの扱い方についてが、まだよく分からないのですが……」

「これではまだ難しいのかな。ごめんね、……私には、言葉の加減がよくわからないんだ」

なぜか原因の魔物まで迷路に入り込んでしまい、悲しそうに眉を顰めている。暗く艶やかな美貌の魔物がそうするとひどく蠱惑的な絵面になり、ネアは、ぱたりと倒れそうになった。

（この色香的なものまで備えているとなると、世界の在り方とやらを司るこの魔物の系譜《けいふ》は、一体どんなものなのかしら……）

この世界の人外者には、総じて属性や系譜の分類があるらしい。それは色などでも判別が出来ると教本には書かれていたが、この魔物の持つ色彩からは、その系譜すら判別が出来なかった。沢山の色を宿した白っぽい生き物ともなると、属性や系譜、概念を色分けするという作業段階から転んで起き上がれないままなのだ。色を持ち過ぎている場合は、その分量が一番多いもので属性を決めてしまったりしていいのだろうか。そうして思い悩み、ぎりぎりと眉間の皺《しわ》を深くしてゆくネアに、魔物はとんでもない結論を出した。

「好きなだけ私を使って構わないし、どのような事も命令していいよ。私は、君にそうされるのが、とても幸福だから、君の命を削るようなことはしないからね」

排他《はいた》的で冷ややかな面差しが、どこか無垢な煌めきで、ほろりと幸せそうに緩む。期待を込めてこちらを見ている瞳は無防備できらきらしていて、主人に忠実でお利口な犬のよう。

「ほ、本物の人です……！」

決定的な一言にわぁっと蹲《うずくま》ってしまったネアを、美しい魔物は不思議そうに見下ろしていた。その、途方に暮れたような無防備な瞳に、ちょっぴり頭を撫でてやりたくなったのは秘密である。

その後、あまり行方不明になっている時間が長くてもいけないのでと与えられた部屋に戻り、ネアは、森で拾った、ディノという名前だという魔物と、今後について話し合う事にした。

ネアが与えられた部屋は、禁足地とされる魔術隔離地の森に面した東棟の広大なスペースだ。ただし、ひと棟をぽんと与えられて豪勢なことだと喜ぶには、諸々の嬉しくない背景がある。

この離宮にいる騎士達は、建物の規模に対してかなり少ない。

当然ながらエーダリアの警護を最優先として配属されており、次が託宣の巫女だ。そうなると、ネアの滞在する棟の警護に回された人数は侘しくも二人となる。

魔法の宿るような美しい夜の森を気儘に眺めていられるのは嬉しいのだが、森に面した壁には大きな窓があるので、もし、森から何かが襲ってくれば、直接被害が及ぶのはこの区画なのではあるまいか。本棟からは距離もあり、有事の際には救助もままならないだろう。禁足地の森は、この国の為政者でも力の及ばない原始的な魔術の地だと聞いているのに、森との間には壁一つないのだ。

そんな人ならざるもの達の領域に、一応は保護されている筈の歌乞いが容易く抜け出せるのだから、こちらの扱いは推して知るべしというものであった。

(託宣で魔術が完成していて捨てられないけれど、早く交代してほしいのだろうなぁ……)

婚約したばかりの相手からの運任せの殺意を感じながら、在任期間二日目に入ろうとしている深夜。この世界をもう少し堪能出来るくらいまでは在任期間を延ばしたいネアが、暗い目で森を見ていると、契約したばかりの魔物が不思議そうにこちらを見る。

「森が怖いのかい?」

「……きらきらしていて、不思議で素敵な森なのですが、この窓は、無用心ではないでしょうか。

この森には、不思議な生き物が沢山住んでいるのですよね？」

「私がいるから安心していい。この敷地内では、自由にしておいで」

リーエンベルクに連れ帰ると、一つ溜息を吐いた魔物は、あちこちの守りが足りないねと呟き、ネアの守護を申し出てくれた。それは、建物だけの守りではなく、ネア本人の守護を継続的にという意味らしい。

そしてなぜか、現在はネアの椅子になっている。

「……長椅子と私の間に、あなたを挟む意味がわかりません」

「でもこれは、私の願い事だからね」

さも当然のように流されてしまい、ネアは、困惑と動揺に肩を落とした。

この魔物は、部屋を抜け出していても気付かれもしない雑な扱いに、しょんぼり眉を下げたネアを見ても空気を読まずに、さて椅子になってあげるよと唐突に提案してきたのだ。出会ったばかりの相手とは言え、厭われるのは悲しい事だ。そんな思いを噛み締めている時になぜ、魔物の膝の上に座らねばならないのか。

「こういう嗜好をお持ちであれば、もっと、向いている方がいらっしゃるのでは？」

ネアの髪色は、深みのある艶《つや》やかな青灰色で、瞳は菫色がかった鳩羽《はとば》の灰色だ。美しいだとか華やかというよりは端正な造作で、この手の嗜好者に受ける容姿でもないだろうにと疑問でならない。

「酷《ひど》いことを言う。私は、君がいいんだよ」

酷いと言いながら、妙に嬉しそうなのはどうだろう。もはや、何が願い事で何が対価と成果なのかわからないネアは、心を無にして流されてゆくしかないし、そんな荒波の中で今後の対策を練らなければいけないのは、なかなかの試練であった。

「では、私に協力してください。あなたが凄い魔物さんだという事を、隠さないといけないのです」

「この国から、便利な捨て駒にされないようにかい？」

それなりに必死なネアの言葉に、魔物は、冷たい声で笑ってネアの髪を撫でた。高位の魔物なのだから、きっとネアの扱いなど一目瞭然なのだろう。

「せっかくこんな素敵な世界に来たのですから、高位の魔物さんを捕まえた事で、無責任に持ち上げられて利用されるのは嫌なのです。私に、政治的なあれこれを掻い潜る才能はありませんし、第一線で戦う胆力も度胸も、皆の為ならばと頑張るような勤勉さすらありません」

「では、私が、他の資質の魔物だと偽ればいいのではないかな。扱える魔術の幅は広いから、何とでもなる筈だ」

「……一番当たり障りがなくて、排除はされないけれど、望まれもしない魔物は何ですか？」

「そうなると、……薬の魔物かもしれないね。最下層の魔物だけれど、人間の生活には不可欠な魔物だと聞いている。連れ歩く必要はなく、所有する益はある魔物で、確か、ウィーム中央には、まだ高位の薬の魔物はいなかった筈だよ」

この土地での仕事としての考察に、ネアは首を傾げる。国の歌乞いだということなので、明日にでも王都とやらに連れて行かれるのかなと思っていたのだが、違うのだろうか。

「拠点となるような大きな都市へ移動すれば、薬を扱う方は珍しくはないのではありませんか？……強欲かもしれませんが、ある程度の安心が買えるくらいの報酬は貰いたいのです」

体を捻って見上げると、魔物は、片方の眉を持ち上げて小さく微笑んだ。

「ああ、君は、なぜ自分が探されたのかを知らないのだね。今、この世界の歌乞い達は、一時的な抗争状態にあるんだ。各国が、歌乞いを使って、とある魔術道具を奪い合っている」

「……何ですって？」

「この国で、その探索の指揮を執るのがこの土地の領主だ。だから彼等は、君をここに住まわせるつもりなのではないかな。その点に於いても、戦闘に従事しない薬の魔物なら安心だろう」

（命に関わる問題についての、圧倒的な説明不足が発覚した……）

それは、か弱い一般人を自負《じふ》するネアが、初めて現婚約者に殺意を抱いた瞬間だった。

けれどもそこで、ばぁんと部屋の扉が開け放たれ、驚いたネアは飛び上がる。

「ネア殿、ご無事ですか⁉」

「グラスト、僕より前に出ちゃ駄目。……あ、」

襲撃かと思ってしまったものの、駆け込んで来たのは、エーダリアの筆頭騎士のグラストではないか。一緒にいた契約の魔物が、こちらを見た瞬間、透明度の高い琥珀《こはく》色の瞳を丸くする。

「……っ、ご無礼をお赦《ゆる》しください」

「ぎゃ⁉」

そしてその直後、がしゃんと激しい音を立てていきなり跪《ひざまず》いてしまったその魔物に、ネアはまたしても驚いてしまう。明らかにまずい音を立てて膝が床石にぶつかったが、骨が砕けたりはしていないだろうか。胸に手を当てて深く頭を下げているので、恐らく、臣下の礼のようなものだろう。

あんまりな反応に、ネアは、契約してしまったこの魔物は一体何者なのだろうかと眉を寄せる。

なぜか部屋がしんと静まり返ったので視線を巡らせれば、グラストは、目を瞠ったまま、凍り付い

たように動かない。そしてそこに、次の訪問者が駆け付けてしまった。

「今の魔術異変は何事だ⁉　何をしでかし……っ、」

王子然とした美貌を驚愕の眼差しに歪めて駆け込んで来たエーダリアは、ディノを視界に収めた途端、ぴたりと止まった。

（あ……）

永遠にも思える長い一瞬の後、エーダリアの体がぐらりと揺れる。その直後、ばたーんと音を立てて倒れてしまったウィーム領主を、ネアは、わなわなしながら見つめていた。

どうやらディノの美貌は、エーダリアには少し刺激が強かったようだ。波風を立てずに過ごし、ある程度のお給金を貯めてここから逃げ出す算段のネアにとって、これは、前途多難と言わざるを得ない大騒ぎなのではないだろうか。目立つのは駄目なのだ。絶対に。

（……で、でも！）

しかし狡猾な人間は、決して希望を捨てなかった。

先程のエーダリアの眼差しには、畏れもあったが、いっそ無防備な程の、強い憧れや感動のようなものがなかっただろうか。そんなエーダリアは、多くの叡智を束ねるこの国の魔術師の長で、ディノは、ネアの手に負えない程の高位の魔物だと思い至る。

（……活路《かつろ》があった……！）

素晴らしい啓示を得てしまった人間は、厳かに頷く。

暫くはここで仕事をしてお金を貯め、ゆくゆくは、ディノをエーダリアに預けて、より心に優しい職場に転職すればいいではないか。エーダリアが、倒れる程に魅せられてしまった高位の魔物との出会いの場を提供してゆけば、国としても問題はないだろう。ディノだって、才能のある魔術師だというエーダリアと一緒に居た方が得られるものがある筈だ。魔物が得られる歌乞いは生涯に一人だけだと言うが、心で結ばれた相手と共にいる事については、制約はないとも聞いている。そんな寄り添い方であれば命を削ることもない筈なので、安心して紹介出来るというものだ。

そう考えると、ずっとひとりぼっちだったネアの心の中でちらりと羨望が疼いたが、ネアは、そんな心の動きはなかったことにして、ふんすと胸を張ったのだった。

残業代をお支払い下さい

北の王宮と呼ばれる、ウィーム領の領主館を、リーエンベルクという。

元は、雪狩りの為の好立地に造られた北の王族の為の離宮だったのだが、あまりの美しさに王宮に定められ、その結果、この地が王都になったのだと教えてもらったネアは、ウィーム領が、以前は一つの国であったことを知った。

石造りの建物の外観は、白と水色、そして青磁の青に艶消しの淡い金色を基調とした優美なもので、禁足地の森の中にひっそりと息づく様は絵のように美しい。正門の前には花びらのみっしり詰まったカップ咲きの薔薇が満開になっており、正門から見える本棟を縁取るように、白に近い水色から淡く儚げなラベンダー色までの、様々な花々が咲き誇っている。

（……今は秋で、それどころか様々な季節の花々が満開になっていても、ここは冬の宮殿という感

じがするのだわ。……冷たい感じではなくて、うっとりする程に綺麗な冬の気配がする）

ああ、ここはおとぎ話の宮殿なのだと思いながら、ネアが、見目麗しい騎士達に囲まれて立派な正門をくぐったのは昨日のこと。今のネアは、上司に、森で勝手に魔物を拾いましたという報告をしに行く為に、ディノからウィーム領について教えてもらっていた。

（ウィーム領を含む、ヴェルクレア四領が統一された戦争を、統一戦争と言うのだそうだ）

土地の祝福と魔術が豊かなウィームは、人外者達からも愛された国だったという。特に王族達は、高位の人外者達とも交流があった為、統一戦争では、ウィームの王族は一人残らず粛清された。

人ならざる者達の庇護《ひご》を受け、穏やかな時代が長く続いたウィームには、その当時、市井に下りた王族の子供達も含め、かなりの数の王家の血を引く民がいたのだそうだ。小さな子供を含むその全員がリーエンベルクに立て籠り、火竜《ひりゅう》を有するヴェルリア国の侵攻に屈したのが、ウィーム王国最後の夜である。ウィーム王族達は、統一を図ったヴェルリア国の王の指揮の下、最後の一人までが徹底的に粛清され、死者の国に行けないようにと、魂すら、呪いをかけられて砕かれたと聞けば、この土地の持つ凄惨《せいさん》な過去に胸が苦しくなる。

こうして、今もリーエンベルクの大部分や、ウィームの街並みが美しく残されているのは、ヴェルリア国側が、この土地を愛した人外者達の心情を慮ったからなのだそうだ。人間達の争いには踏み込まない高位の人外者達も、自分達の土地や、お気に入りの国を荒らされるとなれば黙ってはいない。ウィームの王族達が、全ての国民に家から出ないように命じ、自分達だけがリーエンベルクに立て籠もったのは、そんなヴェルリア側の不自由さを利用し、王家の血を引かない国民を何とか守ろうとしたからなのだとか。とは言え、王族の中にも自分達の為に蜂起《ほうき》してしまった者達を無下《むげ》には出来ず、最期まで戦った者達もいたが、多くの者達は、自身の誇りの為に国民の命を犠牲にする事を、良しとはしなかった。

ここは、かつてのウィーム王族達が、自らに降り掛かる死の災厄を撒き散らさないようにと閉じ籠もった、大きな棺桶《かんおけ》でもあったのだ。

「という事は、エーダリア様は、この地を侵略した国の、王家の血筋の方なのですか？」

「確かにそちらの血も引いているけれど、あの領主は、最後のウィーム王の血を残した者だ。彼の母親は終戦の夜に産まれ、名付けの祝福を受けていなかった為に、粛清を逃れたらしい。終焉《しゅうえん》の系譜には、無垢な命を見逃す為の魔術の約定《やくじょう》があるからね」

「……あの方は、ここに暮らした人達の、最後の一人なのですね」

リーエンベルクの過去を思えば、駆け付けた病院で対面した両親の最期の姿が、じりりと、焦げ付くように目蓋《まぶた》の裏側で揺れる。燃え上がった車の中から回収されたネアの家族も、かつてこの王宮に暮らしたウィームの王族達と同じように、炎に奪われた命であった。

（……私も、ジョーンズワース家の、最後の一人だった）

そんなネアだから、エーダリアは、顔も知らない血族達の最期の地で、どんな思いで過ごしているのだろうと考えてしまう。

現ヴェルクレアの王都のヴェルリアは、四国を統一した国の王都でもある。そこで、三つの敗戦国の中で唯一、王族全員の粛清が行われた国の王女を母として生まれた王子という構図を思えば、エーダリアの政治的な立場はなかなか危ういように思えた。

「……もしかして、歌乞いを使った抗争というものへの対策がエーダリア様に預けられているのは、あの方が、あまり良い立場ではないからですか？」

「どうだろう。良く分からないかな」

エーダリアは仮にも元王子であるのに、ネアが驚いたリーエンベルクの騎士達の少なさは、どうやら通常仕様のものであるらしい。となると、冷遇されているのは何もネアだけではないのだろうか。

そうなると、自衛の為にもう少し踏み込んだ情報も欲しかったのだが、人間には知り得ないような叡智を有する魔物は、残念ながら、人間という生き物の勢力分布などはよく分からないようで、その答えは持っていなかった。

「ふむ。ではそれについては、こっそり探ってみますね。私はてっきり、ここは仮のお宿のようなもので、今後は、王都で暮らすのだと思っていたのです。そちらに行かなくていいのならとても嬉しいのですが、その代わりに、ここから戦場に遠征に出たりするのでしょうか？」

「彼等の説明を聞いた方がいいと思うけれど、成果物が目の前にある状態で他国の歌乞いと遭遇さえしなければ、交戦になるような事はないと思うよ。それに、君が嫌だと思うものは全部壊してあげるから、安心していい」

こんな時、魔物は壊すと言うのだ。

そんな事をあらためて意識し、ネアは、どれだけ人の形をしていても、これは人間とは違う生き物なのだと思い知らされた。何を食べるのかの見当がつかないのがちょっと恐ろしいが、野生の森の獣のようなものだと思っておこう。

「この国で、私の前に同じ任務に就いていた方はいなかったのでしょうか？　もしや、前任者さんはそれでお亡くなりになってしまったのではと思うと、少しひやりとします」

「よく知らないけれど、違うのではないかな。調べておいてほしいかい？」

「……そのお願いをすると、私の命はなくなってしまいませんか？」

「おや、対価など取らないよ」

ふっと、困ったような淡い微笑みを浮かべた魔物の瞳には、言葉に出来ないような微かな悲しみが揺れる。けれども、はっとしたネアが目を凝らした時にはもう、その色は消えてしまっていた。


ネアが契約の魔物を捕まえてしまった一件について、ようやく話し合いの場が公式に持たれたのは、その日の午後のことだ。お披露目《ひろめ》という事であれば、昨晩の内に終わったと言えるのかもしれないが、あんな状態で、エーダリアがしっかりとこの魔物を認識出来たのかはとても怪しい。

（グラストさんという騎士の方にも、怖い思いをさせてしまった気がする……）

グラストと共に駆けつけた契約の魔物の反応は、魔物同士だからこそのものだったらしいが、ネアからしてみれば、今後お世話になるかもしれない組織の目上の人の契約の魔物が、毎回自分の魔物に対して臣下の礼を執ってしまうのは非常に避けたい事態である。何しろネアの魔物は、庶民的な親しみやすさのある薬の魔物として運用する予定なのだ。慌てて、人間社会はとても繊細なので、薬の魔物としての今後の運用の為には、他の魔物を気軽に傅《かしず》かせてはならないと、ディノを調教する羽目になってしまった。

就寝が明け方になったことを思えば、頑張って働いていると言えよう。その間、失神した上司はすやすや眠っていたのがたいへん解せない。

（時間外の手当てや、深夜残業代みたいなものは出るのかしら……）

ふと、そんな事が気になった。

睡眠至上主義のネアとしてみれば、昼夜問わず労働を強要される環境は非常に望ましくない。王族が治めるような土地には残業という概念がない可能性もあるので、まだこちらの組織に馴染んでいない今の内に、細かい労働条件について取り決めておいた方がいいだろう。暫定的に婚約者となっているエーダリアは、一応はネアの身を預かる上司でもある。王都での立場がどうであれ、残業代や労働時間の制定をするくらいの権限はあると信じたい。

「エーダリア様、まずは正面にディノを配置しますね。存分にご堪能下さい。昨晩はエーダリア様がお倒れになってしまい色々ばたつきましたので、深夜の時間外労働が発生しています。今後、時間外労働のご給金は、給与支払い時に合わせてのお支払いとさせてください」

「ま、待て、ネア。一言目から何を言いたいのかわからないぞ」

「なぜ、これと向かい合って座らなければいけないのだろう？」

事務的に話し合いを開始したネアだったが、婚約者は否定から入ってしまいとても面倒臭いし、飼い始めてしまった犬……ではなく、契約してしまった魔物はたいそう我儘だ。皆いい大人なので、発言の焦点こそを汲み上げていただきたい。

（普通に会話して構わないと教えてくれた、グラストさんも引き気味なのは、なぜなのだ……）

本来であれば、ネアは、エーダリアの部下になる。だが、これから正式な説明がある筈の任務の遂行にあたり、その垣根を越えた議論なども歓迎されるらしい。

現在、各国の顔である歌乞いは、とある人外者絡みの事件に起因し、その被害への防御策として有用な成果物を巡り、特殊な対立関係にある。その成果物の探索と奪取にあたれるのが国を代表する歌乞いに限られたのは、今回の騒乱に関わる者を限定しないと、本当に戦乱の世に逆戻りしかねないという、各国の首脳陣の苦渋の決断によるものなのだとか。

残念ながら、昨晩のエーダリアは使い物にならなかったので、そんな世界情勢について教えてくれたのは、現在はエーダリアの座る長椅子の後ろに置いた椅子に腰かけた、グラストだった。

（つまりのところ、チームとして、事態の解決に当たれという事なのだ）

国の歌乞いとして選出されたネアは、もはやその一員である。もういい大人なので、言葉遣いなどは適切にするつもりだが、当分の間、身分の問題は、ぺいっと道端に捨てて構わないのだとか。

「……深夜残業代？」

まだ衝撃から覚めやらないのか、エーダリアの声は鈍い。

「はい。歌乞いは、国家に従事する職業だと伺いました。ですので、業務環境は人道的にきちんと整えてください。そうでなければ、私はとても駄目な人間なので、即座に業務放棄して脱走してしまいます。エーダリア様はとても優秀な方だと伺っていますので、上手に私を運用してくださいね」

「……脱走？」

再び困惑の表情になりかけて、エーダリアはさすがに頭を切り替えたようだ。

「君は私の婚約者だが、ヴェルクレア国の歌乞いでもある。庇護されてその恩恵を受けている君が、国に対して度が過ぎた要求をするのはお門違いだ。発言までをも慎む必要はないが、正しく弁えるように」

「では、私の要求が過分なものだと判断されれば、私はどうなるのでしょう？」

「歌乞いは権威ではなく職務だ。相応しくない行いには、それ相応の処分がある」

「まぁ！　では、是非に解雇してください」

「……なんだと？」

笑顔で言い切ったネアに、エーダリアの顔色は紙のようになった。気配の変化を感じて周囲に目をやれば、グラストとグラストの契約の魔物がものすごい表情で首を横に振っている。さすがに言い過ぎだと叱られているのかなと思ったネアだったが、彼等の視線がエーダリアに向かっていることに気が付いた。

「拾い上げていただいて、一晩お世話になった事については、とても感謝しています。でも、その分の負担を請求していただければ、私は、あなた方にそれ以上の恩義はありません」

「ま、待て……！」

「ディノ、昨晩に大丈夫だと話してくれましたが、いざとなったら立て替え精算をお願いします」

「勿論だよ、ご主人様。欲しければこの王宮だって買ってあげよう」

「管理費の嵩《かさ》む大型の不動産は、邪魔になるのでいりません」

気付けば、エーダリアは必死にディノの美貌を直視しないようにしているようだ。その様子ににんまりと微笑んだネアは、昨晩のエーダリアが、目元を染めてディノを見つめた後で失神したことを忘れるつもりはなかった。

「エーダリア様！　ネア殿の残業代についての説明を！」

「わ、分かった。お前への報酬の支払いは、交渉に応じよう」

「エーダリア様!!」

「いや、言い値で支払おう。それで構わないな？」

礼儀正しく穏やかな雰囲気だった筈のグラストの必死の形相の説得もあってか、エーダリアは、慌てたように頷いた。

昨晩、エーダリアが倒れた後のことだ。ネアはグラストに、彼が角度的に目にしていなかったエーダリアの反応を、目撃したままに告げた。仮にも領主が倒れてしまったので、事情聴取のようなものがあるだろうと思い素直に告白したのだが、エーダリアの剣の師でもあるという彼は、自分の主が美麗な魔物に見惚れて倒れてしまったと知り、たいそう困惑したようだ。とは言え、昨晩は頭を抱えてしまっていたのにこの立ち直りの早さなのだから、元々柔軟な思考の持ち主なのだろう。騎士達からは隊長と呼ばれている偉い人なのは間違いないが、今のところ一番話し易い人だ。

そして、このグラストの柔和さを踏まえ、ネアは、もしやこの職場は、なかなかに環境が整っているのではないかという一つの仮説を立てている。

（……良かった。さすがにまだ解雇されては困るのだけど、気付かれずに交渉出来たみたい）

ネアの目的は、あくまでも雇用条件を相応のものにする事だ。

理不尽な程のものを毟《むし》り取るつもりはないが、今後の生活を考えると、要求を下げ過ぎても自分の首を絞めてしまう。解雇されてもやむなしという凛々《りり》しさを示しつつ、最初に威嚇《いかく》しておかなければならなかった。

「では、私に課されるらしいお仕事が終わるまでは、住み込み三食食事付きの、当月払いの月給制にしましょう。そして、一日の上限業務時間を制定し、夜間業務は応相談、時間外労働では時給換算していただき、少しの割増の給金を請求します。仕事に必要なものは支給してくださいね」

物語の主役級の人々が携わるような任務なのだ。であればと少々強気に要求してみたつもりだが、エーダリアは無言で頷くばかり。しかしながら、現実的な金額の交渉と契約内容を書面で残すように言葉を重ねたら、なぜだか机に突っ伏してしまった。

（立場的なものはどうあれ、お金の苦労などはしたことがないのかもしれない……）

ただならぬお金の苦労をしてきた心の狭い人間は、勝手に若干の反骨心を抱きつつ、なかなかに有能な切り換えを見せ、素直に書面を作成し始める婚約者を観察する。

こうして見ると、やはり絵のように綺麗な男性だ。悔しげに眉を寄せた斜めからの角度はなかなかに美しいのだが、だとすれば、こちらの椅子にディノを配置するべきだっただろうか。

「……は！　そうです。ディノ、魔物は同性の方を恋人にすることはあるのでしょうか？」

肝心なことを調べ損ねていたと慌ててこっそりと訊ねてみたのだが、会話の内容が聞こえてしまったのか、グラストが激しく咽込《むせこ》んでいる。

「……どうだろう。することもあるのではないかな？　あまり拘《こだわ》らないしね」

「良かったです！　その口調からするに、ディノにも、拒否反応はなさそうですね」

「……どうしてそんな質問になるんだい？」

真珠色の髪の魔物が悲しげに取り縋《すが》ったが、必要な答えは得たので、べりっと引き剥し、何食わぬ顔で視線を前に戻せば、エーダリアが酷い顔色でこちらを見ていた。

「……エーダリア様、ペン先が折れてしまっていますよ？　そして、心配ありません。堅実な努力によって、人の心は思いがけず動くものです。元より、あなたは充分に魅力的な方なのですから、きっと上手くいきますよ」

協力しますからねと握手の為に手を伸ばそうとしたところ、ネアは、もの凄い速さでディノにその手を引き剥がされてしまった。暗い目で振り向けば、ディノは、勝手にネアの片手を抱き締めて悲しげな表情をしている。

「ディノ。その左手は私の持ち物なので、すぐさま解放してください」

「ネア、そのおかしな人間に関わるのはもう止めようか」

「他人様の繊細な問題を、そうやって馬鹿にしてはいけません。それに、エーダリア様はディノのことが……」

「……やめてほしい」

「エーダリア様は、……ええと、少し稀少な世界の扉を開いてしまった、純粋な、恋する男性です。どうか優しくしてあげてください」

「ネア以外にはしないかな」

「恋愛問題の板挟みにしないでください！　そして、左手を解放し給え!!」

途中から腕の引っ張り合いが楽しくなってしまったのか、なぜかはしゃぎ出したディノから左手を救出するべくネアが奮闘していると、部屋の隅にある長椅子に埋もれて座っていたグラストの契約の魔物が、どこか途方に暮れたようにぽつりと口を挟んだ。

「……あのね」

ゼノーシュという名前のその魔物は、淡い耳下までの水色の髪はさらさらで、琥珀色の瞳はどきりとするぐらいに透明度が高い。青年くらいの外見で、背は高いが手足はすらりとしていて、妖精のような雰囲気の美しい魔物だ。時折ふっとグラストを寂しそうに見ることがあり、ネアは、この二人の関係はどうなっているのだろうと考えることもある。とは言え、まだよく知らない人達なので、彼等にも色々な背景や事情があるのだろう。

「そこの魔術師は、そろそろ死んじゃうんじゃないかな」

その発言に我に返ったのは、筆頭騎士のグラストだった。椅子から立ち上がり、慌てて主人の顔色を確認すると、腕の引き合いをしているネア達に素早く頭を下げる。

「申し訳ない、歌乞い殿。私の主は、このような……色めいた話には慣れていないようだ。暫し休憩時間を挟んでもいいだろうか？」

（確かに、さっきから動かなくなっているような……）

目の前でこんな綺麗な生き物に拒絶されれば、それは落ち込むだろう。ネアは、自分の仲人技術の拙《つたな》さにがっかりしたが、双方意固地になるかもしれないので、今度からはこっそり暗躍しよう。

「……エーダリア様、お仕事の内容については、また後程教えてくださいね」

お金を貯めてここを出てゆくまでは、上司として関わる相手で、仮とは言え今は婚約者でもある。

しかし、出来る限り優しい声で話しかけても反応はなく、それどころかディノが不満そうに腕を引っ張るので、ネアは、むぐぐっと渋面になった。この魔物が、人間とは違う価値観を持つ生き物だという事は承知しているが、共存してゆく為に必要な振る舞いは教えた方が良さそうだ。

「……仮面の魔物の存在が、今回の始まりだったと聞いている」

その後、随分長い休憩時間を挟み、少し面目なさげなエーダリアから、漸《ようや》く事の説明がなされた。

切り出しとしては最高に劇的なのだが、そこそこに大人だと自負していたネアは、あんまりな通り名に半眼になってしまう。仮面の魔物とは、仮面で半面を隠したちょっと翳のある生い立ちで、面倒な性格の魔物だろうか。とても関わりたくない。

「その大人になりきれない名前の魔物さんは、一体どんな悪さをしたのでしょう?」

「いや、魔物の生育過程までは把握していないのだが……」

「別に、仮面姿な訳じゃないいんだよ」

埒《らち》が明かないと踏んだのか、見聞《けんぶん》の魔物だというゼノーシュが、積極的に会話に参加してくれた。

この水色の髪の麗しい青年は、知るということに関しては、非常に有利な魔術を持つらしい。どこか眠たげな表情でいることが多く、それ以外のときは常に何かを食べている。魔物なので不健康そうでも充分に美しいのだが、ひょろりと細い青年のどこに、あれだけの食物が吸い込まれていっているのか不思議でならない。幸い、普段の食事ではグラストの命は削られないそうだ。

「仮面作りの魔物なんだって。人間の容姿や声を、別の人間に変えてしまう仮面を作るんだ」

「……まぁ」

その技術に可能なことを考えれば、少しだけその魔物が厄介だとされる理由が見えてきた。簡単に姿形を変えることが出来れば、様々な場所に潜り込み自由に動けるだろう。

「諜報活動などを想像するだろうが、更に事態は深刻でな。行方不明者も出ている」

「誘拐されてしまったのですか?」

「いいや。その仮面は、かけられた方が厄介なのだ。クロアランという国の王族が一人、何者かに仕立て上げられ、姿を消した」

「仕立て上げられたということは、ご本人の意志ではなく移動させられたのですね?」

「仮面をかけられた者は、その仮面の者に成るらしい。自分の名前も記憶も失い、仮面にしたためられた人格と容姿に塗り替えられてしまうのだそうだ」

そう聞いてしまえば、それはやはり異世界の作法ではないか。

突然、自分が見知らぬ誰かに書き換えられてしまったなら、そしてその書き換えに少しの悪意でもあれば、その先は一体どれだけの悲劇だろう。被害者は王族であるというからまだ捜索もされるが、そこまで手が回らない立場の者が被害に遭ったのなら、果たして元の生活に戻れるのだろうか。

「その仮面は、取ることは可能なのでしょうか？」

「それは然程難しくはないが、情報を書き換えられた者を捜し出すのが難しい。よって、要人を保護する為に、魂にかける特殊な魔術道具が必要になる」

「それが、歌乞いの皆さんが探している、グリムドールの鎖《くさり》というものなのですね」

ネア達の居住棟にある外客用の一室には大きな窓があり、夕暮れの光に青さが重なり始めていた。窓にかけられたカーテンは織物が盛んだという土地らしい美しさで、雪明かりの鉱石だという美しいシャンデリアの明るさは、科学の恩恵と同様と言っても差支えのない程の照度を保っている。

「グリムドールの鎖は、人間が手にするには、欲深い道具だね」

ディノは、仕事に参加しているという認識が薄いのか、どうでも良さそうに淡く微笑む。あまり近くに置くとエーダリアが人事不省《じんじふせい》になってしまうので、窓際の長椅子で待機を命じているが、少々絵になり過ぎる為か、ネア以外の人間は頑《かたく》なにそちらを見ようとはしない。

（……鎖を、魂にかける）

それは金色の華奢な鎖で、身に付けさせた相手の行動の全てを、鎖の持ち主が捕捉することが出来るのだそうだ。元々は、月の魔物が、グリムドールという一角獣を飼う為に編み上げた鎖だったが、仮面の魔物の出現により、今や誰もが欲する至宝となった。なお、成果物と呼ばれる所以は、月の魔物が、系譜の部下たちと工房で作り上げた、とっておきの品だからだという。

「その、……お一方にしか使えないのでは？」

「月の魔物が一巻作り上げたそうだから、ある程度の長さがある筈だよ。長さに関係なく効果があるようだ。切り分けて装飾品にでもするつもりなのだろう」

「いっそ、その厄介な仮面の魔物さんを押さえられないのでしょうか？　鎖を奪い合うよりも、皆で協力して滅ぼしてしまえばいいような気がするのですが……」

「仮面の魔物は、公爵位の魔物なのですよ」

そう言いながら、グラストは、ちらりと長椅子方面に視線を投げる。

「白持ちに近しい、限りなく白に近い灰色の髪を持つ魔物だと、先の調査から判明しています」

「となると、お城に住んでいらっしゃるのですか？」

「その身の色彩に白を持つから、白持ちと言う」

エーダリアの声は沈痛と言ってもいい程だったが、白持ちとは何だろうと首を傾げたネアは、一度、明らかに白い自分の魔物を目視で確認した後、物知りな気がするゼノーシュに目線を向ける。

「ゼノーシュさん、白を持つ魔物さんは珍しいのですか？」

どういうわけか、その質問を聞いたエーダリアとグラストが、さっと顔を背けた。

「うん。生粋の白を持つ魔物はあまり存在しないよ。白が一筋混じっただけでも、こちらの世界では公爵位相当になるの。仮面の魔物みたいに、色相が全体的に白に近しい公爵もいるけどね。階位の高い魔物は、あまり殺さない方がいいかな。多分、人間にはそもそも殺せないけれど、崩壊する時に国一つくらいなくなっちゃうよ」

「なぬ……」

（……白が混じっただけでも？）

視線を再びディノに戻せば、しどけなく長椅子に転がった魔物は、嬉しそうにその視線を受け止める。見つめるだけで尻尾を振る幻影が見えるのだから、彼のご褒美の範囲は計り知れない。

（そして、随分と白い）

あまりに多くの色が重なっているので、生粋の白と評するにも語弊があるが、真珠色は虹色の艶を宿した白色だと考えることも出来るのではなかろうか。

「ディノは、随分と白いですよね」

「そうかもしれないね。この色は好きかい？」

「結構好きですよ。ところで、ディノは公爵さんだったりしますか？」

「違うよ」

「ふむ。これで一安心です」

だが、ここで困った事が起きた。確認を取られた真珠色の魔物は、構ってもらえたと思ってしまったらしい。嬉しそうに立ち上がり、ネアの背中にへばりつく。

「大事なお話をしているところなので、大人しくしていてくださいね。……こらっ！」

「では、これでいいかな」

ネアに叱られた魔物は、よりによって、ここで椅子になってくるではないか。慌てて追い出そうとしたが、この体勢だと大人しくしていそうな空気を出されたので、ぐっと堪えることにする。

「公爵は嫌いかい？」

「爵位そのものよりも、手に負えない事態が嫌いなので、堅実な魔物さんがいいと思います」

「では、私も堅実を心がけよう」

「是非にそうしていただきたいですね。……申し訳ありません。お話を切ってしまいました」

会話を中断してしまったので、正面に座ったエーダリアに視線を戻し、おかしな体勢になってしまったことも含め、頭を下げる。しかしなぜだろう。エーダリアの表情は硬いままだ。

「ネア、お前の魔物は何の魔物なのだ？」

そして、とうとうその質問がなされた。

ネアは、意識して朗らかな微笑を整え、声音を安定させる。

「薬の魔物なのです」

「……薬？」

かしゃんと、小さな音が響いたので振り返ると、用意されていたケーキを取りに行っていたゼノーシュが、小さな銀のフォークを取り落としているではないか。厄介なことにぶんぶんと首を横に振っているので、警告を兼ねて、ネアも断固として首を振り返しておいた。

（よし、……ひとまずは、エーダリア様を説得してしまおう）

薬という単語を反芻したまま黙ってしまったエーダリアは、不信感いっぱいの表情で眉を顰めたままこちらを凝視していた。初めて世の中の不条理を知ってしまった少年のような悲しい眼差しには少しだけ心を動かされそうになってしまうが、ここで負ける訳にはいかない。

（常識人的中和剤な、グラストさんは……）

慌ててそちらに視線を向ければ、残念ながらグラストは、ものすごく熱心に窓の方を見ているようだ。なぜか、エーダリアの後方に置いた椅子に腰かける体ごと窓の方を向いてしまい、頑なに振り返ってくれない。

「薬の魔物なのですよ？」

早々に承認を取りたいネアがそう訴えても、誰からの返答もなかった。部屋の中に落ちるのは、恐ろしい程の沈黙ばかり。

「く、薬の魔物ですよね、ディノ？」

「そうだよ、ご主人様」

「こらっ、仕事中の絞め技は禁止です。そろそろ長椅子に戻ってください」

大事な打ち合わせの最中なので、背後から首元に手を回したディノの腕を、ネアは容赦なくばしと叩いた。けれどもディノは、それをご褒美と勘違いしたのか、嬉しそうに瞳をきらきらさせる。

（どうしよう。この手の趣味の相手だと、正しい罰の与え方が存在しない！）

反応せずに無視するという手もあるが、悲しいことにここは職場だ。相応しくない振る舞いをするディノを放っておくわけにもいかないので、艶やかで手触りのいいディノの髪をえいやっと掴んで引っ張ると、震える程に美しい生き物が澄んだ瞳を見開いた。

「……可愛い。もっと引っ張っていいよ」

「おのれ！　毛髪は大事にしてください！」

その時、魔物を剥ぎ取る為の秘策が決まらずにがっかりしていたネアは、正面のエーダリアが、誰ともなく、私はどうすればいいのだろうと呟いていたのを聞いてはいなかった。彼の些細な悩みに気付いてあげられなかったことで後に婚約破棄をされるのだが、その頃にはもう、話し合おうにも近付けば走って逃げられるようになってしまっていた。また、このリーエンベルクは、エーダリアや席次の高い騎士達の魔術階位が高く、普通の人間が働けない環境であり、その代わりに妖精の使用人達が沢山いるのだと知ったのは、その日の夜になってからの事であった。

魔物が厄介なものを集めてきました

幸いな事に、グリムドールの鎖探しの仕事は、すぐには始まらなかった。

ヴェルクレアは、大陸で一、二を争う大国なのである。世界のどこにあるとも知れない品物をやみくもに探すような悪策は、さすがに敷かれないようだ。

なので、最初の三日間で、ネアは、このリーエンベルクの中を案内してもらった。くらくらするくらいに広い元王宮は、領主であるエーダリアの執務室などもある本棟と、そこに隣接している外部からのお客様を入れる外客棟、そしてネアの与えられた部屋のある東棟や、かつては西棟と呼ばれた現在の騎士棟などがある。東棟は、戦前は準王族達が暮らしていた居住区画で、ネアが来るまでは使われていなかったらしい。さすがに広過ぎるので、ネアは、預けられた棟の中から、何部屋かを選び出して使っている。

(ウェイティングルームのような、大部屋に繋がる小さな部屋と、その先の居間として使う大部屋)

その隣の、扉で仕切られていない小さな部屋は仕事部屋とし、訪問客用の部屋と考えての予備の居間と、貴族風の嵩張る装いが主流であるこちらの世界では必須らしい衣裳部屋。そして、続き間になった寝室は勿論二つ。区画に作り付けられていて歓喜した専用の浴室も二つあるが、こちらは配管の関係からか二つの浴室が隣接していたので、一つは予備の浴室とさせていただいた。

（最初は、この世界の浴室設備がどのようなものなのかがとても心配だったのだ）

トイレを借りた際に謎の魔術で水が出る仕組みを拝見し、シャワーもあるといいなと祈るような気持ちで入ったお風呂で、ネアは、魔術の発展に感謝することとなる。

この世界のお風呂には、しっかり水量のあるシャワーがあるだけでなく、素敵にのんびり出来る白い陶器のような素材の大きな浴槽もついており、前の世界で言うところの高級ホテル並みの入浴生活が保証されていたのだ。お湯と水の蛇口がある仕組みは元の世界とそっくりで、若干、どこにも繋がっていない蛇口の水がどこから来るかわからないという不安はあるものの、まずは快適な浴室設備があってこそ。洗濯妖精の魔法のような技術でタオルはいつもふかふかだし、以前よりも遥かに豊かな生活を送れてしまった怠惰《たいだ》な人間は、転職活動を始めるのはもう少し先でいいかなと思い始めている。

また、部屋の色合いも素晴らしかった。

壁は基本的に壁紙ではなく、磨《す》硝《り》子のような質感の淡い青から菫色の夜の結晶石や、水色から淡いセージグリーンまでの湖水結晶だ。そこに立体的な草花の彫刻が施され、天井画などでは、魔術を含んだ絵具で絵付けがされている様は、高価な陶器を思わせた。

居間は、白を混ぜたようなくすんだ青みの緑色の壁を基調に、ウィステリアやラベンダー色のクッションを並べた青灰色の天鵞絨《ビロード》張りの長椅子のセットを置いた居心地のいい空間になっている。

客間はこの部屋とカーテンの色合いや長椅子の色が僅かに違うくらいで、仕事部屋は掠《かす》れたような風合いの菫青だ。最もお気に入りの配色になっている寝室は、白を基調とし、落ち着いた青磁色に青みの強いウィスタリア色を差し色にした配色になっている。元王宮の部屋らしく手が込んだ装飾も多いが、全体的にはすっきりとした色合わせで、どこを見てもうっとりしてしまう。

（そして何よりも、食べ物が美味しい……！）

このような場所での食事は、雇われ者めと、パンとジャガイモ程度のものが支給されるか、もしくは、盛り付けは麗しいものの、お皿の上にちんまり鎮座したコース料理かなと思っていたのだが、リーエンベルクには、そのどちらの予想も裏切る素晴らしい食事が用意されていた。

ネアは、朝食に出る焼き立てのパンに添えられた何種類ものバターを思うだけで、二時間は幸せについて語れるだろう。それに、何種類ものハムを見ると涙が出そうになる。

決して、贅《ぜい》を尽くし胸焼けがするような生活ではなく、けれども窓辺の花瓶には庭の美しい薔薇が飾られ、部屋に備え付けの琺瑯《ほうろう》のような素材のポットには、魔術で保温された香り高い紅茶や温かなミルクが蓄えられている。ネアからしてみれば、おとぎ話の中の魔法のお城の暮らしだった。

（最初のお給金の前に、領から支援金も支給されているし……）

それは、事故型移住者に一律で支給される、生活準備のお金であるらしい。早速お小遣いを手にしてしまったネアは、街に繰り出す事を考えれば、興奮のあまりはぁはぁしてしまうくらいだった。

（こちらの世界に来て、もう一週間が経ってしまったけれど、こうして普通に美味しい紅茶が飲める生活に、すっかりと飼いならされてきたような……）

「今のお仕事は、ディノが、魔術でぽこんと薬を作ってくれるばかりなのですが、私は、このまま見ているだけで良いのでしょうか？」

「おや、君は私の向かいに座るのだろう？」

すっかり落ち着いたある日、ネアは、ずっと気になっていた事をディノに訊ねてみた。

当然なのだが、エーダリアは領主なので何かと忙しく、ネアの歌乞いとしての諸手続きも含め、今は繁忙期のようだ。その間は、ひとまず魔物の薬を作る流れを確認するようにと言われ、ネアは、一般的な薬の魔物の作業上限である二本の傷薬を、ディノに作ってもらう日々を送っていた。しかし、向かいの席で魔物の仕事ぶりを監視しているだけなので、さすがに心配になってきたのだ。

「それだけで、いいのですか？」

「うん。君がいるからね」

「であれば、楽をしてしまうばかりの暮らしも吝《やぶさ》かではありません。グリムドールの鎖の探索も始まらないので、今だけは、のんびりしてしまいますね」

「捜索そのものは、あの騎士とゼノーシュが進めるようだよ」

「見聞の魔物さんともなれば、確かにそのようなお仕事に向いていそうですものね。となると、我々が参戦するのは、鎖の在処《ありか》が分かってからなのですね」

「そう言えば、彼から、この国の他の歌乞いの事を聞いたよ。知りたいかい？」

テーブルの上に、どこからともなく、綺麗な硝子瓶のようなものに入った魔物の薬が現れたが、引き続き対価は取られず、ネアはこくりと頷く。材料の採取も調合もなく、魔物の薬は、こうして瓶ごと錬成されて忽然《こつぜん》と現れる、不思議な不思議な、人ならざるものの薬である。

（魔物の薬は、人間の医師が作る薬に比べて、格段に効果が上がるものなのだとか。普通の魔物が作るのは一日に二本程度が上限というあたり、かなり希少なものなのだろうけれど……）

残念ながら本物の薬の魔物より遥かに階位が高いらしいディノは、魔物の薬を好きなだけ作れるそうだ。命を削るという対価も取らないまま、強いて言えば、ディノは作業中に構ってほしがった。しかしそれには、仕事終わりに魔物を椅子にするというたいへんな試練も含まれている。

（歌乞いの日課は、とても単純だ）

魔物に合わせて一日のスケジュールを定め、その魔物の力を借りて仕事をする。市井の者達は、週に一度は最寄りの魔術組合で余命を観測してもらうので、己の残り時間によっては、仕事の量を調整したりもするのだとか。そのような段階になると、ごく稀に、魔物は歌乞いを攫って失踪することもあるそうなので、主の死に際を他の誰かに見せたくないと感じる魔物もいるようだ。

自営であるか、組織に属するかの違いはあるものの、届出のない事業主や個人が歌乞いの雇用をすることは固く禁じられていて、能力の独占と、乱用を禁じる為の法律もある。それでも歌乞いが道具のように囲い込まれる事例が跡を絶たないと聞けば、劣悪な運用を図る組織の手に落ちなかったことに感謝せざるを得ない。

ネアの場合は、国に所属する歌乞いとなる。

その他の歌乞い達の様に、国立の魔術機関ガレンエーベルハントに属する歌乞いではなく、ヴェルクレアという国そのものに紐付く歌乞いだ。だが今回は、ネアを任された元第二王子のエーダリアが、前述のガレンの長だという奇妙な捻《ねじ》れがあったので、契約費と任務給与は国庫から、その他の雑費は、エーダリアの治めるウィーム領や、歌乞いの総本山であるガレンの予算から都度目的に応じて計上されるようになるらしい。

（エーダリア様が、ガレンエンガディンで、元第二王子で、ウィーム領主だから）

ネアの婚約者であるエーダリアの、魔術師としての職務名称をガレンエンガディンと言う。

白の魔術師というその名を許されるのはガレンの長だけで、こちらではあまり用いられないが、塔の魔術師と呼ばれるのも、ガレンエンガディンだけであるらしい。つまり、領主と魔術師の長という大きな二つの責務を負うエーダリアは、かなり忙しい人なのだ。

ネアは、契約の翌日に、そんなエーダリアから直々の余命の観測を受けた。

観測はとても簡単なもので、観測者が術式を組めば、歌乞いの手首のあたりに淡い紫色の術式陣が浮かび上がる。それを見たエーダリアの顔色が思わしくないので不安になったネアだったが、事前にディノが寿命は削らないと宣言して慄かせていたので、通常の歌乞いとの差異に驚いたのかもしれない。念の為にその後も観測を重ねたが、本当に寿命は削られていなかったそうだ。

「この国の筆頭歌乞いの前任者は、今回の問題が起こる以前に壊れたようだね。その人間が壊れてから君が現れる迄に、グリムドールの鎖の探索を命じられた者は二人いたようだ。どちらももう壊れてしまっている」

「……お亡くなりになっているのですね」

一人の歌乞いは、ガレンに属する魔術師であったらしい。

男爵位の魔物と契約をした人間だったのだが、契約相手の階位の高さが裏目に出た。厳しい探索の中、契約の魔物への対価の支払いが嵩んだ結果、その歌乞いは、ぼろぼろと土塊《つちくれ》になって壊れてしまったのだとか。ネアは、契約が命を削るその顛末に慄いたが、それを教えてくれたディノは少しだけ悲しそうに見えた。

（……もしかすると、この魔物は、心を表現するのがあまり上手ではないのかもしれない）

微笑んでいても作り付けたような整い方であるし、頷いていても響いていなさそうな事もある。

だが、人間とは違う生き物であるディノが、人間がそうであれという事を不得手なのも、当然の事なのではないだろうか。

「もう一人の方は、どうされたのですか？」

「他国の人間達に捕まったようだね。集めていた情報を奪われ、ばらばらにされたと聞いているよ」

「……ばらばらに」

既に二人の歌乞いが失《うしな》われた。

だからこそヴェルクレアは、グリムドールの鎖の探索に本腰を入れたのかもしれない。

歌乞いの扱いに慣れたガレンの長に指揮を執らせることで、探索を成功させようとしているのだとしたら、恐らくはこの婚約についても、エーダリアに責任を課すよう仕向けられたものだろう。彼もまた、ネアと共に今回の任務を成功させなければいけない立場なのだ。

ここで、薬を作り終えて立ち上がった魔物が、おぼつかない手つきで頭を撫でに来たので、ネアは慌てて立ち上がり、今は深く考えずにおこうと頷いた。人間を撫で慣れていない魔物に、髪の毛を下から上に撫でられると大惨事になるので、すぐさま止めるよう伝えなければならない。

今のネアには、やるべき事が沢山あるのだ。

ゴーンゴーンという、遠い鐘の音が聞こえる。

窓の向こうに見える森には、不思議で美しい明かりが灯り、庭園に咲き誇る薔薇の花影には、小さな鼠《ねずみ》姿の妖精が眠っていた。

ネアがこちらに来て、今日で一週間と四日目になる。

最初の数日間はべったりだった魔物は、ネアの歌乞いとしての仕事のルーティンが決まると、食事や仕事にかからない時間は頻繁に姿を消すようになった。管理上問題があるだろうかと相談したエーダリアから、使役しない時間は魔物を束縛しないようにと言われたネアが何も言わずにいると、最近は、いっそうに不在の時間が長くなったような気がする。就寝準備を済ませて浴室から戻ったネアは、今日は午後からいない魔物がまだ帰っていない事を確認して、僅かに眉を下げた。

(……一人の時間を持ててほっとする反面、どこか理不尽な孤独感を味わうのはなぜだろう)

もしかすると、昨日から廊下で行き倒れていた魔物へお菓子の餌付けを開始したので、それに気付いて腹を立てているのかもしれない。そう考えると、少しだけ怖気付いてしまう。

きらきらと光る水紺の瞳に、真珠色の髪。

あの美しい魔物が、嬉しそうにこちらを見ると、ネアハーレイという冷たい人間の、かちかちに凍った心が、ほわりと緩むような気がする。最近のネアは、その度に、自分があの魔物に相応しい歌乞いであればと思ってしまうのだ。身の程知らずにも。

(……それでいて、転職をしなければと考えるのだから、私は、狡《ずる》い人間なのだわ)

なお、クッキーが大好きなのでクッキーモンスターと名付けた絶賛餌付け中の魔物は、白混じりの水色の髪の毛に檸檬色の瞳の、十歳くらいに見える食いしん坊の美少年だ。なお、魔術的な契約を交わした訳ではないので、仲良くしたり、食べ物を与えたりしても命を削る事はない。

野良《のら》魔物だったら転職先にならないだろうかと考えていたものの、何とグラストと契約しているらしい。どうして廊下で行き倒れていたのかと問いかけたネアに対し、檸檬色の瞳を悲しげに曇らせて、対価でグラストが減ると悲しいからと呟き、ネアの心をくしゃぼろにした恐ろしい魔物である。

（……魔物という生き物は、とても老獪で恐ろしくて、それでも、愛する者に対してはとてもひたむきなのだ）

クッキーモンスターは、ネアにそんな気付きを与えてくれた魔物でもあった。

『グラストはね、娘がいたんだよ』

『……過去形、なのですね？』

『うん。少し前にね、病気で死んじゃったの。だから僕は、グラストが寂しくないようにグラストの側にいたいし、グラストが、あの子に作ってあげていた白いケーキが食べたいんだ』

初めて出会った日、ネアが持っていたお菓子をその魔物が嬉しそうに食べている間、二人は、廊下の壁際に置かれた椅子に腰かけ、少しだけお喋りした。

『他の食べ物を我慢して、グラストさんに、そのケーキをお願いしてみては？』

『グラストはね、よく分からないみたい。僕がグラストを大好きだって事も、白いケーキが食べたいって事も。……あの子にしたみたいに頭も撫でてくれないから、グラストはきっと、僕の事はあんまり好きじゃないんだと思う』

『もしかすると、今の事をそのまま、グラストさんにお話しした方がいいのかもしれませんね』

『……でも、人間は僕達をあまり近付けてくれないんだ。僕、……グラストが減るのだって、凄く嫌なの。でも、グラストはそれが当たり前だって思っているんだ。僕が、……当たり前みたいに、自分の命を削っているって思っているんだよ。だから、……仕方ないよね』
その魔物がネアに思いの丈を告白出来たのは、きっとネアが、この土地にすら紐付かない部外者だからだろう。けれど、ネアが差し出したお菓子ではやはり何かが足りなくて、小さな足をぱたぱたさせて悲しげに項垂れた魔物のふわふわの髪の毛をそっと撫でてやりながら、ネアは、ディノが時折見せる悲しげな眼差しを思い出し、なぜ彼はネアの命を削らないのだろうかと考えていた。

（ディノが、どこかでお腹を空かせて倒れていたりしないといいな）

そんな事を考えながら、しんと静まり返った部屋で、備え付けのポットから紅茶を注ぐ。

一日で入れ替えられるこの保温魔術仕掛けの白いポットには、日替わりで美味しい紅茶が入っている。小さな戸棚の中には、誰が磨いているのか分からないぴかぴかの銀器の他に、高価そうなティーセットも一式置かれており、目にも嬉しい華やかさだ。

（でも、こんなに素敵なものがあちこちにあっても、この世界は、魔法で全てが解決するような簡単な世界でもないのだ）

一人の夜は長くて静かだ。だから今度は、そんな今後の生活に向けての思索に入る。

ネアはこの数日で、魔術汚染や魔術侵食という病について学ばせてもらった。

この世界の人間は、人外者達や動植物のように身の内に魔術を持たずに生まれるらしい。その代わりに、人間は体内に魔術を取り込んで流す為の器官があり、その容量を魔術可動域と言うのだそうだ。同時に、魔術への接触上限を示す魔術抵抗値というものもあり、そんな二つの数値が、この世界での人間の生き方を決める。

例えば、どれだけ魔術師になりたくても、可動域が低ければ難しいのだというように。

（おまけに、抵抗値を超えた魔術に触れると、人間の体は壊れてしまうらしい……）

そうして起こる前述の病はとてもありふれたもので、大抵の場合は切り傷を治すように治癒してゆけるのだが、抵抗値が極端に低い人間はその症状が激化しやすい。治癒可能な領域を超えると指先から結晶化してしまい、薬の魔物が精製する薬でのみ治療が可能となる。症状が出ないようにする為には、魔術と関わらずに生きてゆくしかないそうだ。

そして、普通の人間が大き過ぎる魔術に触れても、勿論、同じような事が起こる。

（だからこそ、土地の魔術基盤が豊か過ぎるこのリーエンベルクでは、人間ではなく家事妖精を雇っていて、ここで働く事が出来る程に抵抗値の高い人だけが、リーエンベルクの騎士になれる）

ウィームには魔術学院があるそうだし、この土地は、可動域が高い人達が多いと聞く。けれども、魔術を学び司る塔が王都に建っても尚、リーエンベルクに勤める者達は、決して大多数の側ではない。そう考えたネアはふと、エーダリアが、元王子であっても、時折孤独に見えることを思い出した。領主である筈の彼の周囲にあまりにも人がいない気がするのは、エーダリアが魔術を修める機関の長だという事が影響してもいるのだろうか。

（だから、私がここを出る頃までには、ディノとエーダリア様が仲良しになれていたらいいな……）

ネアの魔術可動域は、四だ。

恐らくは、十段階の内の四だと思われるが、その時に呆然としていたエーダリアの表情を思えば、歌乞いとしては低いのだろうなと察せられた。その可動域で身に余る魔物を手に入れてしまったネアが身の丈に合う暮らしに向かう頃には、きっとエーダリアがディノの隣に居て、ディノが時折見せる途方に暮れたような眼差しも和らぐだろうか。そうしたらもう、あの魔物がこんな風に出かけてゆく事もないのかもしれない。

そう考えるとなぜか胸がちくりと痛み、ネアは唐突に、自分と向き合う為に、じっくり鏡を見ようと思い至った。身だしなみを整えるのも大事な礼儀なのだが、最近は、頭が忙し過ぎてすっかり疎《おろそ》かになっていた。顔を洗い髪の毛を梳かすくらいの時間しか鏡を見ていなかったような気がするので、これはいけないと反省しつつ、部屋を走り抜けて大きな姿見の前に立つ。

そして、首を傾げた。

（……おや？）

鏡の中には、艶やかな青灰色の髪に、柔らかな灰色に菫色の混じる鳩羽色の瞳をした少女が映っている。美少女というような華やかさはないものの、端整な面立ちは、上品で繊細な感じがなかなか悪くない。そう自画自賛して鏡の中の自分を暫し見つめてから、ネアは眉を寄せた。

「……私は、こんな容姿だったかしら」

慌てて記憶を辿る内に、徐々に自信がなくなってきて、自分は元々こういう容姿だったのかもしれないと思い始めてまた首を傾げる。だが、霧の向こうを見通すように目を凝らせば、やはりまた違和感が揺らぐ。

（でも、……これは私ではないわ。造作はさして変わらないけれど、そもそも、髪と瞳の色が違うのだもの）

となると、異世界に迷い込んだ故の弊害のようなものだろうか。だからここ数日は、夜明けや夕暮れに、持病を持つ心臓や肺が苦しくなることがなかったのかもしれない。そう言えばこの世界に来てからは奇妙な程に体が軽かったのだが、異世界なのでそんなこともあるかなと納得しかけ、仮面の魔物について思い出したネアは、ぎりぎりと眉を寄せた。

その時のことだ。

「ただいま、ネア!!」

突然、ばぁんと激しい音を立てて、森に面した硝子扉が開いた。

驚いてぎゃっと飛び上がったネアを見付けると、ディノは、抱えてきた荷物を一度全部床に捨ててしまい、ぎゅうぎゅうと抱き締めてくる。

「ディノ!? 帰ってくるなり、私を絞め殺そうとは何事ですか! おのれ、持ち上げないでください!」

「ネア、君が見ていたものを、全部持って帰ってきたよ。褒めてくれるかい?」

「……え?」

嬉しそうにこちらを見たディノは、水紺色の瞳をきらきらさせている。ディノが床に放り出した品々に焦点を合わせたネアは、呆然と目を瞠《みは》った。

(……なんだろうか、この、……どこかの宝物庫を襲ってきたような品々は)

「ディノ、こ、これは?」

「あの魔術師の魔術書に書かれていたものだよ。本を見ていた君が、とても興味を引かれていたようだから、あるだけ持ってきたんだ」

「……それはまさか、エーダリア様の魔術書の、付録図録」

あれは確か、グリムドールの鎖の説明の延長から拝見した、人ならざる者が作り上げた、高価稀少な魔術道具や宝石などの一覧ではなかっただろうか。中には、実在も不確かな品物もあり、物語のアイテムブックを見る感覚で楽しく読んでいた記憶が蘇る。

「……これは？」

経緯も問題だが、ネアがまず気になったのは、ダチョウの卵めいた、透明度の高い緑の宝石の塊だ。塊の奥の方で炎が弾けているので、何やら不穏な気配のする一品ではないか。

「竜の卵だよ。水竜のものは地味な色だったから、火竜のものにしたんだ。赤と緑で火竜の卵にしては複雑な色にしたのだけど、気に入ったかい？」

「親御《おやご》さんに返していらっしゃい!!」

「……喜んでは、くれないのだね」

「そんな目をしても、駄目なものは駄目です！　そして、向こう側で、何やら動いている毛皮があるのですが……」

もごもご動く鮮やかな青の毛皮は、毛筋が先端だけ淡い金色になっている。しっとりと贅沢そうな艶やかさは素晴らしいが、動いているのがいけない。

「ラムネルの毛皮だね。火に纏わる全ての魔術を弾くし、羽織《はお》ると外気温の影響を受けなくなるものだ。仕立てられたものもあったのだけれど、人間の国の王宮に仕舞われて色がくすんでいたからやめておいたよ。これは新しいものだから、暴れないよう血抜きもしたのに、まだ動くのだね」

「まさかの殺したて⁉」

ラムネルは、人間の目の前には滅多に姿を現さない、狼姿の氷の精霊の王族の一系譜で、世界全

域を合わせても滅多にお目にかかれない希少な生き物なのだそうだ。人間に害を成した一頭を討伐した数百年前の事件が最後の目撃情報だと、あの重厚な装丁の魔術書に書かれていたではないか。

(どうしよう。返してきなさいと言っても、もうどうにもならないものも結構ある)

失われた命は戻らないし、木の実のように、捥《も》がれてしまった以上、物理的に元通りにはならなさそうなものも多い。

「ディノ、私の為に頑張ってくれたのは嬉しいのですが、これはいけません。……取り急ぎ全部を確認しますが、きっと、元の場所に返すべき品物もあるでしょう。……ただ、私では判断出来ないものが多いので、返すべきかどうかの判断は、エーダリア様にも協力してもらいましょうね」

「……いらないのかい?」

不思議そうで寂しげな声でそう問いかけ、こちらを途方に暮れたように見ている魔物は、ほんの少し薄汚れていて、宝石を紡いだような長い髪がくしゃりと絡まっている。思考が抜け落ちそうなくらい綺麗でどこか危ういその姿に、ネアは、思わず手を伸ばしてその髪を指で梳いてやった。それだけで、ひどく嬉しそうに口元を綻ばせるこの生き物が堪らなく愛おしくなってしまうのは、ネアに、こんな風に慈しめるものがずっとなかったからだろうか。

(あの事故で親族がいなくなってしまって、大好きだった弟を病気が連れ去ってしまって、両親も……殺されてしまって……)

一人、また一人と、ネアの大切な人達は、死の門の向こう側に連れ去られていった。ひとりぼっちで古い家に残されたネアは、その門のこちら側で、なぜ家族は自分を置いていってしまうのだろうと途方に暮れるばかり。自分以外のみんなはまだ沢山の宝物を持っているのに、どうして自分の手のひらからばかり奪われてゆくのだろうと考え、身を引き摺るようにして生きた遠い日々。

こんな風に、誰かを慈しみたいと思ったのは、いつぶりだろう。

「……ほら、こんな風になってしまって。どこか、危ないところにでも行ったのですか？」

大事にしてもらえて嬉しそうにもじもじしている魔物に、ネアも唇の端を持ち上げる。

ネアハーレイは、ずっとひとりぼっちだったのだ。こんな風に、誰かを待つことすらなかった。

「危なくはないけれど、海の方は風が強かったかな。影響を受けない術はあったけど、繊細な魔術の宿る品物を幾つも持っていたから、あまり展開しないようにしたんだ」

その繊細な品物たちは、いまや無残に床に転がっているのだが、それは、この魔物が帰ってくるなり、ネアに抱きついてきたからだ。

「でも、……君が欲しくないのなら、ずっと君の傍にいれば良かった」

あまりにも悲しげに言うので、ネアはやれやれと苦笑する。こういうとき、幼気な雰囲気を纏うのは本当に狡い。

「では、エーダリア様達には内緒で、ディノのお勧めのとっておきを一つだけ貰います。宝物というのはそういうものですから。選んでくれますか？」

「……私が決めていいのかい？」

「ええ。ディノが持ってきてくれた物なので、ディノのお勧めがある筈です。でも、卵は可哀想なので、ご家族に返してきましょうね。そして、持ち主の方がいらっしゃる品物も避けましょうか」

「じゃあ、毛皮かな……」

「なぜそれにしたのだ」

「仕立屋の魔物がいるから、君のコートにでもしようか。急がせれば、朝には仕上がるだろう」

「それは、その魔物さんの心が死んでしまう仕打ちなのでは……」

「でも、毛皮だと冬だけだね。ずっと身に付けられるものにしようかな……」

「どうか、日常生活に支障のない範囲でお願いしますね」

向こう側に転がっている王冠を選ばれた場合は、断固としてお断りさせていただこう。

「……これにする」

ややあって、ディノが決めたのは、乳白色のシンプルな指輪だった。

水晶の中に、クリスマスの日の朝の朝靄を閉じ込めたような指輪を部屋の明かりに透かせば、様々な色彩が躍るホワイトオパールのような美しさに心を震わせる。この指輪であれば、自分で選べと言われてもこれにしたかもしれないと考え、ネアは目を輝かせた。

（夜明けの光が七色に入る、不思議な霧を指輪にしたみたい。でも、こんな指輪は、図録の中にあったかしら……？）

僅かに中央が窪み、表面には繊細な彫り模様がある。詩的で繊細な美しさだ。

「これは、どのような効果のあるものなのですか？」

「守護だよ。この指輪をつけている限り、君はどんなものからも損なわれない」

「……無敵道具です」

「気に入ったかい？」

「とても綺麗な指輪ですね。……ディノ、素敵な贈り物を有難うございます」

ひどく心配そうに聞くので、ネアは笑ってしまった。けれど、指輪を褒めるとふわりと満足げに微笑んだディノには、ただ麗しいだけではないどこか男性的な気配もあって、おやっと思えば、少しだけ背筋が寒くなる。

（そうだった。駄目なものは駄目だと、ちゃんと躾《しつけ》もしないと！）

「ディノ。まずはその髪の毛を洗ってあげますが、少し休んだら、選別と返却の作業を開始しますよ。特に人様の敷地の中にあるものは、勝手に略奪してきてはなりません！　とは言え私は、きちんと謝りに出向いて叱られたくはない狡賢《ずるがしこ》い人間なので、こっそり返しに行きましょうね」

帰宅時からずっと抱きかかえられたままなので、長い髪を手綱のように掴んでそう宣言すると、白い魔物は幸せそうにうっとりと笑った。先程の微笑みとは違う、純粋に嬉しそうなばかりの無防備な微笑みだ。

「叱ってくる。……可愛い」

「違った。全力で知りたくない方向に振り切った！」

けれどもその夜、一番泣きたかったのは、この惨状の後始末を任されたエーダリアだったのかもしれない。結局ネアが、いつの間にか自分の姿が変わっていたことを思い出したのは、その夜遅くに寝台に入ってからだった。勿論、良質な睡眠の為に、問題は翌朝に繰越すこととする。

朝食は妖精の料理です

その翌日の朝食の席で、ネアは、自分の外見に齎《もたら》された変化を、上司に相談してみることにした。

幾つかの秘密を持っているネアだったが、この問題は、仮面の魔物の存在がある以上、もしもの事がないように情報を共有しておく必要がある。

昨晩の内に報告された、ディノのお土産で持ち込まれた様々な道具たちは、保管用と返却用で振り分けを始めたばかりで、今もネアの居住棟の予備の居間の片隅に積み上げられている。なお、あの竜の卵は、生命維持に問題が出る前にと迅速に親元に返還された。親竜の居場所探索も含めて酷使されてしまったゼノーシュは、今朝は二人分の朝食を摂っている。こちらの食事は、勿論、グラストを削らないただのリーエンベルクの朝食である。

（とは言え、もし、グラストさんからも作業依頼をしていたら大変だから、後でディノに、それを緩和出来るようなお薬があるかどうか聞いてみよう……）

そんなグラストは、ネアが迷惑をかけてしまったことを謝罪に行くと、魔物のしたことなので気にしなくてもいいと微笑んでくれた。今はゼノーシュの給餌《きゅうじ》係に徹しているが、自分の食事は済ませているのだろうか。それに、あの少年姿の魔物は普段はどこにいるのだろう。色々と不安になりながら朝食の席に着いたネアだったが、美味しそうな料理を見て、悩み事を全て忘れた。

（今日も、とても美味しそう……！）

ぱくりと、前菜の一品を口に入れると、心が蕩《とろ》けそうになる。

元王子な領主と向かい合う食事の席なのだが、外交官の家の娘として生まれたネアは、各国の食事のマナーを学ぶ事に慣れていた。

テーブルに並ぶのは、美味しそうなハムやチーズと、焼き栗《ぐり》や揚げ野菜を散らしたサラダに、彩りの酢漬け野菜、ボイルした白いソーセージと、そのソースにもなるあつあつとろりのポテトグラタンだ。ブリオッシュや、オレンジと紅茶のパンなど、籠ごと独り占めしたい焼き立てパンだけでもご馳走となるのは、用意されるバターの種類が多いからだろう。使いやすいよう一人用に取り分けられて並んだそのお皿を、ネアはご機嫌で手元に引き寄せる。

（ホイップバターに、岩塩と香草のバター、香辛料の効いた赤いバターに、薫香《くんこう》のある熟成バター）

そしてそこにパン用の鶏レバーのパテが加わり、何種類かのジャムも並んでいた。トマトベースのクリームスープは、ポタージュのようなとろみがあり、ぽこんと落とされたチーズがアクセントとなった美味しさに、ゼノーシュは自分のスープボウルを抱えて離さない。横のグラストが鍋から足してゆく様子が、食いしん坊の食卓のようで可愛いではないか。

焼き立てのパンの香りに、バターが蕩ける。この素敵でどこか素朴な食事がエーダリアの嗜好だと聞いたネアは、上司との食嗜好の一致に感謝していた。また、ネアが毎朝ご機嫌で食べていたからか、最近のディノは、ネアに食事を摂らせる喜びも覚えたようだ。

「ほら、これは好きだよね？」

「くれるのですか？」

優雅な仕草でフォークを閃かせ、ディノの皿からハムを奪うネアは、さながら美しい剣捌《けんさば》きの騎士のようだと自負しているものの、やっていることは朝食の強奪《ごうだつ》である。こちらを見たエーダリアが呆然としているのはその為だ。

「ディノ、この酢漬け野菜をあげますね。代わりに、そのチーズを要求します」

「うん、ご主人様！」

「まぁ。ホイップバターがなくなりました……」

「可哀想に、まだこちらのものがあるからね」

「……魔物の食事を取らずに、追加を頼めばいいではないか」

そう言うエーダリアに頷き、すかさずホイップバターを足してくれた給仕は、人間ではない。料理人共々、ウィームの農家出身の妖精であるそうだが、羽がない種の妖精らしく、ネアには、少しだけ輪郭《りんかく》が曖昧な穏やかな笑顔のおじさまと、執事然とした髭の老紳士に見える。

未だに魔物の主食は分からないが、魅惑の妖精ご飯は魔物も好むものなのか、ディノもこうして一緒に食事を摂る事が多い。食材や作法に不馴れなこともなく、見惚れるような仕草で食べ物を口に運んでいるので不思議に思っていたところ、人間に浸透した文化の殆どは、元々は魔物のものだからねと教えてくれた。

「私は、それぞれに配膳された食事を、分け合って食べるのは嫌いなのです」

「その状態でよく言えたな」

「なぜかと言うと、自分の食べたい物を自分の裁量で進めたいからなのですよ。そして、そもそも社交で分け合う食事は非効率ですからね」

そこでぱくりと酢漬け野菜を食べ、きちんと嚥下《えんげ》するまで黙る。

優美で潔く、洗練されている。ネアの食事姿は、王妃ではなく王の食べ方だと称したのは給仕妖精で、たいへん結構な評価なので有難く拝命する事にした。

「ですが、ディノは、食事を分け合うのが好きなのですよ。そして私も、ディノからであれば、好きなものだけを手に入れられます。仲良しだという前提の上での、双方の利害の一致でしょうか。元々、ディノの要望で始めたことですし、お外ではやりませんのでご容赦下さい」

そこでネアが、おやっと目を丸くしたのは、斜向かいに座ったゼノーシュが、可哀想なくらいの苦痛の表情で、ネアに自分のスープを差し出したからだ。

「スープのお代わりをご希望ですか？」

「僕のも……分けてあげる？」

疑問系で眉をしょんぼり下げている可愛さに、ネアはとびきりの笑顔になった。滅多に見ない表情なので、エーダリアが瞠目する。

「私は、ゼノーシュさんのスープまでは手が及びません。お気持ちだけ貰っておきますので、そのスープは、あなたが飲んでくれますか」

「うん。わかった」

「ゼノーシュが食べ物を分けようとしただと……？」

グラストが、呆然と呟いているのが聞こえそちらを見ると、どこか、子供の成長を見る親の顔ではないか。ネアは、クッキーモンスターの兄弟子の可愛いさに、すっかり頬が緩んでしまった。

「ネアに分け与えてもいいのは、私だけだよ」

ディノが朗らかな微笑みで刃物めいた声を出したので少しひやりとしたが、同じ魔物同士では気にならない範疇なのか、ゼノーシュは、ただ生真面目に頷いただけだ。

「ディノ、お外ではこのような食べ方はしませんよ。ですが、屋台の食べ物でなら、無作法にならないかもしれませんね」

「うん」

「そのような階位の魔物なのだ。屋台で食事をする機会など、滅多にないのではないか？」

「あら、それは困りましたね。エーダリア様、今度ディノの情操教育の為に、街に下りてもいいですか？」

この世間知らずな魔物をどこかで市井のものに触れさせたいと、ネアは昨晩から考えている。簡単に略奪をしてはならないし、獣の範疇となる竜であれ、母から子を奪うなど言語道断だ。多くの事を学ばせる為の生き生きとした生活の姿を見せるなら、やはり市井の人々の暮らしだろう。

ただ、そうして積極的に関わるという事がどういう意味を持つのかは、今はまだ考えたくない。

「まだ早いのでは……」

「君と街を見られるのかい？」

「エーダリア様の許可がいただけたら、街をお散歩してみませんか？」

「……姿と魔術の調整をするならいいだろう。お前の魔物は、人間に擬態することすら出来そうだからな」

「ディノ、出来ますか？」

「出来るけれど、あまりしたくないかな」

「まぁ、一緒に街歩きもしたくありませんか？」

「……する」

「じゃあ、領民の方を困らせないように、姿と魔術をどうにかしましょうね」

「ご主人様……」

ネアの言葉に、美貌の魔物が悲しそうに目を伏せる。どこからそんな知識を得てきたのか、ディノは最近、ネアの事をそんな風に呼ぶのだ。間違いではないのだが、何か不穏な含みがないだろうかと心配でならない。

「姿を変えるのが大変だったり、怖かったりするのですか？」

「ネアは、私の姿しか好きじゃないだろう？　この姿を変えたら、私のことはいらなくなるのではないかな」

「一時的な措置ですから、少しだけ我慢してくださいね」

「そこで、容姿だけじゃないって補足してあげないんだね」

そのゼノーシュの問いかけに、ネアは少しだけ考える。すると、ディノが淡く微笑んだ。

「君が、この姿しか好きじゃなくてもいいよ」

「そこまで極端ではないのですが、ディノを好きだと思うところは、あまり具体的じゃないんです」

「……他にもあるのかい？」

（どうして、そこで驚くのだろう？）

どれだけ冷酷な人間だと思っているのだと、ネアが柳眉を逆立てたのを見て、ディノはいっそ清々しい程に笑顔になる。

「なぜ喜ぶのでしょう？」

「怒っている時のネアは、心が剥き出しで可愛い……からかな。手が触れるし、髪の毛を引っ張ってくれるし、叱るときはこちらしか見ていないよね」

「……エーダリア様」

「こちらを見るな。私は食事中だ」

変態の振り幅が読めないので、未来の伴侶候補に予習させようとしたが、逃げられてしまった。

「昨日みたいに、髪の毛を洗ってくれるのも好きだな」

「だからといって、わざと汚してきたら二度と洗ってあげませんからね」

「……まさか、洗髪したのか？　白……魔物の髪を？」

「洗いますよ。眠る時に汚いと嫌でしょう？」

その途端、ぴたりと物音が消えたので、ネアは眉を寄せた。

「まさか、一緒に寝ているのか？」

「エーダリア様の中の私の評価は、痴女なのでしょうか」

「いや、だが」

「明け方に、お隣に転がり込まれたことはありますが、きちんと蹴り出しました。今の発言は、ディノが自分の巣で眠るときに嫌でしょうという意味なのです」

「ネアは優しいからね」

「……巣？」

ここで、切り出すべき本題を思い出したネアは、自分のお皿が綺麗になったことを確認してカトラリーを置いた。

「ところで、エーダリア様。私は、もしかしたら仮面の魔物の被害者かもしれません」

「……は？」

「……はい？」

人間二人が狼狽の声を上げる中、ゼノーシュは、空っぽになったスープ皿をしょんぼりと持ち上げている。真っ先に反応してくれたのはディノだった。

「どうして、そんなことを考えたんだい？」

「昨晩ふと気付いたのですが、今のこの姿は、私の本来の容姿とは違うような気がするのです。なぜか、すっかり気付きませんでしたが、それは、決して鏡を見るのをさぼっていたずぼらな人間だからではなく、きっと悪い魔術に邪魔をされていたに違いないのですよ」

「仮面をかけられたのか⁉」

魔術師としての本能だろうか、ぱっと表情を変えたエーダリアがネアに手を伸ばしかけ、ディノに素《そ》っ気《け》なくその手を払われた。

「私のものに触れないでくれないか」

「こらっ！　あなたは魔物で頑丈なのですから、私の上司に、肉体的な衝撃を加えてはいけません！」

「面倒なことにならないように、力は加減しているよ？」

「でもほら、びっくりしてしまって可哀想でしょう？　……っ！　今度はなぜ、私の頭部に攻撃をするのですか‼」

唐突に、ディノはネアの頭を両手で押さえた。エーダリアの方を見ようとした動きを阻止して、自分と額を突き合わせるようにしてしまう。睫毛の影も見える距離で、ネアは、夜の湖のような瞳を見返した。

「あまり、私以外のものに心を動かさないでほしいな」

「ふふ、ディノは我が儘ですねぇ」

「ネア……？」

「でも、我が儘で誰かに迷惑をかけないやり方を覚えましょうね」

「……っ！」

獰猛な人間に、距離感を利用してごすりと頭突きされ、ディノは呆然とした顔で固まる。奇《く》しくも、エーダリアとディノ、同じような表情の二人が出来上がった。

「ディノ、お返事はどうしました？」

「……何だろう、凄く嬉しい」

「不合格です。……ところで、私の容姿の問題なのですが」

「ああ、それは私の介入だから、怖がらなくていいよ」

「ディノ？」

「君をこちらの世界に呼び落とす際に、前の体のままでは色々と不都合があったんだ。だから、こちらで生きやすいように作り替えておいた」

「……はい？」

「大きなものは変えていないけれど、その体は可愛くないかい？　気に入らなかったかな……」

「作り替えたという事は、こう、生まれ変わったような感じでしょうか？」

そう訊ねると、魔物は途端に怯えてしまい、ネアは死んでないと悲しげに項垂れている。入れ物を再造形したようなものだと言うので、よく分からないなりに曖昧に頷いておいた。だが、救いを求めるように周囲を見回したネアに、エーダリアとグラストがそれとなく視線を外すではないか。

「いつまでもその手法で逃げられると思わないでくださいね!!　子供ですか！」

むしゃくしゃして同族の二人を一喝したネアに、ディノは心から羨ましそうな、恨めしげな顔になったのだった。

『ディノと呼んでくれるかい？』

それが本当の名前だから。

そう要求してこちらを見下ろした魔物と出会った最初の夜のことを思い出し、ネアは、小さく息を吐く。また一つ夜が明けて、ネアが自分は新しい姿になったらしいぞと認識してから、数日が経った。

ディノ・シルハーン。

それが、ネアが現在契約している魔物の正式な名前で、音楽のような響きの不思議な名前は、後半が、ディノの司るものを示す響きなのだそうだ。

最初に名前を呼んでやった時の喜びと困惑の入り交じった無防備な表情に、ネアは、自分には不相応な恩寵として手放すにせよ、可能な限りこの魔物を大事にしてやろうと思った。

名前を呼んだだけで、こんなにも嬉しいと全身で示されるのは初めてだったから。

（……あなたを呼んでくれる人が、誰もいなかったの？）

そう思うのは、もう誰も自分の名前を呼ばない事の恐ろしさを、ネアが痛いほどに知っているからだ。だとすればこの魔物は、ネアと同じような恐ろしさを知っているのだろうか。

『ネア、今日は髪の毛を引っ張らないのかい？』

『日課のように言ってはいけませんし、私が進んで行うものでもないのですよ』

けれども非常に残念なことに、ディノの幸福は、常人には理解出来ないところにある事も多い。

『この前みたいに、爪先を踏んでもいいよ』

『私の趣味で踏んだみたいな言い方は、やめていただきたい……』

その時は、不用意な発言でエーダリアを傷つけたので足先を踏んで黙らせただけなのに、ディノは、その仕打ちが気に入ってしまったらしい。こんな嗜好を持つので、ただ大切にするには荷が重いのだと悟ると、やはり転職するべきなのだろう。それなのにこの魔物は時々、ネアの心の奥の柔らかい部分を掻《か》き毟るのだ。

（……あ）

カーテンの隙間から射し込むのは、まだ明けきらない夜明けの柔らかな光。青白く静謐《せいひつ》なその部屋の中で、無防備に眠り込んでしまった魔物を見ている。寝台に広がった真珠色の髪は、この薄闇の中でも内側から光るようで、閉ざされた瞼を縁取る睫も同じ色だ。

（こうして眠っていると、起きている時より遥かに酷薄に見える）

時々、ディノは、唇の端だけで器用に微笑む。

ひやりとする程に残忍な微笑みの凄烈さがこちらに向けられることはないが、それはとても、魔物らしい美しさだった。けれども、そんな魔物が、拍子抜けするような些細なことで子供のような目をする。それは例えば、絡まった髪を梳いてやった瞬間だとか、こっそり、お気に入りらしい酢漬け野菜を分けてやったときだとか、洗髪の際に耳に水が入らないように押さえてやったときに。

いつもの、獲物を窺う老獪な獣のようなあざとい喜びようではなく、深い湖のような綺麗な目を大きく瞠って、ほろりと心を取り零すように淡く微笑むのだ。

性格が災いしてか、或いはその生い立ちや存在故なのか、ディノは、自分の孤独と安堵を上手く捌ききれていないのだろう。

（だから、もし……）

ディノが今の不安定さをどうにか飲み込むようになり、その上でもこの手が必要なのだと訴えるのであれば、ずっとこの魔物を慈しむ術を探してみようか。

そんな事を考えかけてしまい、ネアは小さく苦く微笑んだ。

（でも私には、誰かを踏んで喜ばせるような才能は、さすがにないのだわ……）

そう考えると、ひどく寂しい気持ちになった。現状では、エーダリアとてその界隈ではないような気がするが、生まれながらに高貴な存在である彼ならば、せめてもう少しは上手くやるだろう。

加えて彼は、ネアなどより遥かに、魔術の仕組みや、人ならざる生き物の事を知っている。本当にディノを愛してくれる者の手に委ねるのであれば、ネアも、この執着を宥《なだ》めることが出来る筈だ。

（それでも、……私にも、あなたを守ってあげられるだけの力があればいいのに）

叱られると思ったのだろうか。

勝手に寝台に潜り込んだディノは、器用にネアの指一本だけを握り締めて眠っていた。手を握るだけのことは出来なかった稚さが、どこかアンバランスで可愛らしい。

「……む」

そんな魔物の頭を撫でてやろうとしてふと、貰った指輪が、ディノの爪の色と同じであることに気付いた。途端に、柔らかな気持ちが一瞬で吹き飛ぶ。

（え、……まさか）

慌てて寝ているディノの手を持ち上げて全体を確認したが、幸い、爪は全て揃っている。だが、左手の小指の爪だけ僅かに色味が違うような気がした。

「……ま、まさかそんな」

平穏な日常の挿入から始まる、ホラー映画の冒頭の感覚とでも言えば伝わるだろうか。

恐怖の可能性にすっかり怯えてしまったネアは、やはりこの魔物は、適切な専門家に託してやるべきなのだろうと自分の安易な執着を戒《いまし》めた。

ついつい魔物に心を寄せてしまう自分を叱咤《しった》し、ネアが意気込みを新たにした朝である。


第一段階の自立の形としてネアが立てた計画は、ディノが不在にしている間に一人で街に出てみる事だ。幸いにもお守り道具は貰っているし、お小遣いもある。また、ウィーム中央は、身分にかかわらず、女性が一人で歩いても問題がないだけの治安だと学んでいた。

門を守る騎士達には、ディノを街に連れ出す為の下見だと説明しつつ遠くに望むウィームの街は、かつての王都であった地域を、ウィーム中央と呼称するのだそうだ。

（確かに、ウィーム領のウィームだと、ややこしいかも……）

とは言え、叛意《はんい》ありと疑われないよう、王都には秘された呼び方で、そんなところにもひっそりと影を落としている敗戦国の苦悩がある。そんな街を目指してリーエンベルク前広場から街に伸びる並木道を進もうとしたネアは、転職活動の第一歩を、思わぬご近所から踏み出したのだった。


結果として、その日のお出掛けは、なかなかの収穫であった。

リーエンベルクを出てすぐに、今更だが、外壁に使われている見た事のない素材の煉瓦《れんが》に気付いて観察していたところで、自分の過去の仕事を見に来た煉瓦の魔物に出会い、街に出れば、色々なお店があることに圧倒されて、すっかり転職活動ではなく街遊びになりかけていた時に、可愛らしい少女姿の酵母《こうぼ》の魔物にも出会った。その後は、橙色の毛皮を持つ小さな丸栗鼠姿の火種の魔物に遭遇し、帰り道では、大きな木の枝の上に腰かけた木通の魔物にも出会えた。さすがに人外者が多いと言われるウィームなだけあり、ネアは、短い外出で様々な魔物達との邂逅を果たせたのだ。

どのような形で自活するかも考えているのだが、歌乞いは、最初の契約が終わった後も命が残っていればという前提の上でだが、契約出来る魔物の数に上限はないらしい。であれば、託宣で歌乞いと示された以上は、やはりその天職を生かすべきだろう。

断じて、可動域が低過ぎて、憧れの妖精のインク工房の求人に応募出来ないと判明してしまい、その代替え案ではない。

ディノと円満に契約解消をした後に、別の魔物の歌乞いになることこそが自立への近道だと考えたネアは、新しい魔物探しを行っていた。

（大人の男性風な煉瓦の魔物さんは、すぐに距離を詰められるという感じでもないけれど、徐々に仲良しになってから契約を狙うという事は出来るのかも。火種の魔物さんは、せっかくのもふもふなのに、物を燃やすのが大好きという性格が危険そうなので却下。木通の魔物さんは、木通に関する才能をどう生かしてあげればいいのかわからないから却下）

とは言え、出会いがあったからいいというものでもなく、契約に持ち込むのはなかなかに難しい。

「……クッキーモンスターがグラストさんから乗り換えてくれれば、グラストさんの命の欠けも少なくなるからいいのだけれど、お世話になった方の魔物さんだし、そもそも本人がグラストさん大好きだもの。一番手堅いのは酵母さんかな。煉瓦さんもいいけれど、同性の方がお友達になれそう」

部屋に一人きりなのをいいことに、ネアは、そう声に出して思考を整理する。

面倒見の良さそうな兄貴分の気質で、多少打算的なところがあり、尚且《なおか》つ商売としての需要があって華美過ぎない容貌の煉瓦の魔物が、ネアは少し気になっていた。同居する訳ではないのだし、知り合いに男性がいると何かと助かる。それにやはり、仕事としての需要の多さは大事だと思うのだ。だが、見た感じ、本当に心を許した相手にしか懐かないタイプに見えるので、契約の提案が出来るまでには時間がかかりそうでもある。

(でも、今日だけでこの数に会えたのなら、順調に面接をこなしてゆけば!)

安易な気持ちでそう考えたネアは、魔物というものの狭量さを忘れていたのかもしれない。その後も続けてしまった転職活動を、勿論、現在の契約の魔物が見逃す筈もなかったのだ。

白い闇と雨だれの酒(煉瓦の魔物)

ロイクは、煉瓦の魔物として派生した。

土を焼き煉瓦を作る。または、出来上がった煉瓦を土に還す。

そんな日々を繰り返すこの身を、何と無様な魔物だと笑う者もいるだろう。だが、この身を魔物として成り立たせたのは、人間の恐怖と欲望であった。

曰く、戦乱に於いて、煉瓦を崩すということは国取りに効果がある。

曰く、国を富ませるにあたり、民草の建築を統べるこの力は、階位は低いものの汎用性の高い魔術である。

だからこそロイクは、自分の在り方に満足していたし、契約をした歌乞いも、今は町外れの立派な屋敷に暮らしている。足りないものなど、勿論ある筈もない。

「……なんて綺麗な煉瓦なのかしら」

だが、ある日、街外れの離宮の外壁のところで、おかしな人間に出会った。その人間は外壁の前に座り込み、ロイクが精製した渾身の煉瓦に手を当てて、何やら幸せそうに呟いている。

僅かに眉を寄せ、それはそうだろうと考えた。

（……その煉瓦は特別だ）

魔術の効果の高い淡い白水色の雪鉱石を砕いて焼いた煉瓦は、本来の材料と人間の技術では作れる筈のない、魔物の煉瓦である。ロイクが、契約したばかりの歌乞いと最初に作ったものなのだ。

「すべすべで、透明感が少しあって、こんな煉瓦のお家があればいいのに……」

魔物が作った煉瓦が庶民の手に届くことは決してないので、馬鹿な女だと思ったものの、率直な欲望を示されることは魔物としての喜びに触れる。

「一つぐらいなら、作ってやるぞ」

悪戯心を起こしてそう声をかけると、飛び上がって振り返ったのは、青みがかった灰の髪をした少女だった。

（……へぇ）

正面から見て初めて、ロイクは、その人間の容姿が随分と魔物好みであることに気付いた。

人間の考える美醜とは少しの配列を変えて、魔物の好む美というものがある。それは、人間の目にはせいぜい品がいい程度の端整な容貌であるらしいが、魔物はそれを好むのだ。とは言え、髪や目の色を見ると、春や夏、陽光や火の系譜は好まない容姿だったが、ロイクの嗜好は冬の系譜寄りである。

（そう言えば、老人になってもなお、俺は俺の歌乞いを美しいと思うのだが、人間でその顔形を美しいと評する者は少ないな）

興味を惹かれて狡猾に誘導すれば、最初は恐る恐るではあったが、少女はすぐに、肩の力を抜いてお喋りに興じるようになる。話題は、主に建築や現在の話であった。彼女は、ロイクですら知らないような特殊な技術にも通じており、会話の理解も早く、高価な布を使ったドレスを見るに裕福な商家の娘なのかもしれない。

「あなたは、歌乞いの魔物さんだったのですね」

「まぁな」

そんな話をしたのは、同じ場所で偶然に再会した、二回目の時だ。

その人間を、ロイクは面白いと思った。ロイクは歌乞いの魔物で、契約者は既にいるのだが、色恋は別である。これもまた誤解されがちではあるが、人間の肉体が魔物の伴侶として適さないだけで、魔物は人間を恋の相手に選ばない訳ではない。とは言え、ロイクと同じ契約の魔物の多くは、消費するのは歌乞いだけで充分だと、それ以外の人間に関わる者は少ないようだ。

だが、見付けてしまえば。

どうせ人間は、魔物の欲には抗えない脆弱な生き物であるし、一過性の関係であれば戯れも悪くない。魔物は元々、誘惑と策謀に長けている。

器用に周到に手を回せば、その人間は、わかりやすく好意的になり、無邪気に安価な品物を強請れば、親近感を持たせることも出来た。奉仕を繋がりとして正当化するのは人間独自の価値観で、ロイクはそれをよく知っていた。この程度の事で何とも容易いが、ロイクの歌乞いも、小さな品物を強請るだけで、お前にも欲しい物があったのかと、拍子抜けするくらいに喜ぶのだ。

「晩秋の夕暮れのような、綺麗な赤い髪ですね」

言葉の甘さに潜む鋭い観察眼に、ふと、何か大切なものを見落としているような感覚に囚われる。これは、見た目通りの女ではないのかもしれないと思うと、なぜか執着心が疼いたが、魔物が安易に触れれば人間は簡単に壊れてしまうので、一度遊べば、この人間は死んでしまうだろう。

静かな雨の降るウィームの夜は、霧が立ち籠める。かつこつと、濡れた石畳を踏む音が響き、そんな霧の中を歩いていた。

あの少女から髪結い用のリボンを贈られたロイクは、なぜか、自分の歌乞いに初めて強請った雨だれの酒を思い出した。そうすると、晩秋の夜の雨が降るその夜はなぜか、かつて暮らしていた職人街に立ち寄りたくなったのだ。契約の魔物を得た主人がもう戻ることのない、下層の人間の生活の音が絶えない雑多な街なのだが、どうしてだかロイクは、今でもこの職人街が好きだ。

初めてこの街に降り立ち、分厚い手を傷だらけにして煉瓦を作る男に、手を貸してやろうと思った日のことを考える。魔物の助力で得た最初の給金で、あの男が飲ませてくれた酒は美味かった。雨漏りのする小さな家でどんな煉瓦を作るか懇々と話し合ったのは、何とも愉快だった遠い日々。そう言えば、あの頃の主人は、今夜の彼女と同じ目をしていた。

だからだろうか。

あの男とはもうそんな風に笑い合わなくなったと思い、こんなにも胸が痛むのは。

その時、こつりと、石畳が鳴った。

「……っ」

靴音に気付いて振り返るよりも早く、空気そのものが凝り固められてしまったような、喉が詰まる重苦しさに、背筋を冷や汗が伝う。

魔物である自分が恐れる程のもの。そして、ここまで悍しく、そして芳しい気配は、一体誰のものだろう。

「……いい月夜だね」

震え上がったロイクの背後の暗闇で、ひっそりと誰かが嗤った。

(月……？　ああ、月光が………)

なぜか上手く動かす事が出来なくなった体を捻り、視線の端で何とか認めたのは、雨の日に揺らぐ雲間の月光より眩い、白い万華鏡の闇色。

「羨ましいことだ。私もまだ、あの子から贈り物を貰ったことはないんだよ？」

白い闇色の悪意が、優しく微笑んだが、その時にはもう、ロイクは、まともに何かを考える事も出来なくなっていた。

「さて、君をどうしよう？」

そして、何も考えられなくなった。

リボンと楓の木（ディノ）

その屋敷には、古い楓《かえで》の木があった。

瀟洒な屋敷は老朽化が進み、手入れが必要なまま、成す術もなく朽ちてゆく庭と家には、淡い悲しみがこぼれる。その、美しく咲き誇った花の終わりのような屋敷に、彼女は一人で暮らしていた。

どうやら、彼女の最後の家族は、車の事故で亡くなっているらしい。決して豊かではない収入で維持するには古過ぎ、たった一人で生きる病弱な女性には、いささか大き過ぎる屋敷だった。

「今年の雪は、もう大丈夫かな」

それでも屋敷を手放さないのは、そこにあるものだけが幸福だった時代の象徴だからで、彼女は、かつて家族で植えた庭の楓の木を、とりわけ愛していた。

枝に手を伸ばして、昨晩の最後の雪を払う。

黙々と働き、夜更かしして本を読み、一人の夜には過ぎる料理を時折作り、寂しげに苦笑する。香りのいい風呂に入り、髪を乾かさないままとてもよく眠る。

その屋敷はまるで、彼女の繭のよう。

蓄えを削り困窮を覚悟で旅をして頭を抱え、薬代を削って一人で食事に行き、食事代を削って一人で観劇を楽しみ、そんな僅かな喜びで心を生かすと、またひっそりと質素な繭に帰る。

一人で過ごす世界は孤独だが、彼女は、決して不幸なだけには見えなかった。自分を殺してゆく静かな箱庭で暮らす孤独と幸福になら、触れてみたいと思った。分かりやすい幸福に背を向けてあの箱庭を愛した彼女であれば、この手のかかる存在を受け入れてくれるのではないだろうか。

そんな事を思いながら、それでも迷い、彼女を見つめた日々。


初夏の霧深い夜明けの庭に、微かな陽の光を透かして霧雨が降っている。

お気に入りのピアノの曲に、一人きりの朝食。

ごめんね。君はもう、その箱庭には戻れない。


「まぁ。ディノがリボンをつけているのは、珍しいですね」

その日、彼女が他の魔物に買い与えたリボンを髪に結んでいると、そんな事を言われた。ぎくりとして振り返れば、この世界でもまだ、あの庭の楓にはなれないのかもしれないと思う。

「……うん」

「ディノ、私が少しだけ仲良しになった煉瓦の魔物さんを、どうしました？」

「煉瓦の魔物ではなくなって、どこかで楽しくやっているのではないかな？」

「……私が、二度とするなと言ったことを、ディノはまたしてしまったのですね？」

「言いつけは守っているよ、ご主人様。だから、酵母のように壊してしまわないで、練り直して違う生き物にしておいたから」

少し前に、酵母の魔物を壊してしまったところ、ネアにはとても叱られた。叱られるのは嬉しいけれど、その時のネアが、少しだけ困ったような傷ついた目をしたのは堪えた。でも、あの魔物は、君を騙して壊そうとしたのだとは言わずに、今度の煉瓦の魔物は壊さないようにしたのだ。

それなのになぜ、ネアはまた困ったような目をするのだろう。

煉瓦の魔物から取り戻したリボンは、魔術の因果として、ネアからの贈り物の祝福を宿していた。

それを見た時の気持ちは、上手く言葉に出来ない。けれど、胸が詰まるような息苦しさを堪えても、ネアにまたあんな顔をさせてはいけない事は分かっていたのに。

「違う生き物にされてしまったら、あの方の今までの暮らしや思いは、どうなってしまうのでしょう？」

「さぁ、それは、私には関係のないことだから」

指先でリボンの皺を伸ばし、唇に微笑みを乗せたまま長い髪を結び直す。この答えが正解ではないことは知っていたけれど、どのように答えるべきなのかが分からない。それに、リボンという物をどうやって髪に飾ればいいのかも。でもこれは、彼女が買ったリボンなのだ。

何度結ぼうとしても、やり方が分からずにくしゃりと歪み、結び目が縦になってしまうリボンを指先で撫でていたら、少しだけ途方に暮れたような目をしていたネアが、ふわりと表情を緩めた。

「髪の毛の後ろ側がくしゃくしゃになっていますよ？　それに、リボン結びも縦になっています。

綺麗に結び直してあげましょうか？」

「……結んで、くれるのかい？」

「まずは、櫛やブラシという道具があることを、知ることから始めましょうね」

「櫛は嫌いだな。また、手で梳かしてほしい」

「なんて我が儘な魔物なんでしょう！」

あまり表情を動かすのは得意ではないネアは、それでも指先で髪を梳かしてくれる。甘やかされているようで嬉しくなり、口元がむずむずした。ネアは、ゼノーシュの髪は頻繁に撫でるくせに、この髪を撫でてくれる事はあまりないのだ。でもそれも、自分が彼女との接し方の何かを間違えているからなのだろう。それは分かるのに、ではどうすればいいのかは分からない。

「……青の強い紺色のリボンだと、ディノの髪色にはちょっと強いかもしれませんね……」

「……これはあげないよ？」

「そもそもこのリボンは、ディノの物ではなかったのでは？」

「でも……」

「だから、ディノの髪色には似合わなくても仕方ないので、ディノの髪に似合うような、もっと淡い色のリボンを買うべきなのかもしれませんね。淡いミントグリーンと、淡いラベンダー色なら、どちらが好きですか？」

店頭でその色の在庫を見た筈だと呟いているネアに、驚き過ぎて返事が出来なくなった。このような時、人間は、どう答えられることを喜ぶのだろう。

「あまり目の細かくない木櫛か、ブラシみたいなものも欲しいですね。後は、髪用の飾り紐もあれば……」

ネアから、この容姿を目立たないような造作に擬態出来ないかと訊かれたことがある。

本当は可能だけれど出来ないと答えたのは、初めて出会ったあの夜に、暫しの間、目を輝かせてこの姿に見惚れていた彼女を、印象深く覚えているからだ。今更下位の魔物になれるわけでもなく、彼女を手放せるわけでもない。だからせめて、彼女が見惚れた容姿を変える訳にはいかなかった。

その努力がこうして実を結び、髪色に似合うリボンを買ってもらえるかもしれないのだとしたら。

「何でもいいから何か買って。とても大事にするから……」

思わず声を弾ませてそう伝えると、なぜかネアは遠い目になった。

「むむぅ。見事なる犬の発言ですね……」

「犬……？」

「では、一緒にお出掛けする日に、お店で髪に合わせてみませんか？　街歩きの日に、リボンの専門店があるので寄ってみましょうね」

「うん」


後日、ネアは二色のリボンを買ってくれた。共用だということで、ブラシも購入したらしい。何でも買ってあげるのに、そこは、無駄な出費を抑えてかかったようだ。だが、誰かと道具を分け合うのは初めてなので、とても良い気分になる。

リボンを結んでもらうのは初めてだ。髪を梳かしてもらうのも、誰かが名前を呼んでくれるのも。

「本当は、どれだけの贅沢も叶えてあげられるし、彼女が難しいと思っている事でも、叶えてあげられるのだけれど……」

そう言えば、ネアがクッキーモンスターと命名した魔物が、一つ溜息を吐く。ここはリーエンベルクの使われていない広間で、真夜中の今は、窓から射し込む夜の光だけが光源であった。

「でも、ネアが選んで買ってくれたリボンを貰う方が、特別にいいものに思えたでしょう？」

「そうなんだ。不思議なものだね」

特別に思えたのは、何もリボンだけではない。今迄は、他の魔物とこのように話した事はなかった。いや、出来なかったのだ。望めばそうなり、望まなくてもそのように整えられたのは、それが、自分が、この世界の万象を司るというものの在り方だったからなのだろう。

（最初から私と普通に会話出来ていたのは、過分に白を持つあの二人くらいだったかな……）

そのように、階位の近しい者もいたが、最近はあまり会うこともなかった。そして、階位が近くはないものの、ずっと側にいた者達は、もう誰もいなくなってしまった。だから、こうして他の魔物と普通に会話していられるのは、ネアのお蔭なのだ。

『あなたの、その贅沢さがとても心配なので、一つ命令をしましょう』

最初の夜、ゼノーシュを傅かせたことを喜ばなかったネアが、そう宣言したから。

『息を吸うように、他の魔物を思いのままにしてはいけません。どうしても必要なときに、きちんと考えてから力を振るうこと！』

ネアを手に入れて自由になったあの日。

これ迄は出来るとも思わなかった事が、そのネアの一言で可能になった。それは、ネアが歌乞いだからこそ出来たのかもしれないし、彼女だからこそ、それが不要だと気付いてくれたのかもしれない。

だからね、ネアハーレイ。

君のお願いは、何でも聞いてあげよう。

どんな残酷なことも。

どんなはしたないことも。

どんな理不尽なことも。

私は、君の要求のその全てを、心から愛しく思う。

でも、この契約を手放すことだけは許さない。これだけは、どうか。

けれどもまだ、そう伝える為の言葉すら選べないのだけれど。

（……もし、それで君の心が離れても）

あの庭の楓は、どうなったのだろう。住む者のいなくなった屋敷は朽ちただろうか。

この世界にネアを呼び落とす為に歪めた理は、彼女という人間の存在の記憶さえも、あの世界から削ぎ落とした。

あの庭の楓には、一人の美しい精霊がいたことを、彼女は知らない。当然のように彼女に微笑みかけられ、彼女の箱庭に守られていた楓の精は、こちら側の世界にはいないものだ。

だから私は、あの世界から失われた彼女が自分の腕の中にいることに、とても満足している。

真夜中に訪れます

こちらの世界に来て三週間目にして、ネアの転職活動は、既に暗礁《あんしょう》に乗り上げていた。転職先候補の魔物達が、皆、ディノにくしゃりとやられていなくなってしまったのだ。

これは、野生の生き物のテリトリー意識の強さを考えていなかった、ネアの失策である。また、ディノがどうにかしてしまった魔物達が、友達ではなく捕食者になりかけていたことにも気付いていた。

（なので、あの方々とは徐々に疎遠になり、獣型の勧誘に切り替えようとしていたのに！）

とは言え、先行投資が無駄になった人間は、自分の愚かさも含めむしゃくしゃしており、代わりに何か幸せな事を考えようと、幸いにもグラストの契約の魔物だった為に残っていてくれるクッキーモンスターに思いを馳せていた。契約は出来ずとも、可愛いというのは素晴らしいことだ。

（何だろうか、あの可愛い生き物は！）

「ディノ。歌乞いは、複数の魔物さんと契約出来るのですね。実は、グラストさんの二人目の魔物さんと知り合いになっているのですが……」

「いや、それは出来ないよ。ゼノーシュではない魔物だったのかい？」

不思議そうに訊ねたディノに、ネアはこくりと頷く。

「白混じりの水色の癖毛で、淡い檸檬色の目をした美少年でした」

「ゼノーシュだね」

「……ゼノーシュさんは、水色の直毛の青年姿です。目の色も琥珀色ですよ？」

「普段は姿を変えているみたいだよ。白持ちである事を知られるのが、煩わしいのだろう」

「……え、ではあの子は、高位の魔物な、ゼノーシュさん……？」

悲しみのあまりに声が震えれば、ディノは何かを見極めるように、ネアの顔をじっと見つめた。

「私から、彼に乗り換えようとしているのかい？　ご主人様？」

「夢破れました。まさか高位の魔物さんだったなんて。奇跡が起きて、契約満了で野良魔物になったとしても、もはや却下です！」

「ネア、……そもそも、白を身に持つ者の方が、高位なのだからね？」

その指摘にネアはかっと目を見開き、打ち震えた。そう言えば、あまりの可愛らしさに白持ちという定義をすっかり失念していたではないか。あの愛くるしさで転職活動の邪魔をするとは、何とも恐ろしい生き物である。

「可愛いね、ネア。浮気をしない、良く出来たご主人様だ」

「くっ、なぜにそこで絞め技をするのだ！　私に無断で触らないでください！」

両手で絞めにかかってきたディノを威嚇し、ネアは、何とか羽織りものになった魔物を引き剥がそうとする。最近のディノは、こうしてへばりついてくる事が多い。

「ネア、酷いのも可愛いけど、あまり離れるのは望ましくないかな」

「ディノ、クッキーモンスターが小悪魔でした！　あんな愛くるしいのに高位だなんて！」

仕方ないので八つ当たりすることにして、ばしばしとその胸を叩きながら訴えれば、ディノは、嬉しそうに抱き締めてくる。なお、もんすたと呟いて首を傾げたので、クッキーが大好きな生き物のことだと説明しておいた。

「もっと叩いていいよ」

「廊下の隅っこで、お腹が空いて行き倒れていたのを餌付けしたのです。クッキー大好き、クッキーモンスターだと判明して、もはや私への懐き度は最高潮、クッキーさえあれば思いのままだと勝利を確信していたのに！」

ディノが喜んでしまうので叩くのはやめて、一本に縛った長い髪の毛の束を掴みながら愚痴れば、よしよしと頭を撫でられる。

「大好きらしいグラストさんと引き離す訳にはいかないのでと、転職先としてはほぼ諦めていたものの、これで完全にディノしかいない振り出しに戻りました。そして魔物不信です。しばらくは、転職活動する気力がありません……」

「……やはり、まだ他の魔物を捕まえようとしていたのだね。うん。後で、私からゼノーシュは褒めておくよ」

「解せぬ」

そこでふと、ネアは恐ろしいことに気付いてしまった。

「野良になった時のことを見越して、事前支給のお給料で、クッキーを大量購入してしまいました」

「それは困ったね。所持金が心許ないと、人間は生きてゆくのが難しいのだろう？　私から離れないようにしないと」

逃亡資金を失ってしまったのだと思い至り、ネアは、ますますがっくりしてしまう。

他の転職候補が失われた焦りから、もしもがあるかもしれないと最後の砦を死守しようと、愚かな投資をしてしまったのだ。この間に転職先候補が現れても勧誘に先立つものがないし、これ迄に出会った魔物を見ると、彼等は基本的に世俗の欲望に忠実だ。食べ物や品物など、何らかの報酬でその心を捕らえなければいけないのは明白である。

とは言え、届いてしまった大量のクッキーを無駄にしないという口実で、ネアはクッキーモンスターの餌付けは続けることにした。契約するメリットは失われても、見ている分には可愛いので日々の癒しにしようと考えたのだ。

ディノとそんなやり取りのあった日の夜、とんでもない物を見付けてしまったネアは、部屋で震えていた。

偶然開けた部屋のキャビネットの抽斗《ひきだし》の中に、綺麗な模様の封筒があり、その中にあってはいけないものが納められていたのだ。

これはもう、クッキーモンスターの餌付けを続けようとした罰が当たったのかもしれないのだが、そんな状況下で誰が相談に乗ってくれるだろうと震えながら必死に考えると、婚約者でもある魔術の専門家の姿が思い浮かんだ。寧《むし》ろ、知り合いは彼くらいしかいない。

（……残念ながら、ここはエーダリア様しかいない）

本棟に部屋のあるエーダリアだが、屋根は繋がっているし、歩けば数分で辿り着ける距離である。時計を確認すれば、時刻は真夜中の少し手前。非常識なのは間違いないが、まだ彼はネアの婚約者だ。こんな風には会いたくないとは言え、その旨味をここで生かさないでどうするのだろう。既に厄介者だと思われているので、今更の評価暴落は一向に気にならないのも幸いである。


「そう言う訳で、お邪魔しますね！」

「ま、待て、どういう訳だ⁉　おい、入るな！」

「あまり騒ぐと誤解されますので、どうぞお静かに。健全かつ真っ当な理由でお邪魔していますが、エーダリア様が夜這いされているという疑惑が広まってもいけませんから」

そう忠告した途端、エーダリアはぴたりと黙った。本質的には素直なのだろうが、分かりやすい怨嗟《えんさ》の表情でこちらを睨んでいる婚約者に、ネアはいそいそと近寄る。

「私の護衛達はどうしたのだ？」

「ゼノをクッキーで買収したので、問題ありません」

「……問題ないのはお前だけだろう。それと、手に持っているのはまさか……」

「これですか？　外回廊でぶんぶんと飛んでいた、謎の紙切れ生物です。手でばしんとやったところ、落ちて動かなくなりましたので、エーダリア様に見せてみようと……」

「……それは、野兎《のうさぎ》だ。中階位の精霊なのだからな」

「まぁ、精霊さんはとても儚いのですね」

「……そんな事はない。野兎は、魔術階位の高いウィームの領民ですら狩るくらいだ。……恐らく、お前にかけられたあの魔物の守護に触れたのだろうし、きっと既に弱っていたのだろうが……」

その説明にこくりと頷き、ネアは、ディノと自分にしか見えないという、白い指輪を思った。長方形の包装紙にしか見えないものが野兎だと聞いて慄いたが、ここは異世界なので、諦めるしかない。とは言え、回収しておいた紙切れ生物は、そっとエーダリアに引き渡しておくと、なぜか嬉しそうにどこかにしまっている。

（そう言えば、最近は、お前と呼ばれるようになったたな……）

出会った頃の排他的な雰囲気が希薄になったような気がするし、邪険にはされているが距離感も近くなった気がする。きっとお互いに、これは悪い人間ではなさそうだぞと、感じ始めているのだ。

（……あ）

ここで、ネアは部屋の様子に気付いた。どうやらエーダリアは、こんな時間まで執務をしていたようだ。部屋着に着替えているし、私室の机を使っているので個人的な調べ物かもしれないが、魔術書や地図、そして報告書の山を見たネアはもう、この婚約者が働き者であることを知っている。

瑠璃《るり》紺と白を主体とした部屋は落ち着いた雰囲気で、窓の向こうには中庭が見えた。

「このお部屋の色彩は、ディノの瞳の色に似ていますね」

「用件は何だ。早く帰れ」

その、解決してもらうまで部屋に帰れない用件を思い出し、ネアは、慌てて婚約者の腕を掴んだ。最近、転移という魔術師にも使える便利な移動手段があることを知ったので、それで、ぽふんと消えてしまったら困ると思ったのだ。今は、エーダリアをここから逃がすわけにはいかない。

「おい⁉」

「エーダリア様、魔術について教えてください」

「お前の常識のなさは不問としよう。明日にするように」

「緊急を要するので却下です。一刻も早く、魔物に髪の毛を採取された場合の、対策と傾向を教えてください。自分の身も可愛いのですが、お世話になっているこちらに被害があってもいけませんので」

婚約者の片腕を掴んだままそう頼み込むと、彼はあからさまに動きを止めた。

「動けなくなる程に怖いですよね。私は、やはり呪われたりするのでしょうか……」

「……髪の毛を、採取された？」

「はい。私の抜け毛らしきものが、綺麗な封筒に蒐集されていました。同じ抽斗に、私が、手持ち無沙汰《ぶさた》に猫さんの悪戯書きを加えたメモ用紙もありました」

それを聞いたエーダリアは、自由な方の腕で持ったままだった地図を、ぱさりと取り落とした。

真っ青になっているので、さぞかし怖い思いをしているのだろう。だが、一番恐ろしいのは当事者なので、頑張って知恵を貸してほしい。

「これでも私は、かなり特殊な気質ですが、それでもディノには懐かれてはいると思って安心していたのです。ただ、最近は荒療治的な活動もしておりましたので、そのせいで嫌われてしまったのかもしれないと思うと、何だか悲しいですよね。でも今は、とりあえず呪いを回避……」

「……呪いではないだろう。寧ろ、どうしてお前は呪いだと思ったのだ？」

「私のいた世界では、相手の持ち物や体の一部を使い、呪い殺す魔術がとても有名だったので」

「ど、どんな野蛮な国に住んでいたのだ。……世界？」

（……あ、しまった）

ネアは、すかさず鉄壁の微笑みに切り替えると、掴んだ腕にぐっと力を込めた。

「……エーダリア様、私はホラーの界隈のものばかりは耐えられないので、不安要素を残したまま就寝出来ません。寝台の下から、爪でカリカリ床を引っ掻く真っ黒な目の怪物が現れたりしたら、どうやって撃退すればいいいですか？」

「ホラー？　そして、どうしてお前の想像は、いやに具体的なのだ……」

「因みに眼球全てが黒一色で、虚ろな表情をした子供の姿なのですよ」

「こんな真夜中にやめないか！」

「特定の悪意があると見せかけて、実は見境なく呪い殺すので誰にも止められません」

「何故に、お前の可動域でそんな怪物と関わることがあったのだ……」

「以前に、父の仕事で少しだけ滞在していた東方の国では、流行り物だったのです」

「流行り物？　も、もう一度言うが、お前は、どれだけ危険な土地に暮らしていたのだ……」

そこまでと思うくらいに困惑してから、エーダリアは静かな溜息を吐いた。なぜだか分からないが、どっと疲れたように見える。

ネアは、当たり障りなく微笑んだまま少しだけ、こんな真夜中に誰かと話していることの不思議さを思う。恐怖に駆られたのは勿論だが、相談出来る人が近くにいるという安堵に、少しだけはしゃいでしまった面もあるかもしれない。

（……そうか。それは、ずっと私以外の人達にしか得られない恩寵だったから……）

「その魔物はどうしたのだ？」

「今夜はいないようです。時々、ふらりといなくなりますよ」

「それは構わないのだが、せめて行き先を訊かないのか？」

「ディノは、私より高齢の自立した男性です。最近までは野生の魔物さんだった事を思えば、行き先を秘める自由も必要でしょう。ただし、この土地で悪さをしないようには言い含めておきました」

「……確かに、今のお前に、細かな制御が出来るものではないな」

その言葉に、ネアは淡く微笑んだ。エーダリアの言う通り、本来の歌乞いと契約の魔物であれば、もっと自分の魔物を制御出来るのかもしれない。

「私にディノを引き留められるだけの資質がない事で、ご不安にさせてしまいますよね。ですから、やはり、ディノが私に飽きる前に、エーダリア様が捕まえてしまえばと思うのです」

「そうだな、恐らくは魔物の歌乞いへの執着の一環だろうが、どうしても気になるのなら、件の品物は全て焼き捨てるといい。それで終わりだ。さぁ、部屋に戻れ」

「……上司が冷たいです」

「仮にもし、お前が部下としてこの部屋にいるのであれば、私にはお前を裁く資格があるのだろう」

お得意の冷やかな眼差しを当てられ、ネアは、おやっと首を捻る。

「婚約者として部屋に入れてくれたのですか？」

「それ以外のどこに、お前の暴挙を許せるだけの理由がある」

「でも、その肩書きは、お仕事ではなくてあなた個人の心に紐付くものです。不本意なものでしょう？　なので、対外的な免罪符にしかならないと思っていました」

「そう思い至れたのなら、私には、出来る限り個人的に関わるな。だから、女は不愉快なのだ」

(……あらあら)

窓の外では夜半過ぎから強まった風に、庭木が揺れている。この部屋は中庭に面していて、カーテンは開いたままだ。

(グラストさんが、エーダリア様は、窓のある部屋を好むと嘆いていたっけ……)

王都で暮らしていた頃のエーダリアは、やはり危うい立場で、度々暗殺の危険に晒されていたそうだ。だから、窓から外の景色を楽しむだけの我が儘すら許されない孤独な王子時代を経て、ようやく手に入れた小さな自由を満喫しているのだろうとグラストが話してくれたことがある。そんな会話を思い出し、ネアは、つんつんしている目の前の婚約者を見つめる。

「……いつかきっと、あなたの分かりにくいトゲトゲの心を温めてくれて、あなたの心に適う誰かが、あなたの隣に寄り添う人になりますように」

呪文のように小さく囁けば、エーダリアは、ぽかんとした表情でこちらを見ていた。

「……なんだ、それは」

「こんな生意気な物言いが許される、婚約者という肩書きのある今だからこそ出来る、私の精一杯の祈願です。いらない心配でしょうが、現在の私は、ディノの庇護も受けているらしいので、もしかしたら予想外の恩恵があるかもしれません」

「お前は、お人好しだという評価で己の身を守りたいのか？」

「まぁ。この強欲で我が儘な人間がですか？　私は、そこまであなたに依存しませんよ」

「では、何の為にそのような言葉を切り出したのだ」

途方に暮れたように問いかけられ、ネアは小さく微笑む。

「……私は元々、とても自由に暮らしていました。あなたのように自由を取り上げられず、一人でいれば自分以外の責任を負うこともなかった。それはとても身勝手で気楽な生き方ですが、やはり孤独ではないと言えば嘘になります。だから、……そうですね、あなたが私のようにならないように、誰かと幸せになるような暗示をかけたかったのでしょう」

「……なぜ？」

「エーダリア様が、呪いに動揺した私と、思いがけず面倒見よくお喋りしてくれたからでしょうね。それが嬉しかったから、少しだけ気持ちがはしゃいだんです」

「まさか、私に好意を持ったのか？」

「一過性のお節介を、勝手に好意に進化させないでくださいね」

ぴしゃりと言い切れば、不可解にもエーダリアは、尻尾を踏まれた子犬のような顔になる。

「お前は、私を憎んでいるのか？」

「まぁ！　私の立場で、憎む程に熱烈な興味を、あなたにどう持てと」

「……興味がない」

「ただ、上司としては、交渉に応じてくれますし、努力されている姿も知っているので、とても尊敬しております。とは言え、今後労働環境が悪くなれば、おのれと思ったりもするでしょう」

あまり遠くに追いやり過ぎても安心してしまうので、上司としての責任は褒めて伸ばしておいた。

「そうか。お前にとっての私は、組織なのだな」

ネアの返答から何かを得たのか、ぽつりとエーダリアが呟く。その、どこか静かな諦観の言葉の後、人間としては充分に美しい顔に納得したような微笑をゆっくりと浮かべた。

「……それでも、こうして私を頼っ」

「今夜ここに来たのは、他に、深夜でも対応可能、魔術の知識が豊富、そして、魔物ではなく人間側に立って考えられるという条件を揃えていたのが、エーダリア様だけだったからです。そこに、何だか甘酸っぱい、好意になるかもしれない気持ち的な輩は、未来永劫《えいごう》砂粒一つ程も混ざらないので、どうか安心してくださいませ！」

謎に取り巻きに入れられそうになったネアは、やや食い気味に強めの否定をかぶせた。この手の誤解は根深く残るので、しっかり説明しなければ、後々に面倒事になるのは間違いない。何しろ、このエーダリアは、女性からのその手の執着を嫌う傾向がある。せっかくいい関係を築けそうになっていたのに、そんな事でぎくしゃくしたくなかった。

「なので、呪い避けの方法だけ教えてください。……っ、どうして寝ようとしているんです！　泣きそうな目をされても、今、一番泣いてもいいのは私なのですよ!?」

その夜は、これがあれば魔術師など無用であったかと、ネアに机の上の魔術書を持ち去られそうになったエーダリアが最終的に折れ、呪い避けの高価な術符を何枚も渡してくれた。

翌朝、主人の目線が一向に斜め下から持ちあがらないことを憂えたグラストにより、あの白持ちの魔物につれなくされましたか？　と訊ねられたエーダリアは、丸一日部屋に立て籠もったという。

なお、封筒の髪の毛については、魔物としっかり話し合ったところ、ディノは、抜け毛がご主人様の欠片だと思っていた事が発覚した。欠片が落ちていると思い、減らないよう慌てて集めていたらしく、ネアは、人ならざる者との常識の違いにとても苦しめられる羽目になった。

仕事が終わったら街に出ます

「ネア、この薬が作れるだろうか？」

秋の終わりの収穫祭も近くなったその日、珍しく、エーダリアからの仕事の指示があった。

最近は午前中に仕事をしてしまい、午後は、自由に勉強をさせてもらっている。そんな午前の仕事時間に部屋を訪ね、淡い水色がかった午前の光が落ちているテーブルに、エーダリアが一枚の指示書を置く。とは言え、受け取ったネアにはさっぱり分からない内容なので、ディノに託すことにした。

「ディノ、このお薬を作りますよ」

「ふうん。人間は妙なものを欲しがるね。この効用なら、リブスタッツの実と、水の系譜の竜の鱗《うろこ》でも補えるのに」

「待ってくれ！　今の内容をもう一度！」

もの凄い形相でエーダリアが滑り込んできたので、仕方なくネアが伝言係になると、婚約者は子供のような笑顔でどこかへ走り去って行った。こちらの世界の魔術師は、どうやらこのような傾向が強いらしく、統計によると、魔術師の実働時間はちょっぴり人間の限界に近いらしく、そして、婚約破棄率と離婚率は堂々の全職種中第一位だ。何となく、似たような人達が前の世界にもいた気がする。

「ネア、出来たよ。危ないから、君は触れないように」

「スリン……ダビル？　……これは、どのような効果のある薬なのですか？」

「魂の自白剤みたいなものだね」

「……はい？」

「過去の因縁を紐解いたり、世代を超えた病の原因を探ったり、政敵の失脚に使ったりするのかな。人間は、本当に業《ごう》が深い」

「政敵を追い落とすのに使うということは、前世を引き合いに強請《ゆす》るのですか？」

「それが一国の国王候補で、魂の由縁が、自国の民を殺戮した敵国の将軍だったらという事もあるかもしれない。とは言え、人間の魂に、記憶が欠け残ることは珍しいけれど」

「確かにそういう事例であれば、周囲の人間も、割り切れない部分で心が動きますね」

そうして暴かれた己の履歴で、健やかに生きる筈だった誰かの人生がひび割れてしまうこともあるのだろうか。であればこれは、いいばかりの薬ではないのだろう。

「ディノは、この薬の運用に詳しいのですね」

「時々欲しがる人間がいるからね。どうしても退屈だと、わざと手に入れさせたりしていたから」

「使われ方によっては、破滅する方もいたでしょうに」

「私達は、魔物だからね」

そう微笑んだディノは、今日は二人で街歩きをするからか、見慣れない服装をしている。

黒に近い紺色の上着は、ベルベットのような質感の毛皮のフロックコートで、袖口が大きく広がっており、下に着るドレスシャツの上品なフリルを覗かせられるようになっている。艶のある素材の白いシャツと真っ白なクラヴァットに、裾先から覗くのは、歩き易さよりそのシルエットの美しさを優先したような濃紺のブーツだ。

(二度目の街歩きで今更だけれど、これで果たして、低階位な魔物という肩書が通るのだろうか)

コートには同色の糸で施された刺繍があり、服地の素材一つをとっても、その辺の野良魔物には手の出しようがない品物だとすぐに見抜かれてしまいそうだ。なお、この魔物の擬態は、髪色を変えるだけで、美貌はそのままである。

「さて、どこかへ行ってしまった上司を見付け、出来上がった薬を届けがてら出かけましょうか。目的地が分かる程度の下見はしてあるつもりですが、どこか行きたいような場所はありますか?」

「一人で街に出るなんて……」

「この街は、仮にも王都であったところです。治安もいいですし、きちんと整備されていますよ」

「それでも、……危ないからね」

どこか悲しげなディノの眼差しにぎくりとしたネアは、その外出で、少し前までご主人様が転職活動をしていたと知っている魔物の気持ちを持ち上げ直すことに専念した。部屋を出て一緒に廊下を歩きながら、本日の予定を魔物に聞かせてやる。

「今日の昼食は、お外で食べましょうね。庶民向けのお店ですが、美味しくて有名なお店を幾つか調べておきました。お腹に余裕があれば、屋台のお菓子もいただきませんか？」

「屋台の菓子？」

「この国では、秋から冬にかけて、木の棒に巻き付けたパン生地に、乾燥させた赤い果実の粉末を練り込み、蜂蜜とシナモンをまぶして、手で回し焼くものがあるのだとか。街を歩くと、教会の前や広場では美味しそうな甘い匂いがしますよ」

「食べる」

「ゼノ？」

急にディノではない声が混ざり込んだと思ったら、反対側から袖を引かれた。水色の髪の青年が、いつもは眠そうな瞳を輝かせてこちらを見ている。クッキーの餌付けが功を奏し、本当は愛くるしい少年姿のこの魔物を、ゼノと愛称で呼べるようになったのは最近のことだ。

「君は、君の歌乞いに連れていってもらうといい」

にべもなく切り捨てたディノに、ゼノーシュはわかりやすい絶望の表情になった。可哀想ではあるが、流石にエーダリアの護衛の要を連れ出すわけにもいかない。とぼとぼと去って行くゼノーシュの背中を見送りながら、お土産を二つ持って帰ると決めてぐっと堪えた。

「街に行くのなら、欲しいものはあるかい？」

そう訊ねられ、本日は教育実習なので、お買い物もご主人様持ちだと言うと、ディノは不思議そうに目を瞬いた。何しろ、以前は紅茶すら買えなかったネアにはもう、お給料があるのだ。

（でも、散財は厳禁……）

リーエンベルクに居る限り、生活出費は殆どかからない。乙女には、エーダリアに渡す注文表には書けないような必需品もあるのだが、最初に貰った準備金で、ある程度必要なものは買い揃えてある。この先で必要なのは、ディノに買ってあげるものと、転職に必要な資金くらいなものだ。

（でも、ここを出るのなら、移転先の部屋代は必須だし、生活を整え直す初期費用もかかってくる）

街に出た際に、真っ先にウィームの家賃相場を調べたが、やはり郊外に出るのが望ましいだろう。旧王都であるウィーム中央は、物価も家賃も高いのだ。

「必要なものは揃っているので大丈夫です。今日は、観光客みたいにぐるりと街を見ましょうね。食べ物は人間の生活がよく分かる素材ですから、昼食の他にもつまんで構いませんけれど、お土産は一つまでですよ！」

「……買ってくれるのかい？」

「ええ。前回はリボンのお店だけでしたが、今日はお店の沢山ある街の中心部に行くので、色々なお買い物もしてみましょう。あまり高価なものはいけませんが、欲しいものを探してみてください」

魔物が何を好むのかはわからないが、このウィーム中央は、歌劇場や美術館、自然史博物館などが名所となっていて、文化的な水準も高い。各国の王宮にも卸されている陶器は、ここで絵付されているし、花の彫り物を入れる硝子工芸や、刺繍製品も有名だ。また、ウィームと言えばお茶文化とまで言われており、紅茶とケーキの美味しい有名店が多く、街を歩けば素敵なものが幾らでもあるだろう。

（ただ、百貨店並みの品揃えの、リノアールにだけは入ってはならない……！）

ネアが、特別危険指定地域としたその複合商店は、三階建ての離宮めいた造りの建物で、こちらの世界の高級百貨店のようなものだ。

店舗内に違法併設された別店舗などもあり、星屑を使ったランプや刺繍製品の専門店、魔術道具の店やドレスの店、おまけに、妖精の営む宝石店まである。異世界の美しい品々に心が躍り弾んでしまうネアと、まだ金銭感覚の曖昧なディノとで入店するのは時期尚早と言えよう。

おまけにこの世界には、クリスマスに相当する祝祭がある。

イブメリアと呼ばれるその期間は、この大陸の教会が祀《まつ》る神、鹿角の魔物が姿を現した日を中心にしているらしく、前二日と当日の夜は、ヴェルクレアも国を挙げての祝祭となるそうだ。そしてウィームは、そんなイブメリアの祝祭が世界で最も美しい都だと言われている。

晩秋を迎え、祝祭の季節に備えるこの時期のリノアールは、さぞ盛況なことだろう。内装も素晴らしく季節限定の品物も多いと聞けば、お祭り気分になると懐が緩むネアは、厳しく自分自身を戒めねばならない。

（転職するんだ。転職するんだ。……お金は大事。お金は大事……）

しかし、欲望がだだ漏れになっていたネアはその後、ご主人様の願いを叶えようとした魔物に、あっさりリノアールに連れて行かれ、小さな風景を閉じ込めた素敵な置物や、リーエンベルクの形をしたオルゴールなどを買ってもらってしまったのだった。それだけではなく、気付けばお財布のお金がとても減っていて、いつの間にか、夜結晶で出来たイブメリアのオーナメントや、綺麗な刺繍のハンカチまで入手していたのだから、どこかで悪い呪いをかけられたに違いない。

婚約者を慰めたら婚約破棄されました

ネアがこの世界に来てから、一月あまりが経った。

ディノが集めてきた品物の振り分けが終わり、エーダリアが各所と話し合いを進めた結果、高位の人外者の略奪については人間が口出し出来ないということを利用し、武具や薬などの一部のものは、国庫に残されることが決まったそうだ。持ち込まれた日にはまだ動いていたラムネルの毛皮は、これから訪れる冬に備え、ネアのコートに仕立てられる事になっている。

（いらないと思ったけれど、身を守るものになると聞いた以上は、持っておいた方がいいのだろう）

ディノの教育と、二人の親睦に努める穏やかな日々。

契約の魔物との繋がりを深めるこの期間を、魔術的には汽水《きすい》期間と呼ぶのだそうだ。余命の観測頻度が高く、出来ることと出来ないことを明確に数値化するので、歌乞いがしっかりとした任務を引き受けるようになるのは、その汽水期間が終わってからとなる。

（でも、私の場合は、観測に時間をかけていたと言うよりも……）

最近は、時折、魔術師らしい怜悧《れいり》な眼差しで、部下に指示を下しているエーダリアを見かける。

グラストと真剣に意見を交わし、ゼノーシュの知識で任務に必要な補填をする上司を見ていると、何かの準備に並々ならぬ手間をかけているのが窺えた。それは恐らく、ネアという国の歌乞いを働かせる為のレール作りをしているのだろう。ウィームの街は冬の気配を帯びて輝く程に美しくなってゆくのに、ネアは、そう考える度に少しずつ憂鬱《ゆううつ》さを積み重ねた。

グリムドールの鎖は、他国の歌乞い達と奪い合い、国の成果としなければならないものだ。エーダリア達の作っているレールが使えるようになり、今迄の仕事とは違うグリムドールの鎖探しの任務が本格的に始まってしまえば、ネアは、それが終わるまではここから動けなくなる。

(果たして、私はそこまで踏み止まれるだろうか)

仲間のようになりつつある人達への責任を、見知らぬ観客達からの重圧を、ここにいる可愛いらしくて困った魔物達への思い入れを、これ以上抱えてもなお、ネアはきちんと踏み止まれるだろうか。

本格的に探索が始まってしまえば、ネアは、ずるずるとここに居座ってしまいそうな気がする。

そんなことをつらつら考えていたせいか、契約した魔物への応対が雑になっていたらしい。視線を感じて顔を上げれば、ディノが探るような目でこちらを見ていた。

「ネア、私のことが……嫌になったのかい？」

「ごめんなさい、今日は、あまり構ってあげていませんでしたね。寂しくなってしまいましたか？」

「少し、疲れているね」

ディノは、嫌われた訳ではないと分かるとほっとしたようだが、今度は心配そうに、手を伸ばしてネアの頬にそっと触れる。ひんやりとした清涼な魔物の体温が肌に染み込めば、庇護を受けるということの贅沢さに頬が緩んだ。

ずっと一人きりで暮らしてきたネアにとって、その優しさは甘い毒のよう。自分では面倒を見きれない魔物を、それでもいいからと、このまま手放せなくなったら、どうすればいいのだろう。

「最近、エーダリア様達が色々とご手配されているでしょう？　さっきお話したときも、それとなくですが、私がどれだけ働けるか確認しておいででした。……だからね、覚悟を決めなければと思ったのです」

ディノは、ネアの話を聞くのが好きだ。甘える時の暴走ぶりが嘘のように、ネアの話に耳を傾けて、時には、的確に思考の絡まりを解いてくれるディノは頼もしい。この世界では、教会の信仰を司る者も神ではなく魔物なのだと聞けば、人間の信仰の対象ともなる存在の叡智と経験を感じる。

「君は、何も心配しなくていいのに」

「そうですよね、そう整えてくれているのに、迷う自分が情けないのです。ただでさえ、エーダリア様を失望させてしまっているでしょう？　私が婚約者であることで、ご負担もかけている」

一度言葉を切り、ネアは苦い微笑みを浮かべた。

「こんなに公正な方だと、知らなければ良かった。そうすれば、あなた達のことなど知らないと無関心でいられたのに」

「ネアは、彼等のことが嫌いかい？」

「いいえ。あの方々は、とても良い隣人です。他人だと切り捨てられないくらいにはもう、彼等を知ってしまいました。だからこそ私には、重たいものを背負う彼等がとても重いのです」

そんな率直な言葉の醜さにすら、ディノは頷いてくれた。

「もう君は、ここが嫌ならどこにだって行けるのに」

息が止まりそうなくらいに優しく微笑まれて、ネアはまた怖くなる。

（こんな特別な魔物を手に入れてしまった私が、いつかこの魔物を、本当に手放せるのだろうか？）

でも、ネアが一番怖いのはディノだ。この魔物を手放せなくなるのが、怖いのだ。

「……そうでしょうか？」

狡賢い人間は、この会話はもうここまでだと、笑って茶化すように瞳を煌めかせる。ディノも空気を読んで承知してくれたようで、気分を変えてあらためて椅子になりたいと申し出てくれる。考える余地もなく光の速さで却下しながら、ネアは優しい魔物の頭を撫でておいた。

「そう言えば彼は、まだ君の婚約者だったのだね」

聞き取れないくらいに低く呟かれた言葉は、ネアの耳に届かなかったのだ。


その日の夜、ネアは、寝入り端のところをゼノーシュに叩き起こされた。

「……おのれ、私を寝台から引き離すなど、許すまじ……」

「ごめんね、ネア。グラストが困っているから、少し手伝ってくれる？」

「……ゼノ？　……グラストさんに何かあったのですか？」

「グラストは困っているだけ。でも、エーダリアは、ディノに壊されちゃいそうだけど」

「……え」

仰天したネアは、慌てて起きたところでゼノーシュにひょいと持ち上げられてしまい、目を丸くした。くらりと視界が揺れて我に返った時にはもう、ゼノーシュはネアを抱えたまま、足音もなく王宮内を駆けている。

「ゼ、ゼノ、私も自分で走れますよ⁉」

「あのね、少しだけ転移も踏んでいるんだ。もう少し我慢してね」

自分を持ち運んでいるのが、青年姿でもあの少年だと思うと大変心苦しいのだが、迅速な移動に必要なら致し方ない。ふわりと薄闇を踏み越えるような魔術的な移動も挟みつつ、王宮というものの構造上、決して短くはない距離を運ばれ、そっと降ろされたのは本棟にある廊下の曲り角だった。

「ゼノ？」

「少しここに居て。ネアは、二人の会話を聞いた方がいいと思う。……思う？」

「疑問系にされてしまうと悩みますが、ゼノがそう考えてくれたのなら様子を見てみますね」

婚約者殿は無事だろうかと不安になったが、ゼノーシュの落ち着き方を見るに、まだ猶予はありそうだ。とても冷酷でまだちょっぴり眠たい人間は、事態が切迫していないのなら、是非に二人で解決してほしいと考えてしまう。複雑な気持ちで曲り角の向こうを窺えば、ゼノーシュが押さえたこの場所は、姿は見えないが、あちらの会話の内容がよく聞こえる位置らしい。

「磨耗させているのは、貴方ではないのか？」

まず聞こえてきたのはひどく硬いエーダリアの声で、ネアはぎくりとした。

「筆頭魔術師という階位だと、まだ返事が出来るのだね」

対するディノの声は低く甘い。睦言《むつごと》を囁きながら、相手を切り刻んでしまいそうな、魔物らしい気配を帯びた声だ。

（……これは！）

「もう少し待って」

思わず飛び出そうとして、ネアは、ゼノーシュに止められる。

「ネアは普通の少女だ。貴方の指先では壊れてしまうくらいに、何の特筆《とくひつ》さもない。だからこそ、

私には不本意ながらも、あの少女への責任がある」

ここでネアは、おやっと眉を寄せた。自分の名前を、二人の会話の中でいたずらに投げ合わないでほしいのだが、もしかするとエーダリアは、ディノに、この婚約は不本意だと伝えたいのだろうか。

「あの子にまだ鎖を探しに行かせないのは、その婚約のように、少しでも深くこの土地に縛り付けておく為かい？」

「それは貴方もだろう。貴方ほどの魔物であれば、一人であの鎖を手に入れることも容易い筈だ。それを差し出さないのは、逃げ出される口実を与えたくないからでは？」

（……そのくらいのことは、暗黙の了解ではないのだろうか）

ディノの冷ややかな問いかけと、エーダリアの苦渋に満ちた声に、ネアは、眉間の皺を深めた。国は、高位の魔物を繋いだ歌乞いを無駄に使い潰したくはないだろうし、ディノは、梳かしてもらう為にわざと髪の毛を絡ませてくるような魔物なのだ。それぞれに事情があるのだろうと考えたネアは、だから、これまでは何も言わずにいた。

「その言及も思考も、まるで私のものを、君自身の問題として考えているようだ。なんて不思議なのだろう」

（……っ！）

こわい。

それが向けられるのは自分ではないのに、会話の内容がちっとも頭に入ってこないくらい、ディノの声はずしりと重かった。見えない力に魂を握り締められているみたいで、指先が冷たくなる。

（これ以上はいけないわ）

魔物は、精神圧だけで人間に損傷を与えることが出来る生き物だ。何が発端かはさて置き、このまま感情的に言い合いをさせた場合、肉体の耐久度の低いエーダリアが、圧倒的に不利である。

「わかりました、ゼノ。あの二人の誤解を解いて、二人の心がすれ違わないようにしなくてはなのですね！」

「えっ、違……」

すっと立ち上がり、ネアは廊下の曲り角から、冷え冷えとした応酬を交わす男達の前に姿を現わした。奥に控えていたグラストがほっとした顔になり、当事者二人はなぜか焦った顔になる。

「ネア、どうしてここにいるんだい？　部屋に居るはずだったのに。……ゼノーシュか」

ディノの様子を見ると、この騒ぎに気付かれないよう工作されていたのだろうか。そう言えば、今夜は猛烈な睡魔に襲われ、ぱたりと寝入ったのだった。

「ディノ。私の上司を困らせてはいけません」

「彼は、……君のものなのかい？」

「いいえ。ですが、私の上司です。だってディノは、そのような形で人間に紐付くのは嫌でしょう？」

「そうだね。私は、ネアだけのものだ」

水紺の瞳が孕む鋭さに、臆病な人間は目を伏せてしまいたくなる。薄暗い廊下でどこまでも白く際立つ美貌は、自分達とは違う存在なのだと明確に誇示するかのよう。けれどもここで尻込みをすれば、どこかで対等さを失ってしまう。この寂しがり屋の魔物は、そうして匙を投げたネアに気付き、いつかは失望するだろう。

「だからこそです。あなたは、私のものなのですから、私の労働環境を損なってはいけません。この方は、理想的ではない隣人ですが、勿体無いくらいの良い上司なのですから」

「理想的では、ないのかい？」

「庶民の身に、このような肩書きの方は、荷が重いですからね。でもそれとこれとは別です」

「君は、婚約者としての言葉は吐かないのだね」

「婚約者云々は、エーダリア様や私にとって、お国の事情でかけられた足枷ですからね」

「……そうなのかい？」

ふと、ディノの言葉から鋭さが欠け落ちた。

首を傾げてこちらを見ているのは、不思議そうな顔をした美しい魔物だ。

（ああ……、ディノは知らないのだわ）

この魔物は、人間は、政治的な事情から、自分の心が不当に縛られる事があるのだと知らないのだろう。自由であるということは、即ち、不自由さを知らない不自由だと言うことでもある。

「組織から、何かを不本意に強いられるのは辛いことでしょう。それが、本来であれば個人的な領域のものなら尚更です。私も気が滅入る称号《しょうごう》ですが、エーダリア様はもっとお辛いと思います」

「そう。君が嫌ならいいのかな……」

ふわりと嬉しそうに笑うので、ネアは思い至って確認する。

「ディノは、エーダリア様に、婚約を破棄してほしいのですか？」

「勿論だよ」

「……あらあら」

（良かったですね、エーダリア様！）

この魔物は、まだ自分のものだ。そう思ってしまうから、祝福の思いには少しだけ、寂しさも混ざる。だが、こんな風に思うのであれば、まだ拙い気持ちだとしても、当人が自覚すればあっという間に自立していってしまうだろう。

（まるで、弟を手放したくない姉のような気持ちだわ。……む、まさか母親？）

いそいそと近寄ってきた魔物に持ち上げられつつ、ネアはその可能性を慌てて却下した。まだ結婚すらしていないのに、こんな大きな子供がいては堪らない。

「はい。ここまでですよ、私を解放して、私の上司に謝ってくださいね」

「一緒に部屋に帰らないのかい？」

「今後の職場環境の為に、謝罪と調整があります。悪さをした魔物は、お部屋で謹慎していてくださいね」

「どうしても？」

「どうしても。人間社会は、色々とお作法があるのです。帰ったら椅子にしてあげますから、それまで謹慎していてください」

「待っているから、すぐに帰っておいで」

納得はしていなさそうだが、この場では主人を立ててくれたのだろう。ネアを床に降ろしたディノは、ふっと微笑んでわざとらしくネアの額に口付けを落とし、姿を消した。

「嫌がらせですか！」

額を押さえて真っ赤になったネアが叫んだが、既に契約の魔物の姿はどこにもない。叱られたことへの意趣返しだろうか。また躾なければいけないようだ。

「……エーダリア様？」

一息吐いてから、ネアは、壁にもたれたまま黙り込んでいた婚約者殿に歩み寄る。やはり、高位の魔物と向かい合うのは負担だったのだろう。胸元に手を当て疲れたような深い息を吐くエーダリアは、銀糸の髪が少し乱れていて、物理的に何らかの圧力が加えられたかのようだ。

「もしや、うちの魔物が手を上げましたか？」

「……いや、そういうものではない。私が浅はかだったのだ」

（でも、乱れていらっしゃる？）

この時間であるし、少し寛いだ服装でいたのだろう。けれども胸元は大きめに開《はだ》けているし、何やら頬と耳が少し赤い。その様子を見ていると、視線に気付いたのか、エーダリアは、ぎゅうっと片手で握り込むようにして乱れたシャツを掻き寄せた。

「……成程」

「待て、どんな結論を出した？　こ、これは魔術反応で体温が…」

言葉にするのも無粋なので、ネアはただ、淑女らしい仕草で微笑み、丁寧に頭を下げる。

「ディノが、ご迷惑をおかけしました。エーダリア様は、毎日遅くまで忙しくしていらっしゃるのに、ご負担をおかけしてしまい申し訳ありません。きちんと躾をしておきますので、どうかご容赦下さいませ」

「……今回のことは、私も早くに話し合っておくべきだった。仮初《かりそめ》であれ、君の婚約者であるというだけでなく、歌乞いを統括するガレンの長としても、正しい在り方を指導するべき責務がある」

「あなたは……良い方なのですね」

気付けば、先程まで廊下の突き当りに立っていたグラストの姿はない。ゼノーシュもいないようなので、二人は退出したのだろうか。真夜中の廊下には等間隔に吊るされた小ぶりなシャンデリアの煌めきが散らばり、窓からの夜の光とシャンデリアの煌めきが、エーダリアの瞳の中にも映っていた。なんて美しい夜なのだろうと思い、また少し、ここでの暮らしに未練が募る。

「勘違いをするな。私にとって、君は不本意な婚約者だ。だが、不愉快であるとは言え、男としての責任は当然存在する」

上司としての会話ではなかったのかと、ネアは眉を寄せた。しかも、本当は仲間外れでしかないネアに対し、その気遣いはあまりにも無神経ではないか。

（あなた達が共に手を取り合う頃には、私はここを出てゆかなければいけないのに）

「前言を撤回します。エーダリア様は、真正のドSでいらっしゃる」

「ど、……えす？」

「他人の心を折り曲げることに、生理的快感を持つ厄介なひとのことです。しかしながら、生来の気質であられるので、周囲は性癖として受け入れるしかありません」

「なぜそうなったのだ！　そもそも、もう少し会話の内容を憚《はばか》れないのか！」

「このような場合、遠慮して遠回しに説明すると、会話の行方が迷子になりますよ？」

「……なぜ、おかしなところで努力を諦めるのだ」

片手を額に当てて項垂れてしまったエーダリアは、何やら不憫《ふびん》な様子であった。異性として魅力を感じる事はなくとも、上司としては労しい。

「私は、大丈夫ですよ。エーダリア様」

責任など感じなくてもいいのだ。そう考えたからこそネアは、敢えて過激な言い方をした。

心を寄り添わせるには二人は違い過ぎるし、ネアはまだ、ここに居座る覚悟すらない。酷薄な判断とて下すだろうに、この元王子は生来の気質が生真面目なのだろう。だからどうか、これ以上は気遣わないでほしかった。何も知らないふりをして、本当はずっと持っていたい宝物を諦め、エーダリアに譲って立ち去るネアを見送ってほしい。

（でもこの方は、とても上手に冷酷に立ち回っていらっしゃるのに、心が伴うと、急にずたぼろになるのだわ）

いつだっただろうか。

ネアは、リーエンベルクの廊下で、エーダリアと誰かの会話を聞いてしまったことがある。相手は駐在する騎士たちとは違う装いであったので、中央から来た者なのかもしれなかった。

『捕まえた魔物は悪くないが、当人の命がどれだけもつかだな』

何の感慨もない声に、当然のことだと思いはしても、やはり胸が痛んだ。

『……なぜ私が、あんなものを背負わなければいけないのだ』

だが、続けてぽつりと呟かれた言葉に、怒りよりも申し訳なさが強くなった。何も知らないネアよりも、国の思惑の歯車にされたエーダリアの懊悩《おうのう》は深いだろう。そんなエーダリアがいつも、ディノを見る時にだけ、途方に暮れたような無防備な目をする。

（だから、私が自分の為の運命をこじ開けようとしているように、あなたにも、自身の幸せを得る為に頑張ってほしいのだ……）

「大丈夫なわけがないだろう。白持ちの魔物相手に、何を言っている。婚約は破棄しないから、安心……」

「でも、エーダリア様、色仕掛けならもう少し考えないといけません」

（おや、言葉が被った）

割れんばかりに目を真ん丸に見開いて、驚愕の表情のエーダリアがこちらを見ている。ばれていないとでも思ったのだろうか。あからさまではないか。

「……色仕掛け？」

「確かにエーダリア様の鎖骨はお綺麗ですし、頬を染めて涙目で見上げるのも、鉄板ではありますけどね」

「……私が？」

「でもディノは、わからないふりしていますけど、そちらの方面でもなかなかに経験を積んでいそうなのです。もう結構な高齢者ですので、当然でしょうけどね。だから、あんな風に迫って、あからさまに警戒されるのはいけません。寧ろ、素直に好意を告げる方が……エーダリア様？」

あまりにも長い時間返答がないので、心配になったネアは、そっと呼びかけた。さすがにこの手の問題を、異性に忠告するのはまずかっただろうか。

「ネア」

顔を上げて鋭く睨みつけられれば、酷薄だったばかりの淡い鳶色の瞳には、濡れたような光があり、羞恥のあまり涙ぐんでいるにしては随分と表情が冷やかだ。どうしたのだろうと差し伸べようとした手は、音を立てて振り払われた。

「今、この場を以て、お前との婚約を破棄する」

抑揚のない声ではあるけれど、強い感情を押し隠したその宣言に、ネアは、しょんぼりと眉を下げる。どうやら、男性としての矜持を傷つけてしまったらしい。またしてもの不手際であった。

「今後も、ガレンエンガディンとしてお前の指導にはあたろう。だが、執務外では二度と私に関わるな。お前の余計なお喋りには、もううんざりだ」

「承知いたしました。今までご配慮いただきまして、有難うございました」

「……っ！」

ネアは、これはもう仕方ないなと素直に頭を下げたのに、どうしてエーダリアが固まるのだろう。またしても踏まれた子犬のような顔を一瞬見せて、ものすごい音を立てて部屋に撤収されてしまったので、どうやらここは、エーダリアの自室の前だったらしい。

一人残されたネアは、落ち込みながらも小さく唸《うな》る。

「……あんな目で見ても、もう二度と、恋のアドバイスなんてしてあげませんからね」

「とうとう抑制力がなくなってしまった。俺はどうすればいい……？　応援するべきなのか？」

「無自覚な内に失恋しておいた方が、面倒くさくならないだけいいのかなぁ……」

姿を見せない魔術の道の中で、とは言えかなりの至近距離内に、そう呟く二人の観客がいたことには、とうとうネアもエーダリアも気付かないままだった。

その後、自分の足で部屋に戻ったネアは、扉を開けるなり溜息を吐いた。準備なく拒絶されるということは、やはり心を削る。そして、視線の先で、全力で椅子待機をされてしまうと、とても逃げ出したくなる。

「きちんと謹慎出来ましたか？」

「頑張ったよ。これで、椅子にしてくれるのだよね？」

「今の私は少しだけ傷心なので、傍若無人な暴君になっていますが、大丈夫ですか？」

「誰かに苛められたのかい？」

立ち上がったディノが、気遣わしげにネアの顔を覗き込めば、動いた時に揺れた長い髪が、宝物のような色でふわりと翻った。

「エーダリア様に、婚約を破棄されました」

滑らかにならない声でそう伝えると、自分が萎れているのが嫌でも分かってしまう。思っていた以上に悲しかったのだと納得して、強欲な人間は、頭を撫でてくれたディノの手に甘えてしまった。

「……それは、君にとって悲しいことだったのかい？」

「そうだったみたいです」

ふっ、とディノが一度瞳を閉じて開いた。感情の何かをいなすように、何かの衝撃から、身を守るみたいに。

「……そうか」

「好きでもない人から、告白もしてないのに振られてしまったようなものなのです」

「……好きではなかったのかい？」

「心の自傷癖はありません。自分を望まず、自分も望まない方を、どうして異性として意識出来るでしょう。ですが、もっと穏やかに解消する予定だったのですよ」

「それでも、悲しいのだね？」

「男女間の恋情はなくとも、上手く協力し合えると思っていた方から、どすんと突き放されたような思いでした。この程度なら気にしない方もいるでしょうが、私は……とても悲しいのです」

「そうなのだね。……おいで。可哀想に、悲しかったね」

優しい声音に、くすんと鼻を鳴らしたネアは、一瞬躊躇ってから、大人しく傷心の自分に忠実になった。伸ばされた腕の中に飛び込み、ディノ本来の、魔物らしい夜の森のような香りを吸い込む。

「悲しかったです。エーダリア様の銀色の髪の毛を、毟ってやりたくなりました。でもね、あの方は良い上司ですし、尊敬しています。私は常識人なのでそんな残酷なことはしませんでした」

「毟ってしまえばよかったのに。代わりにやってあげようか？」

「いけません。見目麗しい元王子様ですから、エーダリア様にご執心などこかのご令嬢達を、悲しませてしまいかねません。そんな方々から逆恨みされたら、元も子もありませんからね」

ネアを大事そうに抱き上げながら、ディノはふと不思議そうな顔になった。

「それにしても、あれだけ頑固だった彼が、どうして婚約破棄を決めたのだろう？」

「私が、耳が痛いことを言ってしまったからでしょうか。ディノの心を手に入れるには、もう少し玄人向けの作戦を練るべきだと忠告しました」

「……やめて」

「良く考えれば、もう少しディノが優しくして差し上げれば、あの方も少し丸くなるのでは？」

「お願いだからやめようね、ネア」

良く考えたら一番酷いのはこの魔物かもしれないと、責めるように見上げれば、本気で傷ついたような目をする。そうすると不憫になってしまうのだから、美しい魔物というものは非常に厄介だ。

「まったくもう。あなた達は、手当たり次第に人間の心を手に入れてしまうのですね」

「では……君は、私のことが好きなのかい？」

「ディノ？」

「こんなに近くに居る君ですら、私に捕まってはくれないんだ。過大評価ではないかな」

「お馬鹿さんですね、ディノは。こんなに困った魔物は、多少なりとも好きでなければ大事にしませんよ？」

ネアが転職活動をしているのは、身の程を知って、己に見合った仕事をしたいからだ。大事だからこそ本当は相応しい人に預けたいのに、大事過ぎて手放せなくなりつつあるこの状況の一体どこが、好きじゃないと言えるのだろう。しかし、そう言った途端、ディノが勢いよく蹲ってしまう。

「ディノ？　……ふわぁっ⁉　……何をするのですか！　心臓が、ぎゃっとなりました！　ご主人様を抱えたまま、いきなりしゃがんではいけません‼」

「もう、ずっとネアの椅子でいい」

「……どうしてそちらに振り切ったのでしょう？」

「ネア、髪の毛引っ張っていいよ。もう、ずっと掴んでいてもいい」

「さりげなく、私をあなたのお仲間にしようとしないでくださいね⁉」

まだ心拍数が平常値に戻らないネアを抱き上げると、ディノは、ご機嫌で部屋の中央にある長椅子ではなく、なぜか隣の部屋の寝室に向かう。因みにディノの寝室は更にその隣の部屋だ。

「なぜ、寝室にしたのでしょう？」

「椅子にしてくれるのだよね？」

「それなら、さっきの部屋で良かったのでは……」

「もう夜も遅いから、君は途中で寝てしまうだろうから」

「まだ起きていますよ？　謹慎していたら、椅子にしてあげる約束でしたからね」

クリーム色の地色に青磁色の模様のある素晴らしい織り模様の絨毯を踏み、ディノは、天蓋をくぐってネアを抱いたまま寝台に腰かけた。天蓋のカーテンの影になり、瞳がぼうっと光を孕む。

この寝台は、ネアの小さな隠れ家のようなお気に入りのスペースだった。紫がかった灰色と白の二色展開の、大振りな花枝柄のベッドカバーと枕カバーは詩的な繊細さで、花びらの僅かな赤紫色と、清廉な葉色が差し色となっている。そんな寝具の上に腰かけた魔物は、花影に染まるようだ。

「ごめんね、今夜は疲れていると思うけど、眠るまででいいから、少しこうしていて？」

「約束したご褒美を取り上げる程、私は冷酷ではありません」

恐らく、ネアが寝てしまえば、寝台にリリースしてくれるつもりなのだろう。しかし、こちらは淑女であるので、共有スペースで椅子になってくれる気遣いこそをしてほしかったところだ。

「でも、酵母の魔物には、贈り物をする」

「……まぁ。どこからその情報を手に入れたのでしょう？」

非常にまずい話題が上がったぞと、ネアは視線を彷徨わせた。このような場で切り出されるのだから、かなり根に持っているのだろう。ぎゅっと抱き締める拘束装置付きの椅子と化したディノに、そろりと視線を向ける。

「あの魔物が自慢していた」

「口が軽い魔物さんでしたか……」

賄賂というものは、基本的に公にしてはならない品物だ。自分と話をしたいのなら木べラを献上しろと言われたからそうしただけで、あまり自慢されてしまうと、安価過ぎる贈り物で籠絡しようとした事が周知されるから慌てている訳ではない。

「でも、私のことを好きでいてくれるなら、あの魔物はやはりいらなかったね」

「……そもそも、もう、酵母さんはいなくなってしまったのでは」

「君は、私の指輪をしているのだから、ふらふらしては駄目だよ」

「これは純粋な贈り物で、拘束道具ではなかった筈なのです」

鮮やかな朽ち葉色の髪に、キャラメル色の瞳の少女の姿が浮かんだ。少し強欲で暴走気味な魔物だったが、底抜けに明るい姿には好感が持てたのだ。それなりに料理が好きなネアには扱い易そうに見えたし、その後の仕事を得るのにも、無理をせずに済みそうな転職先候補だったのだが。

(とは言え、あの魔物さんは厄介そうだったし、ディノがどうにかしてしまったのだから、切り替えよう……)

「ネアに浮気された」

「……何をしてあげれば、許してくれますか？」

「また、髪の毛を洗ってほしい……」

「わかりました。乾かして、梳かしてあげますね」

「あと、もっと頻繁に椅子にして」

「……善処しましょう」

「足も踏んでほしいし、体当たりもしてほしいし、この前みたいに頭で攻撃してほしい」

「私がそちらのご趣味みたいな言い方！」

「それと」

ディノがまだ付け足そうとするので、ネアは半眼になった。思いの外《ほか》悲しかった婚約破棄に続き、浮気の話題でとても心が休まらないので、いっそもう明日は代休にならないものか。

（エーダリア様は、口も利きたくないような仰りようだったし、寧ろ会わない方が喜ぶのかも）

そうか、もう会いたくもないのだろうなと思えば、自然に眉が下がってしまう。

誠実で尊敬出来る人だと思ったからこそ、善《よ》かれと思って進言したのに、ネアが至らなかったせいで、こんな決着を迎えてしまった。そう思って落ち込んでいたネアの耳に届いたのは、ディノからの思いがけない言葉だった。

「もっと沢山、我儘を言って。ネアのお願いなら、どんなことだって叶えてあげるから」

椅子に背後からぎゅうぎゅう抱き締められて、頭を擦り付けられる。低くて甘い声とは対照的に、その甘え方は、あまりにも不器用で酷く無防備な感じがした。ネアは、元婚約者の冷ややかな言葉を反芻し、心にぱたりと蓋をすると、心のままにそんな魔物を撫でてやる。

「……では、今夜は、個別包装であれば、隣に寝て構わないです。夜中に突然目が覚めてしまったときに、エーダリア様の暴言を思い出して落ち込んだら、ディノを沢山撫でて鬱憤を晴らします」

「そんなこと、幾らでも叶えてあげるよ？」

「頭にきませんか？　ほぼ、八つ当たりですよ？」

「……可愛い」

あまりにもうっとり呟くので、ネアは途方に暮れてしまった。どうしてこの魔物は、こんなにも特殊な嗜好に傾くのだろう。生育過程に、重大なトラウマでもあったのかもしれない。

（……でも、もし私が、ディノの要求に付き合ってあげられれば）

この魔物は、ずっとネアのもののままなのだろうか。でもそうしたら、エーダリアは恋を失う事になる。そんな慣れないことを考え過ぎていつの間にか眠ってしまったネアは、口元に不穏なカーブを刻んだディノが、奇跡的な結論を出した瞬間に立ち会わずに済んだ。

「あの魔術師も壊してしまうべきかと思ったけど、利口に立ち回ったみたいで良かったよ」

図らずも、自分が元婚約者の命を救ったことを、ネアは知らない。歌乞いと元第二王子の婚約破棄を知った王都から、監査官がやって来る事になるのも、その時はまだ知らなかった。

魔術師と通信妖精（エーダリアとヒルド）

エーダリアは、魔術式の図案がとても好きだ。

展開するべきものへの指示として描き上げるそれは、近年より、芸術や数学の分野でも可能性を伸ばしてゆき、今や立派な鑑賞物となっている。尤も、込み入った魔術の式程に美しいので、高位の魔術師以外は閲覧禁止だが。

「何とも、美しい模様だな」

惚れ惚れと称賛して、数年前に異国で開示された術式を眺める。入り組んだ草木の模様と、怪物の手の意匠。そして数学的な式そのものの計算の妙。円系図式の左側の柊が、微かに斜めを向いているところが実に素晴らしいので、見ているだけで微笑みが浮かんでくる。抱え込むようにして読み耽っているこの本は七冊の図式集の内の一冊で、三冊目には封印の意味を兼ねて翼を持つ蛇が住み着いていたので、そこで一戦交えたことにより、夜明けの睡魔にも打ち勝っている。

「ガレンエンガディン、昨晩の通信の、ご説明を願います」

窓側に立った背の高い男が、先程から何度目かになる台詞を繰り返した。

漆黒の装いにフード付きの長いケープを纏い、背中に畳んだ大きな羽が、彼が妖精であることを示している。太陽の光を受けて緑と青の複雑な色彩に煌めき、触れれば破れてしまいそうに薄い妖精の羽は、その実、彼が高位の妖精である証でもあった。

「歌乞いとの婚約を破棄した。これ以上に、どんな説明が必要だと言うのだ」

そう言えば、わざとらしく溜息を吐き、瑠璃色の瞳の妖精は美麗な面を曇らせる。これは、エーダリアが幼い頃からよく知る彼が、追及を緩めない時の表情であった。

「その一言で破棄出来る程、この婚約は軽くありません。報告には薬の魔物とありましたが、もし、あの歌乞いが国益に反する意思を示したとき、あなたがたの婚約は抑止力であったものを」

「あのけだものに、首輪をつけるのは無理だろう」

「失礼ながら、あなたの婚約者殿は、獣のような女性でいらっしゃる？」

「心根がだがな。私の心を噛み殺すのに、随分と熱心なようだ」

「エーダリア様っ⁉」

一昨日の晩、彼女が真摯な眼差しで口にした言葉を思い出し、気付けば、感情を抑制する術を育まれた妖精が声を上げる程、激しく机に額を打ちつけた。

「……この通りだ、ヒルド。誰が何と言おうと、私はこの婚約を破棄する」

「一体何があったのですか？」

「破棄するか、私の心が死ぬか、どちらかしか道はない」

「浸りきっていないで、状況を説明してください。私には、報告の義務がある。あなたの言葉だけを伝えても、再び調査の者が差し向けられるだけですよ」

「まぁ、……兄上だからな」

目の前の監査官を差し向けたこの国の第一王子は、正妃の唯一の子供である。

王に望まれて正妃となった元公爵令嬢の面影を色濃く残し、輝かんばかりの金糸の髪に、赤い瞳をしている兄王子は、有能で聡明な次代の国王候補と言えよう。あの兄が存命している限り、ヴェルクレアの国内で継承に纏わる火種は生まれるまい。現国王の意思より何よりも、弟達の追従を許さないだけの、絶対的な才と支持を得る人だった。

「それで、婚約破棄に至る理由をお伝えいただけますか？」

精神安定剤であった、術式集から視線を上げると、こうして誰かと視線を合わせるだけでも、昨晩の屈辱が蘇るようだ。ヒルドの眼差しが、僅かに気遣わし気になる。

「……っ」

あの白持ちの魔物の不興を買っても尚、庇護してやろうと思ったこちらの気など知らずに、彼女は、最も屈辱的な勘違いをしてのけた。

契約の魔物が白持ちだと知れれば、彼女はあっという間に多くの欲と毒に晒されるだろう。誰よりもそれを知るからこそと、不本意ながらもそのときの盾となるべく、寝る間も惜しんで環境を整えてやった自分は何なのか。

『いつかきっと、あなたの分かりにくいトゲトゲの心を温めてくれて、あなたの心に適う誰かが、あなたの隣に寄り添う人になりますように』

あの少女は、ずっとただの政治的な足枷でしかなかった筈なのに、彼女が、そんな不可解な呪いの言葉を吐いたとき、何かが変わってしまったのだ。

大人しい素振りと、丁寧な仕草。ひっそりと微笑むばかりのくせに、愛する人も家族ももう誰もいないのだと淡々と言うくせに、彼女はとても強い。しなやかに風にたわむ柳《やなぎ》の木にも似た、こちらの評価を裏切る強靭《きょうじん》さだ。あの瞳で見上げられるとなぜだか困らせたくなるので、恐らく嫌いなのだろう。だが、同時になぜか、彼女が傷つくことだけはあってはならないと強く思う。ひどく不可解なことに、多分今でも。

「エーダリア様?」

目の前に立ったヒルドは、先程から随分と懐かしい呼び方をしているようだ。自分の祖国を滅ぼした王妃に隷属《れいぞく》させられ、この国に連れて来られたヒルドは、エーダリアの兄の従者の一人だ。今は、映像等の記憶をすることに長けた通信妖精とされているが、本当は、森と湖、そしてそこで育まれる宝石を司る妖精で、その最後の一人であった。

「第一に、やはり契約の魔物の怒りを買う。先の事例で、他の王子たちの婚約が成立していたのは、ほとんどの魔物が女性だったからだろう」

「三代前の第四王子の婚約者は、男性の魔物を得ていたそうですが？」

「あれは、父親代わりの魔物だったと聞いている。比較対象にはならない」

「では、第二の理由をお聞かせ願いましょうか？」

「……私の婚約者は、私のことを男色家だと信じている」

「……もう一度お聞きしても宜しいでしょうか？」

「もう一度言わせないでくれ！」

力強く手にした本で机を叩いてしまい、すぐに後悔した。この本がどれだけ稀少なものか、また入手するのにどれ程苦労したのか忘れた訳ではない。

「しかしながら、それが誤解なのであれば、誤解を解けば宜しいのでは？」

ヒルドの眼差しに不可解な疑惑の色が混ざる。少し前までグラストの眼差しにもあったその色に、体が震えそうになった。

「勘違いをしないでくれ。私は、断じて男色家ではない」

「そうでしたか。思春期の頃からの女性嫌い、塔に入られてからも、女性と関わる様子がありませんでしたので、てっきりそれが回答かと思ってしまいました」

「くれぐれも、兄上にはその懸念を伝えるなよ!?」

「しかし、そうであるなら尚更、疑いを解けばいいのでは？　あなたは、今回の歌乞いの為に、随分と尽力していたでしょう？　王都にお戻りになったエインブレア様も、とても驚いておいででしたよ。あなたは、ああいう少女が好みであったのかと」

「いや、それはないだろう。私は彼女のことを嫌っていたのだ。場を整えたのは、ただの責任からの行為でしかない」

「……あなたが、女性に感情を動かされることが、既に珍しいと思いますけれどね」

そう言われると、ネアに対するような思いは、今迄誰にも抱かなかった。だがしかし、好意であれば即ち異性間の愛情であるべきだろう。だが、ネアに向ける感情は、男女のそれとはどうも違うのだ。

「誤解は解かないのではない。解けないのだ。あいつは頑固でな。……私が、彼女の契約の魔物に懸想《けそう》していると信じて疑わない」

ヒルドの羽がぴくりと動くのを見て、この妖精が、羽を動かす程に驚くのも珍しいと思った。

「それはまた、どうして？」

「その魔物を初めて見たとき、……私が失神したからだろう」

「失礼ですが」

「二度も言わせないでくれ……」

「それはやはり、薬の魔物の容姿がお気に召されたのでしょうか？」

「やはりとは何だ、やはりとは!!」

「しかし、そうではないと……あなたが、倒れた？」

充分な間を空けてから、ヒルドは、切れ長な瞳を瞠って小さく何事かを呟いた。眉を顰めたこちらに気付き、鋭い視線を戻す。そこにあったのは、先程までの、師であり、兄代わりだった頃の彼の懐かしい表情ではなく、王都からの使者としての厳格な表情だった。

「それは、本当に薬の魔物でしたか？」

その問いかけに背筋がひやりとする。あの日のネアも、こんな気持ちだったのだろうかと思えば、彼女にこの返答を代わってほしいと切実に思った。

「ああ、くすりのまものだ」

「おや、ご発音がおかしいですね？」

この様子を見たらネアが溜息を吐きそうだなと思いつつ、エーダリアは、素早くヒルドから目を逸らした。こうして今もまた、彼女を守ろうとしている事を不思議に思いながら。


季節が晩秋に差し掛かったその日、ヒルドは、久し振りにウィームを訪れていた。

まだ夜明け前からエーダリアの執務室に赴いたのは、久し振りに教え子を訪ねるからと無理やり捻出した猶予であったが、漸く報告に足りる説明を得たのがつい先程だ。

（さて、どうしたものか……）

そう悩むのは、このリーエンベルクに隠された、契約の魔物の秘密について。

ヒルドは第一王子の従者ではあるが、剣を捧げ、この庇護を与えた子供はエーダリア一人だけである。そんな、あらゆる手を尽くして悪意に満ちる王都の中で何とか生き延びさせたエーダリアを、再び、王都やヴェルリア貴族達の悪意に晒す訳にはいかない。

（だが、誓約で縛られた妖精は、現在の主人を裏切ることは出来ない。どうにかして、この秘密があの方を損なわないようにしなければ……）

ヒルドは、かつて、遥か南方にある島国に暮らしていた妖精だった。

外遊で島を訪れた大国の王妃に捧げられ、長らくこの国で奴隷として辛酸を嘗めるヒルドに今の役職を与えたのが、王妃の実子である第一王子である。そんな第一王子の指示で家庭教師となった事で出会ったのが、当時は第二王子だったエーダリアだ。

この国の雪影の色と同じ銀色の髪を持つ第二王子は、ウィーム王族の血を引く最後の子供で、ウィームの王族が一人残らず粛清された理由である、魔力に秀でた血を受け継いでいた。王都での彼の扱いは酷いもので、小さな子供は、たった一人で亡国に向けられる悪意を背負い続けていた。そこから先はあまり多くは語るまい。ヒルドは自分の生徒を気に入ったし、エーダリアは、ヒルドの信頼や守護を得る程に懐いた。そしてそれは、ヒルドが、その大事な子供を王都から逃すまで、途切れずに続いていたのだ。

そんなエーダリアを今回の歌乞いに纏わる騒動に巻き込まずにいるには、どうしたものかと考えていた時の事だった。

「まぁ、妖精さんです！」

ひっそりと驚くような声が届き振り返る。独り言だったようで、その少女は、ヒルドと目が合うと恥じ入るように眉を下げた。可動域の高いエーダリアの暮らすリーエンベルクでは、妖精の登用は必須であった筈だと首を傾げる。なので、ここでは妖精など珍しくもない筈なのだが、その少女は鳩羽色の瞳を輝かせてこちらを見ていた。

「……ごめんなさい。不躾に声を上げて、驚かせてしまいました」

青と灰の色を持つ長い髪の少女は、澄んだ灰と薄紫の瞳でそう詫びる。

何やら、先程まで目にしていた報告書を思い起こさせる容姿ではないか。

「妖精など、この離宮では、珍しくないのではありませんか?」

「はい。妖精さんは沢山いらっしゃいますが、その素敵な羽のある、いかにも妖精さんという容姿の方を見たのは初めてなのです」

「成る程、そうでしたか」

確かに、妖精には、職人としての気質が強く服に隠れる程の羽しか持たないものと、自然の中で特定の要素を司る、大きな羽を持つ高位の妖精に分かれる。ヒルドは後者にあたり、一氏族の王という履歴も持つ、魔術を多用する種の妖精だった。

(それにしても、この少女のどこが獣なのだろう)

物静かで品があり、物腰も洗練されている。それどころか、こちらを見上げる眼差しがあまりにも輝いているので、千切れんばかりに振る尻尾が背後に見えそうだ。

「なんて綺麗なのでしょう。きっと、あなたとお知り合いの方は、あなたと会う度に、幸せな気持ちになるでしょうね」

『ヒルドは、なんて綺麗なんだろう!』

その眼差しは、ずっと昔に、瞳を輝かせてこちらを見上げた、あの銀色の髪の小さな王子を思い出させた。もう大切なものなどいらないと思っていたヒルドの心を動かした、たった一人の大事な子供によく似ていたのだ。

「それは光栄な言葉ですね」

「孔雀《くじゃく》色の髪の毛に、青緑の羽が宝石のようです。きっと、あなたはとてもお強いのでしょう」

だが、続くその言葉はヒルドを驚かせた。奴隷として羽すら落とされていたヒルドにそのような印象を持つ人間は、王都には殆どいなかった。見目だけが整った脆弱な付き人ということにしておき、第一王子がヒルドを通信妖精と偽って傍に置く理由がそれだ。

「おや、初対面の方に、強そうだと言われたのは初めてですね」

「あら、不思議ですね。綺麗さが先に心を打ちのめしてしまうのでしょうか」

そう微笑んだ少女に、これは報告書通りの人間ではなさそうだと考えたその時、少女の後方の薔薇の茂みが揺れ、雪のような色が揺れた。

（……白持ち！）

現れた魔物の姿に茫然と瞳を瞠ったヒルドの視線の先で、純白の色を映し、様々な色彩が花々のように咲き誇る長い髪が揺れた。もし、人間の経典に描かれるような天上の国があるのなら、その花園はこんな色を見せるかもしれない。

「……ディノ、お座りはどうしたのでしょう？」

咄嗟に何の反応も出来なかったヒルドは、聞こえてきた声に、呆然として視線を戻した。薔薇の生垣から現れた魔物を見た途端、先の少女は、実に鋭い叱咤の言葉を向けたのだ。

「君は、目を離すとすぐに浮気をするからね」

そう言って笑う魔物というものの気質を、この少女は知らないのだろうか。彼らの執着は凄まじく、この国でも、知らずに歌乞いに愛を囁いた大臣が、魔物に引き裂かれて殺されたことがある。

彼がそう言うのなら、今すぐに謝罪するべきだ。これは、そのような生き物なのだから。

「妖精さんを近くで見てくる間だけは、大人しく待っていてくれるという約束をしませんでしたか？」

「……そんな妖精なんて」

状況が上手く理解出来ないが、どうやらこの少女は、白持ちの魔物を躾ているようだ。だが、相手は支配階層の白持ちの魔物ではないか。不興を買えば、今この瞬間にでも殺されてもおかしくない。けれども、そう考えたヒルドの前で、その魔物は、拗ねた素振りをしながらも嬉しそうに笑う。

「叱られるのは好きだけれど、その妖精はいらないかな」

「ご挨拶をしていただけでしょう。正式な訪問客の方に何かをしたら、お仕置きだと言いましたよね？」

「ネアは心配性だね」

「煉瓦の魔物さんや酵母の魔物さんを葬り去った、悪い魔物は誰ですか！」

「ネアが浮気するからだよ。……この妖精も気に入ったのかな」

「こらっ！」

呆気にとられてそのやり取りを見ていると、少女は最終的に、こちらを見た白持ちの魔物の腕を華奢な手で叩いた。あまりのことに、ヒルドは、咄嗟に彼女をここから逃がしてやることも忘れて立ち尽くしてしまう。

「……ずるい。可愛い」

「痛くても許しませんよ！　男性が尖っていても許されるのは、思春期迄です。社会的な協調性に欠けた、血の気の多い男性になってはいけません」

「ネア、もっと叩いて？」

「ああっ、もう！　変態のお仕置き方法を誰か教えてください!!　取り扱い説明書はどこですか!?」

暫くそのやり取りを見ていたが、ふと、少し離れた場所で、グラストもこちらを見ていることに気付いた。

「これはいつものことですか？」

「ああ。俺も最初は震え上がったが、もう慣れた」

そう言いながらも、グラストは、途方に暮れたように二人のやり取りを眺めている。

ヒルドは、正直なところこの騎士が苦手だ。

鈍い金髪に茶色の瞳を持つこの人間は、交渉や調整に長けておらず、一本気な獣のような男だ。

彼の周りには人が集まり、夜毎、部下達から酒場に誘われていたし、確かに、その腕一つで騎士団長にまで上り詰めたのは彼自身の技量だろう。だがその気質は、何かと身の回りが危ういエーダリアの為に澱みを泳ぐには、お綺麗過ぎるのだ。

（ましてや、こんな魔物がいるのであれば尚更に……）

「わかりました。これからは、私も頻繁にこちらを訪れるようにします。これだけの特異点があるなら、あなただけでは手に負えないでしょう」

「そうか！　ヒルドがいてくれると、助かるよ。俺も歌乞いとは言え、魔術はさっぱりだからなぁ」

目を細めて嬉しそうに笑う同僚に、毒気を抜かれて羽を揺らした。

「あなたの魔物はどうしたんです？　この状態で、階位の影響を受けないとは思えませんが」

「ああ、ゼノーシュな。初対面の時は騎士みたいに跪いていたが、ネア殿が、ディノ殿を引っ叩いて叱ってからは普通になった」

「あの少女は……その、よく、あの白持ちの魔物を叩くのですか？」

「いや、あまりは叩かないな。叩くと喜ぶので逆効果らしい」

「……喜ぶのですね」

「よく、ゼノーシュのところに愚痴を言いに来ているぞ。ゼノーシュとは、俺よりも仲良くしているくらいなんだ。少し悔しいが、鳥の雛みたいにネア殿に懐いている」

「あなたの魔物がですか？」

グラストの魔物は、排他的な性質で有名だ。食事を対価とし、滅多に主人以外の人間とは喋らないゼノーシュについて、ヒルドは、魔物とさえ、会話らしい会話をしている姿を見たことがない。

「……今後は、定期的にこちらに立ち寄ります。三日以内に、私の部屋を手配していただけますか？」

「本当に助かるよ。エーダリア様が婚約を破棄してしまった以上、どうやってこれからのエーダリア様に助言すればいいのか、俺にはわからん」

「どうも何も、いい大人ですし、次第に落ち着くでしょう」

「そう言えるお前も凄いと思うがな。俺は、お前程にあの方に近しくないからな。そんな風に冷静に見守れないよ。それにしても、あのエーダリア様が、まさか魔物に恋をするとはなぁ……」

視線を戻した先にいるのは、特等の色と、花々の色を持つ魔物。

（これは、まさかあり得るのだろうか……？）

エーダリアは否定していたが、彼は、魔術に魅せられる気質を持つ魔術師だ。これだけの特別な魔物に出会い、本来の嗜好や趣味が変えられてしまっても不思議はない。

（あの少女が、恋だと言い出したのだとか）

あの少女がこの身の資質すら見抜いたことを思えば、本人すら気付かない真実を見出したのかもしれないではないか。少しの頭痛を感じつつ、けれどもと、考えた。この状況を監視する為であると言えば、ヒルドは再び、大事な子供の傍に居る大義名分を得られるのではないかと。

そんな事を考えていると、契約の魔物を大人しくさせたらしい少女が、こちらを振り返った。

「ごめんなさい。お騒がせしてしまいました」

「いえ。こちらこそ、契約の魔物様に障りがないよう、先にご挨拶をしておくべきでしたね。ヒルドと申します、ネア様、契約の魔物様。今は王都に身を置いておりますが、これからこちらに伺う事が増えると思いますので、どうぞお見知りおきを」

ヒルドがそう言えば、少女の瞳がどきりとするような酷薄な煌めきを帯びた。

「……まぁ。王都からのお客様だったのですね」

そう微笑んだ彼女はもう、先程のように無邪気に瞳を輝かせはせず、それは、中庭での騒ぎに気付いたエーダリアが駆けつけ、ヒルドを自分の師だと言うまで続いた。

王都からの使者を正しく警戒した彼女が、ヒルドの大事な子供を守るかのようにこの瞳を見返したその時から、ヒルドは、エーダリアの新しい隣人を歓迎する事にしたのだと思う。

庭で迷子になり魔物を持ち帰りました

その日は朝から霧雨が降っていた。ふくよかな秋の森の色彩が、霞みがかった見慣れない色に染まり、庭先の花々が雫を纏う。その美しさに、ネアは、小さく微笑んだ。

リーエンベルクでは、先日から、王都からの監視官と思われる人物がこちらに着任したが、未だにグリムドールの鎖探しの号令は出ない。幸いにも、実はウィーム派であったあの美しい妖精が、こちらでの生活に馴染むのを待っているのかなとも思ったが、どうやら、任務開始に必要な情報の集積待ちの時間のようだ。そのお蔭でネアは、こんな美しい雨の日を堪能するべく、部屋にある硝子戸から庭に出て、のんびりと過ごせるのだ。

庭と森との境には真っ赤なリディアナの実がたわわに実り、重たく枝を下げているその横を抜けると、ネアは、艶やかな紺色の傘から雨を払った。

そして、おやっと目を瞠る。

「……迷子？」

いつの間にか、周囲の景色がリーエンベルクの中庭ではなくなっており、どこか遠くで教会の鐘の音が聞こえた。けれども、こんな響きの鐘を鳴らす教会なんて、近くにはなかった筈なのだ。

ウィームの森とはまた違う、鮮やかな赤や黄色の彩りを得た秋の森は美しく静謐だが、奇妙なことに他の生き物の姿は見当たらず、振り返ってみたが、庭から数歩出ただけなのにリーエンベルクはどこにも見えなかった。

（……あ）

ここでネアは、一つ、嫌な事を思い出した。最近はあまり近付かないようにして差し上げている元婚約者が、今朝は、何やら騒がしくしていなかっただろうか。近隣で魔術汚染による被害が出たとかで、山狩りをすると話していたような気もする。

（庭に出ただけだったのに、まさかその事件に巻き込まれているということはないだろうか……）

ネアはこれまで、周囲に迷惑をかけないよう身の回りに注意してきたつもりだ。転職先の魔物を探しに街に出たりもしたが、一個人の我が儘が許されない状況があることも理解している。

今日だって、何か問題が起きているようなので、折角の休日だが大人しく部屋にいようと思っていたのに、もしこれで万が一にでも何事かに巻き込まれているのなら、とても理不尽ではないか。

そう荒ぶりかけて視線を下に落とせば、左手の指に収まった乳白色の指輪が見えた。ディノがどんな装着設定をしたものか、この指輪が見えるのはディノとネアだけであるらしい。

(この指輪の守護があれば、ある程度の困難には対応してくれるような気もするけれど……)

しかしながら、ネアは、ホラーというものに非常に抵抗力がないので、もし、そのような展開になってしまった場合は、冷静な判断は出来ないだろう。こんな場所で、怖い映画の宣伝のように目を閉じて耳を塞いでやり過ごす訳にもいかないので、とても悩ましい。

「ディノ、遭難してしまったので、助けに来てほしいです」

無線のような効果はないだろうが、ついつい、指輪にこそっと話しかけてしまう。迷い込んでからさして時間は経っていないが、帰路が消え失せた時点で、遭難準備段階といってもいい筈だ。

「……ぎゃ⁉」

自己流の救援依頼を指輪に送っていたネアは、唐突に足元を走り抜けた影に気付き、悲鳴を上げた。

慌ててその影を目で追いかけ、鸚鵡《おうむ》の頭を持った燕尾服姿の小人のような、あまり善良そうには見えない生き物だと知り、うっと声を詰まらせる。人間と同じ姿の魔物には免疫があるが、このような、感情の動きすら把握出来ない顔面の生き物は流石に無理だ。幸いにも鸚鵡頭はものすごい速さで駆け抜けていってしまったので、このまま二度と出会わない事を祈るしかない。

（庭に出ただけでも、こんな事が起こる世界なのだわ……。まさか、昨日の夜、ディノの髪の毛を三つ編みにしてあげなかったから、不運に見舞われたのだろうか……）

最近、ディノは三つ編みにしてもらうことを覚えた。

こちらとしても、髪の毛を引っ張ってほしいと強請られた時に、手で持つリード感が増して良いのだが、髪を洗ったばかりの夜はどうだろうと考え、昨晩は希望を却下したのだ。あの綺麗な髪が傷んでしまったらご主人様失格だと思ったのだが、三つ編みにしてもらえなかった魔物は、一晩中しょんぼりしていて、罪悪感のあまりネアまで落ち込みそうになった。この世界では魔物は神様に相当するそうなので、そんな事で不運を呼び寄せていたのだとしたら。

そんな事を考えながら歩いていると、視界が開けた。

驚いて顔を上げれば、木々が途切れ、鈴蘭のような白い花が一面に咲いている。

そしてそこには、異様な光景が広がっていた。

開けた土地の中央には二脚の豪奢な椅子があり、漆黒のスリーピースに帽子姿の男性が腰かけている。向かい合う椅子の一脚は空いているのだが、その空席が、なぜかひどく不吉に感じられた。

「……次のお客か」

低くて甘い男性の声は、ディノがどこか無機物的な美しさであるのに対し、老獪で上品なけだもののような印象がある。そしてその足元には、とてつもなく奇妙なものが積み上げられていて、洗濯物を無造作に重ねたように見えるが何だろうと観察してしまったネアは、息を呑んだ。

（人間の着ぐるみ……？　いや、……着衣のままの、皮？）

ものすごい数だ。百近くはあるだろう。

加えてその周囲には、壊れた馬車や、苔むした手押し車、錆付いた傘など様々なものが転がっている。しかし、ネアが声を失ったまま立ち尽くしてしまったのは、別の理由だった。

「槿《むくげ》さんです……！」

ウェーブのある耳下までの真っ白な髪に、仄暗く光りを孕む赤紫の瞳。ぞくりとする程の美貌だが、口元の悪戯っぽい微笑みがどこか親しげで、けれども、妙に見る者を不安にさせる油断ならない気配を持つ男。ネアは、その容貌に見覚えがあったのだ。

「どうしてこちらにいるのですか？　ご無事だったのですね‼」

「は？　……おいっ、……ぐっ！」

全力で駆け寄ったネアは、その体にばすんと抱きついてしまい、椅子がぐらぐらと揺れる。逃がすまいと渾身の力で飛び込んだので、胸に頭突きを受けた形になった男が声を詰まらせた。

「……っ、待て！　何の悪ふざけだ‼」

頭を掴まれ引き剥がされてしまい、ネアは泣きそうに顔を歪める。

「まぁ、この世界に来て、私を忘れてしまったのです？」

「待て、何の事だかわからない。……っ、泣くな！　……何なんだお前は」

その時、ぱりんと響いた氷が砕けるような音と共に、空間がひび割れた。こうっと、香草のような香りのする風が吹き、ネアは目を瞬く。

「……まぁ」

気付けばもう、そこはもう見慣れたリーエンベルクの庭である。

雨は上がっているようだが視界がやけに翳るのは、何人かの男性に囲まれているからのようだ。

「ネア、大丈夫かい？」

どうやら、救援依頼を受けたディノが、遭難先から連れ戻してくれたらしい。ネアが差し出された手を取ると、その奥には、エーダリアやグラスト、ゼノーシュにヒルドの姿までもあった。皆の強張った表情を見て、これはもう、なかなかの騒ぎになってしまったのだろうかとネアは眉を下げる。

「お庭にいた筈なのですが、迷子になってしまいました。ご迷惑をおかけして申し訳ありません」

「ところで……それは何だろう？」

ディノの視線を辿ってみると、ネアの腕の中には椅子ごと抱え込まれて、頭を抱えてしまった男性がいる。どうやら、こちらの男性も、一緒に持ち帰ってきてしまったらしい。

「浮気？」

震える程に美しい微笑を向けられて、ネアは、荒ぶる魔物を宥める為には、もう体当たりでもするしかないのかなと肩を落としつつも、自分の身に起きた事を説明する事にした。


「……それは、パーシュの小道ですね」

ネアの説明を聞いて、そう教えてくれたのはヒルドだ。エーダリアからちょっぴり避けられているネアは最近、この王都から派遣されている美しい妖精と親交を深めている。優しくて執事然とした振る舞いのヒルドは、見ているだけでも心が弾む美しい妖精なのだ。

「パーシュの小道とは何でしょう？」

「おや、エーダリア様は、領境界まで警報を出されておいて、ネア様にはお伝えしていないと」

「ま、待て！　ネアにはその魔物がいるだろう。外出の予定もないので、問題ないと思ったのだ」

にっこりと笑って振り返ったヒルドに、エーダリアが珍しく慌てている。ヒルドはどうやら、エーダリアにとっての頼りになる援軍であるのと同時に、弱点でもあるらしい。物憂げで繊細な美貌とは相反して、鬼教官的な一面もあるのだろうか。

「パーシュの小道とは、魔術汚染によって、人外者の領域がこちらに混ざり合ってしまった道のことです。どうやら、今回あなたが迷い込んだ道は、そちらの魔物の方の領域に繋がってしまっていたようですね」

「……この方は、魔物さんだったのですね」

全員の視線が、ネアの隣にいる赤紫の瞳の男に注がれたが、男性は、一向に立ち上がる様子すらない。だが、どこか投げやりな態度で煙草を吸っているだけで、幸い怯えてはいないようだ。

「……白い」

ぽそりと呟いたのはグラストだろうか。警戒したゼノーシュがその前に立ち塞がっており、領主の護衛官としてはまずい立ち位置なのだが、女性のような細腕で竜の首も落とすというヒルドもいるので、問題ないのかもしれない。

「ネア、これはどうしたんだい？」

「申し遅れました。槿さんは、以前の家で、お庭に同居していた私の家族でして」

「待て、黙……」

ネアが話し始めた瞬間、男はぎょっとした顔になり、慌ててその言葉を止めようとしたが、伸ばした手はディノに遮られ、届くことはなかった。

「……家族？」

「同居していたの？　ネアは、違う世界に住んでいたんだよね？」

「エーダリア様、ゼノーシュの言葉からすると、私の知らない事実がまだあるようですが」

「……ヒルド、後で説明する」

ざわざわとする周囲を置いて、ディノは、そう紹介された男に近寄る。体を屈めることもしないで椅子に座った男を見下ろす魔物に対し、椅子に座ったままの男性は、先程のネアの紹介から天を仰いでしまっていた。

「ディノ、私が、懐かしさのあまり持って帰ってきてしまっただけなのです。どうか、この世界でも元気にやっていてくれた槿さんを、苛めないでくださいね」

大事な庭木を守る為にさっと間に入って精一杯の威嚇をしたネアだったが、抵抗するも虚しく、ディノにひょいっと持ち上げられてしまった。片腕で抱き上げられると、体がふらつかないようにディノの肩に手をかける必要があるので、大変に不本意である。

「君はここにおいで」

「おのれ。身内の前でこんな子供扱いなど、何という辱めなのでしょう」

「ネア、彼は人間ではないし、こちら側の生き物だと思うよ？」

「そう言えば、槿さんは本体なくして、どうやって元気に生きているのですか？」

「悪いが、俺はその、ムクゲとやらではない」

あからさまにげんなりした表情で憂鬱そうに呟くその姿は、人外者とはいえ、酷く人間的だ。周囲は途端に不憫そうな眼差しを向けたが、ネアは首を傾げる。

「……記憶喪失なのですか？」

「残念ながら、記憶が損なわれた事はないな」

「ほら、君の思うものではない筈だよ」

「ディノ、人間の首を、急に方向転換させてはいけません。場合によっては、私の首はなくなってしまいます」

「そんなことしないよ。でも、そちらは向かなくていいだろう」

椅子の男性の方を見ていた顔を物理的に向き直され、ネアは渋面になる。椅子の方を見ようとすれば機嫌を損ねる様子なので、なぜかディノを見ながら説明するしかない。

「私の家には、大きな古い槿の木があったんです」

「槿……？　楓ではなくて？」

「あら、楓の木の話もしましたっけ？　楓もありますよ。……その槿は、亡くなった父がとても大切にしていました」

「うん」

グラストなどは分かりやすく、なぜ庭木の話が始まったのだろうと言わんばかりの顔をしているが、エーダリア以下、魔術に長けた者達は、話の行く先がわかったのだろう、椅子に座る魔物と、ネアを交互に確認していた。


（あの、夏の夜……）

陽が落ちるのと同時に激しさを増した雨の中、家に帰ってぼんやりしていた。交通事故で亡くなったという両親の死には未だ現実感がないままで、人が死ぬということはこれだけの手続きに追われるのだと、疲れ果てて家に帰った、ネアがひとりぼっちになった日の夜のこと。

「両親が亡くなった日の夜、私の夢の中に、綺麗な人の姿になった庭の槿の木さんが、もうすぐ自分もいなくなるのだと、最後の挨拶に来てくれました。……私の育った世界では、神様や人間でないものの概念は信仰としてありますが、そういうものに出会う人は稀なのです。だから私は、それをただの夢だと思っていました」

ふわりと視界が揺れると艶麗な魔物の顔が目の前にあって、ネアは、ディノが自分と額を突き合わせていることを知る。いつもなら叱るところだが、これは慰めなので有難く受け取った。

「随分と前のことですよ。……でもね、その槿の木は、本当に翌日には枯れてしまいました」

その槿の木は、ずっと、大事な家族の持ち物だった。だから、失われて初めてそこに、人ならざるものの意思があったのだろうかと考えた時から、ネアにとっての一つの後悔でもあったのだ。

「その木の精に、彼が似ているのだね？」

「違う方なのでしょうか？　色合いも声も姿も、雰囲気もそっくりです。てっきり私は、私と同じように、槿さんもこちらに来ていたのだとばかり……」

ネアの長い説明を最後まで聞き終えると、椅子に座った男性は、ふーっと煙草の煙を吐き出した。

その美貌が硬質な他の魔物達と違い、この男性には、成熟した大人の男性の色香のようなものがある。この世界の魔物達より随分とくだけた印象のある三つ揃いの漆黒のスリーピースに、艶やかな革靴。トップハットは、明るい場所で見れば黒ではなく、毛足の短いオリーブ色の毛皮製のようで、老舗テーラーで誂えたようなかなりお洒落な装いだ。

（まるで、わざと服装を人間的にしているみたい）

「自分の成り立ちは承知している。悪いが、俺は、木だったことは一度もないぞ。なぁ？」

「まぁ、ディノの、知り合いの方だったのですか？」

「どうだろうね。知ってはいるけれど、その程度だよ」

「シルハーン……。少し見ない内に、嫌な奴になったな……」

ディノは飄々《ひょうひょう》と切り捨ててしまったが、会話の内容から察するに、知り合いのようだ。その知り合いをネアが急に家族だと主張したのだから、きっとディノは困惑しただろう。外野が更に遠巻きになっているのは、突飛なことを言い出したネアに呆れているからかもしれない。

「ところでアルテア。ここで何をしているんだい？　あまり近くにいると、うっかり壊してしまうかもしれないよ」

抱き上げられているので、ディノの顔はとても近い。唇の端を片方だけ持ち上げて淡く鋭く微笑んだその姿はひどく排他的で、ネアは、自分の魔物にそんな顔をさせる相手は、一体どんな関係性の人物なのだろうかと訝しむ。なお、とても今更だが、こちらの世界では、人ならざる者達のことも人と呼ぶのだそうだ。人間は、勝手に彼等を人外者と呼んでいるが、人型という表現は前世界から受け継がれており、人間より歴史の長い人外者達の方が先に使っているからなのだとか。なのでこの世界の人外者という呼称には、人間もしくは人類の外側の者という意味がある。なぜ、今代以前の世界から人という言葉が受け継がれたのか、そもそも前世界とは何なのかはまだちょっと謎だ。

（……アルテア）

それが、椅子の男の名前のようだ。

「やれやれ」

アルテアと呼ばれた男性が指を離すと、煙草の吸殻《すいがら》は花火みたいに弾けて消え、彼は、億劫そうに立ち上がった。身長はこの中で一番背の高いディノと同じくらいで、手には甲丈の短い白い布手袋をしており、その手で一緒に持ち込まれた椅子を掴むのだから、椅子も持って帰るのだろう。

「……もしかして、恩寵を得たのか」

「そうであれば、恩寵を得た魔物は狭量になる。しっかりと、自己管理をするといい」

「ほお、恩寵を必要としないお前が恩寵持ちとは、裕福なことだな」

「それを富ませるのは、見た目通りのものとは限らないよ。さて、叩き出されるのと、自分で退出するのと、どちらがいいかな？」

「ったく。付き合いが悪くなったな」

アルテアは悲しそうな顔をしてみせたが、そこから伝わる感情は、どこか人を不安にさせた。ディノやゼノーシュのように、隔絶された階位が人間から遠いと言うよりは、敢えて人間に近い雰囲気を纏うからこそ、ぞくりとするような悪意の気配が漂う。

「久し振りに古い知り合いに会えたことは僥倖だが、もう間違えるなよ？　物騒だからな」

アルテアは、呆れた表情でディノを見た後、首だけ捻ってネアの方に視線を合せる。表情を変えてどこか嘲るように微笑んだ顔は、親しげだが、ひやりとするような冷たさもあって、ネアですらもう、目の前の男性が安全なものには思えなかった。

「ご迷惑をおかけしてしまい、申し訳ありませんでした」

ディノに抱えられたまま頭を下げると、前髪で翳った視界の中で、アルテアの足元が煙になって立ち消える様を目撃する。慌てて顔を上げた時にはもう、彼とその椅子の姿はどこにもなかった。

「ネア。……もう君も理解しているだろうけれど、今回は、かなり危うかったんだ」

「はい。迷子は事故ですが、あの魔物さんを連れ込んでしまったのは、私の浅慮でした」

「今後はもう、他の魔物には近付かないでほしいな」

「……全般的にとなると、私の社会活動を殺しにかかるつもりですね」

「ネア、あの魔物はね、本当に危ないんだよ？」

「ゼノ……？」

心配そうな声に視線を巡らせて、ネアは呆然とした。

「ヒルドさん？　……エーダリア様⁉」

そこには、青い顔をしたヒルドと、その背面に守られるようにして膝を突いたエーダリアの姿がある。ゼノーシュが前に立って障壁となっていたせいか、グラストは、顔色が悪いものの何とか立っていられたようだ。

「……どうして、こんな？」

「途中で彼が気分を変えたようですね。白持ちではありましたが、まさかここまでの精神圧とは」

エーダリアの手を掴んで立ち上がらせながら、ヒルドが教えてくれる。

「……エーダリア様、大丈夫ですか？　ご迷惑をおかけしました」

「……ああ、問題ない」

「あの方は魔物さんで、尚且つ高位の方なのですね……」

「ある程度はね」

「僕と同じ爵位だから、ディノよりは低いよ。でも、僕よりはすごく強いの」

「ゼノーシュ⁉　……さっきの魔物は、白持ちだったようですが」

「あ、……しまった」

ここで、グラストが驚愕の声を上げ、うっかり爵位をばらしてしまったゼノーシュが、表情を凍り付かせる。アルテアが白を持っていた以上、今の発言を撤回するには無理があった。

「僕ね……ええと」

「ゼノは、いっぱい食べるので、育ってしまったんです！」

グラスト大好きのお父さんっ子であるゼノーシュの狼狽えぶりに、ネアは慌ててフォローに入る。見聞を司るこの健気な魔物は、娘を亡くした父親の慟哭《どうこく》に心を寄せて現れた、グラストが大好きで堪らない魔物なのだが、グラストはまだそれを知らずにいるのだ。

「……育った？」

「強い子に育ちました。そうですよね、ゼノ？」

「うん。僕育ったんだと思う。……嫌いになる？」

今は青年姿なのだが、ぎりぎり身長的に上目遣いに成功し、契約した魔物にしょんぼりと見上げられたグラストが無言で首を振る。見事な連携でこちらの引き起こした問題をうやむやにしてくれたゼノーシュに、ネアは、こっそり心からの感謝を贈ったのだった。


アルテアが去った後、ネアはリーエンベルク内で謹慎となった。

とは言え、建物の外に出られないだけであるし、全員集合でお部屋ご飯なだけなので、伸び伸びと晩餐をいただいている。解せないという顔で椅子になっているディノは、部屋に帰るつもりだったようだが、周囲の表情を読んだネアが、まずは報告会をしましょうねと窘めたのだ。

（ご迷惑をおかけしたので、事情聴取には素直に応じなければ）

狡猾な人間は、何とか罪を軽くしようと尽力した。

小道に入り込んでしまった経緯や、先程の魔物の領域だという森の中で見た物についての情報を共有すれば、人型の畳み込まれたものの説明の下りで、エーダリアとヒルドは顔色を悪くしている。

アルテアは、この国では初めて公式に観測された公爵の魔物であるらしい。だが、そんな情報一つが貴重なのだと言うのなら、知人だというディノから誰も情報を聞き出そうとしないのは何故だろう。

「三つ編みを引っ張らないのかい？」

「今は椅子になっていますので、ご褒美は一つずつ行いましょうね」

「ネアが、スープに夢中でいい加減な返事をする」

「止むを得ません。山羊のチーズとキノコのスープです！　ディノは飲みましたか？」

「……うん」

「椅子のままでは飲めないので、一度食事を優先しませんか？」

「……今は椅子でいる」

膝の上にネアを座らせ、両手を腰に回して拘束しているので、ディノの手は塞がっている。ネアとしても、スープが飲み難いので、そろそろ解放してほしかった。

(でも……心配させてしまったのだわ)

あの後、ディノは一度もネアから手を離していない。時折彼が見せる不器用な執着心を、今回のことで悪化させてしまったのだとすれば、過ぎる不安定さは、本人にも負担だろう。

「ほら、ディノ。口を開けてください」

不慣になったネアが、大きめのスプーンに零さない程度を掬い、介護の気持ちでスープを飲ませてみると、素直に従ったディノは、目元を染めてたいそう恥じらい、そのまま喋らなくなった。

「……ところで、ご自身で歌乞いをされたとお聞きしましたが、ネア様は、どのような歌を歌うのですか?」

報告が終わると、なぜか、ヒルドからそんな質問を受けた。

「歌、でしょうか?」

「ええ。今回の一件で、あの魔物の魔術領域が、あなたを損なわなかった事が不思議なのです。もしかするとネア様は、特殊な固有魔術を持たれているのかもしれません」

「音楽院には通っていましたが、学んでいたのは音楽史でしたので、教本にあった聖歌ではなく、普通に市井で流行るような歌でした。グラストさんは、どんな歌でゼノの心を蕩したのですか?」

「俺は……子守唄ですかね」

「揺りかごが木から落ちる歌」

得意げにゼノーシュが教えてくれたが、その内容はどうだろう。

「凄惨な歌ですね……」

「昔からある古い子守唄だ。揺りかごを木の枝にかけて、風の妖精が揺らしてあやす。母親が居眠りをしてしまい、梟がその膝に揺りかごを落として起こしてやる」

「……エーダリア様が、久し振りに長文を喋りました」

「ネア様、ここはエーダリア様を立てて、感心した風に頷いて差し上げてください」

「わかりました。円滑に回してみせます」

「……お前達、聞こえているからな⁉」

すっかり腫れ物扱いになってしまったエーダリアを受け流しつつ、ネアは、ちらりとゼノーシュとグラストの様子を窺う。諦めて元の姿に戻っているゼノーシュは、可愛さを武器に善戦しており、寧ろ、今までより上手く寄り添えている気がする。まだ堅苦しさは抜けていないが、この二人は、きっとこれから少しずつ歩み寄ってゆくのではないだろうか。

「ネア様は儀式としての歌乞いを行っていないので、歌乞いとしての能力観測はされていませんね」

「魔術の可動域を測る、保有値観測はしましたが、それとは違うものなのですか？」

「おや、エーダリア様は説明を省いたようですね」

「魔物を得た歌乞いに、おいそれと歌乞いをさせる訳にはいかないだろう。ましてや」

言葉を切ったエーダリアは、視線でディノを指し示したが、議題に上げられたディノは、まだ恥じらっているのでとても無害そうだ。

「では、ディノ様に結界を置いていただいて、この場で観測してみては？」

「どうして君達に、ネアを切り分けなければいけないのだろう？」

「ネア様の能力を正しく知る為です。先程のこともありますし、あなたを呼び寄せたくらいに特殊な歌なのであれば、把握し、能力に応じて我々も守りを固めなければ」

そんな提案を聞きながら、ネアは、パンを握りしめたまま震えていた。

（ここで歌えというのは、どんな嫌がらせなのだ……）

しかし、ネアの抵抗を察したヒルドの交渉は巧みで、本人に自覚がないまま他所で歌われてはまずいでしょうという一言が、ディノへの決定打になり、本人不在のまま死刑が決定してしまう。

「ディノ、公開の辱めを受けたら、私は引き籠もりになります」

「でも君は、確かに自分を知らないと思うよ。目を離すと、すぐに浮気するし……」

魔物の目が裏切り者の光を帯びたので、ネアは、最後のカードを切ることにした。時に人間は、失うものがあっても決断しなければならない事もあるのだ。

「私を守ってくれたら、願い事を一つ受け付けますよ？」

「……なんでも？」

「私や私の心を損なわず、他人様に危害を加えないものなら何でも」

「それなら、巣を君の寝室に移そうかな。寝ている間に逃げるといけないし……」

部下の無謀な交渉を止めようと立ち上がりかけたエーダリアが眉を顰め、ネアは思わず天井を仰いだ。個人領域上の問題において、それは由々しき事態ではある。だが、もっと危険な要求をされた可能性もあったのだと思えば、ここで妥協しておくべきなのだろう。何しろあの寝室はかなり広いし、巣の中で就寝するディノは、ちょっと大型犬にも思えなくはない。

「止むを得ません。それで手を打ちましょう」

「では、歌乞い用の結界を錬成するのは止めよう」

「……仕方ありませんね。ネア様が最初に交渉を始めた段階で、諦めていましたが」

その夜は、ヒルドが引き下がってくれた為、ネアは、心の平安を取り戻すことが出来た。とは言え、後ほど、寝室への、ディノの巣の受け入れをしなくてはなるまい。

「……巣って何なんですかね」

グラストが呟いているのが聞こえたが、ネアは聞こえなかったことにした。

因みに巣とは、毛布を巣材としたディノの寝台のことである。叱られて拗ねた日に支給品であるネアの毛布を盗んだ魔物は、毛布に包まる喜びに目覚めたようだ。そこから数日で、魔物の寝台には毛布で作られた巣が現れており、ネアは、魔物には巣を作る習性があったのだと知るに至った。

なお、ネアの歌乞いとしての値は、後日、思わぬ形で観測される事となる。

それは、薄っすらと青白い冬の気配のかかる紅葉の森が、たいそう美しい日で、誰もいないと思っていた廊下をご機嫌で歩いていたネアは、ついつい鼻歌を歌ってしまっていた。その日のおやつには秋の果実のタルトが出るということもあり、とても幸せな気分だったのだ。

「お前……」

廊下で行き合ったエーダリアが青い顔をしていたので、ネアは、歌乞いが安易に歌ってしまったことを責められるのだと思った。歌乞いとして、この素晴らしい歌声を無償で披露《ひろう》してしまった事は確かに軽率だったと、自分でも反省する。

しかし、エーダリアが続けたのは、思ってもいないような、ネアの歌への感想であった。

「……どうして、そんなにも音痴《おんち》なのだ？」

手にしていた教本をばさりと落としたネアが、暫く動けなくなったのは言うまでもない。

うっかりエーダリアに歌乞いの能力を観測された後、ネアは、何度も人前で歌わされた。無理強《じ》いされたのではなく、自らの誇りの為に闘ったのである。そしてその結果、自らの手で己の心を殺すことになった。即ち、惨敗したのだ。

（こんな事になるのなら、永劫に秘密のままにしておけば良かった！）

あまりの屈辱に机と一体化しているネアに、ヒルドの驚きが追い討ちをかける。

「まさか、ネア様が歌えないとは……」

「ヒルド、歌えないのではない。歌えていないのだ」

「ディノ、金輪際《こんりんざい》、エーダリア様に心を渡してはいけません。ディノは私の魔物です……」

「ご主人様！」

「お前が、類を見ないくらいの音痴なのは確かだろう。そもそも、なぜ私の評価を疑うのだ？」

「何も聞こえません……」

「ネア様、お怒りはわかりますが、地味に傷ついてしまいますので、お控えください」

魔物が歌乞いを慕うのは、その欲求に深く、歌というものが食い込んでいるからである。ただの音楽ではなく人間の歌を好む理由は不明だが、大多数の魔物にとっては甘美な嗜好品なのだそうだ。だからか、ネアの歌を判定する羽目になったゼノーシュは、生焼けのクッキーを食べさせられたような顔をして逃げて行ってしまい、それを見たネアは、もう心が重症である。

「ネア、可哀想に」

「ディノ、満面の微笑みで頭を撫でないでください」

「じゃあ、椅子にするかい？」

「しません。私は今、自分の人生を振り返って、たいへん傷ついています」

ディノだけは唯一、ネアの歌声を聴いても喜ぶという魔物らしからぬ反応を示した。その歌声で現れたのだから当然なのだが、ディノの反応だけが今のネアの救いである。

「失礼ですが、ディノ様は……変わった歌が好きなのですか？」

「そうではないと思うけれど、ネアの歌は、少し変わっていて可愛いかな」

「……ディノ、暫く椅子は禁止です」

「え……」

暗にまっとうではない歌唱力だと認めてくれた魔物に、ネアはますます落ち込んだ。

「やはり、歌乞いなどという役目は身に余るものでした。これは早急にお役目を辞して、永久にその思い出から距離を置きたいと思います」

「ネア⁉」

驚いたディノが、綺麗な顔を悲しげに曇らせる。可哀想だが、本当に不幸だと、人間は美しいものにすら心を動かされないようだ。

「既に特等の魔物を捕まえているのだから、支障はないだろう」

「ディノは、薬の魔物なのですよ？」

「まだそうなっているのか……」

ネアの弱点を発見して以来、エーダリアが妙に親身なのも、たいへん屈辱的だった。そもそもこの魔術師は、国益の為の道具としての歌乞いが必要なのだろうに、この状況を喜んでどうするのだ。

「薬の魔物であれば、特に希少価値はない筈です。是非に私を解雇してください。婚約破棄もしたてですし、鉄は熱いうちに打てと言います」

「その前提からして、おかしいのだからな」

「エーダリア様の、とても冷やかで人でなしでいらっしゃる対外戦略を生かせば、私を放り出しても、疑問は持たれませんよね」

「もう一度言う。前提から訂正しろ」

午後もだいぶ回り、部屋の影は濃く薄暗くなりつつある。困ったように頭を振りながら、ヒルドが、魔術の火を灯してシャンデリアを輝かせた。

晩秋の陽は短い。外客用の部屋の螺鈿細工の美しい机の上にあるのは、秋夜の星屑と林檎《りんご》の紅茶で、このリーエンベルクは、都度の食事だけでなく、お茶の時間に出されるお菓子も美味しく、濃密な魔術に守られた部屋はいつでも適温である。そんな暮らしが惜しくないと言えば嘘になるが、ここに残ればまた、今日のような辱めを受ける事もあるだろう。

「ネア様は、歌を生活基盤としておられないのに、どうしてそこまで動揺されるのでしょう?」

「私は、子供の頃から、音楽が好きでした。母は音楽家でしたし、国歌やお付き合いでの歌い場など、人前での披露を好まなくとも、場を乱さぬよう大勢の前で歌う場面もありました」

「おや、異世界の文化というものも、興味深いですね」

「私は、自分で自分を、音痴だと思ったことは一度もありません。……それどころか、ちょっと悪くない程度の自信を持っていました」

「……耳も悪かったのだな」

「エーダリア様、お砂糖を忘れていますよ！」

「ちょ、やめないか！　何個入れるつもりだ⁉　液体じゃなくなっているぞ⁉」

暴言には角砂糖の十個で応じ、ネアは続ける。

「つまり、ここで直面した真実を受け入れると、私は、今までの人生ごとひっくり返されてしまうという訳なのです」

「そんな大袈裟なものか。音痴なだけだろう」

「きっと、音痴だと知らずに堂々と披露していた私の歌を聴いてしまった方々は、困惑していたのでしょう。それを思うだけで、私は、通り魔になりそうなくらいに心が暗闇に包まれます」

「通り魔はやめてくださいね」

慌ててヒルドが止めたが、つまり、それくらいの衝撃だったのだ。

「そんな私に、歌乞いという肩書きは呪い以外の何物でもありません。ここを出て西に向かった先の学徒の都市、クーデリの幹線道路沿いにある素敵な煉瓦の家で、第二の人生を歩もうと思います」

「やけに具体的なところをみると、物件の下見をしてあるのだな……」

「こうなる前から、辞職する準備が万全なのはなぜなのですか……」

そこでふと、ネアは漸く、先程からディノが喋らなくなったことに気付いた。視線を巡らせば、魔物は静かに座ったままでいる。三つ編みになった真珠色の髪に淡くシャンデリアの影と光が落ち、よく光を集める瞳には夜明けの空のような煌めきが揺れていて、その静謐さがひどく得体の知れない魔物めいた沈黙に思えたネアは、ひやりとした。

「……ディノ、クーデリに住むのは嫌ですか？」

自分でもよくわからないまま、気付けば、ネアはそう訊ねていた。

「私が、かい？」

「相談せずに転居先を決めました。お部屋も狭いと思います。……ディノは、そんな環境は嫌ですか？」

僅かばかりの沈黙が落ち、ネアは慄く。手を切ろうと思っていた筈の魔物の手を、すぐにでも掴まなければばと感じたのはなぜだろう。

「ネアが生きているところが、私のいる場所だよ」

「……良かったです。ディノは、一緒に来たくはないのかなと思ってしまいました」

「不思議なことを言うね。そんな訳がないのに。……さっきまでね、もし君が、自分一人で逃げ出して、私を当然のように切り捨てるなら、どうしてしまおうかと考えていたくらいなのに」

やはり、気の迷いではなかったようだ。ネアは、失うのが歌唱力への信頼だけで済んだことを、神に感謝した。

「だから、辞職前提もやめないか。お前は、託宣の巫女に選ばれた存在だ。どう足掻こうと、運命には逆らえない。私達が阻止する、しないに拘らず、ここからは出ていけないぞ？　強制力が働くからな」

「たいへん恐縮ですが、巫女様に、託宣をやり直してもらうということは？」

「エインブレアは、再び眠りについた。次に目を覚ますのは、また国の有事が訪れたときだ」

「ただの睡眠ではないのですか？」

「あの巫女は、そのような時にしか目を覚まさないのだ。千年は生きているらしいからな」

またしても常識を脅かされて、ネアは遠い目になる。

「……ディノ？　どうしました？」

エーダリアとの会話の途中で、唐突に手を繋がれて、ネアは首を傾げた。ディノは、普段は恥じらってしまって、自分から手など繋がない魔物なのに。

「……なんとなく、かな」

魔物の返答は珍しくはっきりとしないが、繋いだ手には少し力が籠もった。外気温よりは少し低く、ひんやりとした大きな手は、寒さを感じる時にだけ不思議にもじわりと温かい。

「ふふ。じゃあ、こうして繋いでいましょうね」

そう微笑みかけると、魔物はようやくいつものように微笑んだ。

晩餐時に、ネアは、ゼノーシュを仲間に引き入れたヒルドの卑劣な罠にはまり、辞職の機会を閉ざされることになる。クッキーモンスターは、泣き落としを覚えたようだ。

魔物を不注意で潰しかけてしまいました

奇妙な夢を見ていた。

いつもの場所に見知らぬ道を見付けるというありがちな夢なのだが、ネアは、成る程そうきたかと、賢く立ち止まる。ここにいるのは、夢だからと言って迂闊《うかつ》なことなどはしない人間なのだ。

しかしそう考えた矢先、足元がその見慣れない空間に侵食されてしまうではないか。じゃりんと音を立てて現れたのは、円柱の立ち並ぶ、アーチ型の天井を持つ大聖堂の柱廊《ちゅうろう》のようだ。

「見たことのある客だな。どこからか、迷い込んだらしい」

「……解せません。用心して動かずにいたのに、勝手におかしなところにいます」

おまけにそこには、先客がいた。

柱にもたれて煙草を吸っているのは、先日、狩ってしまった魔物である。

今日は紫がかった濃灰色のスーツで、真っ白な手袋に、帽子と杖は灰白だ。そんな魔物の凄艶《せいえん》な美貌を見ていると落ち着かない気分になるのは、この魔物の魅力が、人間が想像しやすい生々しさだからだろう。

「ほお、想像以上に嫌そうだな。傷つくだろう」

「傷つきませんよね。そして、これは夢だと思っていたのですが、夢ではなさそうです」

「時々、俺について思考を巡らせる者を、こうやって招待しているんだが……」

白い手袋の指先が手招きをしてみせると、遠くで悲鳴が上がった。アルテアの、獣が牙を剥くようで遥かに艶麗な口元の歪みに、ネアはぞっとする。

「………何をしたのですか？」

「俺のことが気になって仕方がない、迷惑な人間がいてな。着地が難しい床に招待されたらしい」

「私は、あなたの事など考えていませんでした」

「かも知れないな。だが、思考の端が触れたんだろう」

「たいへん不本意ですので、帰らせてほしいです。長居すると、ディノも荒ぶってしまいますから」

「お前みたいな奴が、シルハーンの恩寵ねぇ」

「……っ」

伸ばされた手は見えなかった。おもむろに顎《あご》を掬い上げられて、ネアは息を呑む。真っ直ぐに覗き込む鮮やかな赤紫色の瞳はどこか仄暗く、背筋を奇妙な震えが這い上がる。

「あなたは、ディノのお友達なのですか？」

「さて。共に飲んだこともあるし、殺したこともある。だが、あれはあくまでも王だからな」

「……待ってください。非常に不穏な単語を耳にしました」

今、この魔物は何と言ったのだろう。

どれだけまずい状態にあっても、流石にその言葉は聞き逃せず、ネアは瞠目した。

「……まさか、あのちょっぴり変態な魔物は、王様なのですか？」

「……まさかお前、知らなかったのか？」

「薬の魔物として運用しております」

「薬の？」

アルテアが呆然と呟き、無言で首を振るのを見ていた。勿論、薬の魔物でないことは知っているが、そんな肩書があるとは聞いていない。王族要素はエーダリアだけで充分だ。

「……き、きっと王族の方は他にもいますよね、沢山いらっしゃる中の、下の方でしょうか」

「現実逃避するのは勝手だが、違うからな。魔物は、各々が司る資質の王であるし、確かに王族相当は他にもいる。だが、魔物の王はあいつ一人だけだぞ」

「ど、どうやって捨ててくれば!?」

慌てたネアがそう声を上げると、今までの如何《いかが》わしく鋭い雰囲気を放棄して、アルテアは呆れ顔

になった。ネアの顎から指を離し、わたわたと足踏みをするその腕を掴んで拘束する。何をするかわからない子供を拘束するような振る舞いに、ネアは眉を寄せた。

「だから、世間知らずのくせに我が儘っ子だったのですね。……とにかく、私の手に負えません」

「……一つ訊くが、これを機に契約破棄をする場合、どうあいつに切り出すつもりだ？」

「アルテアさんからディノが王様だと聞いたので、未来永劫おさらばしましょう、でしょうか」

「……やめろ」

「おのれ、知りたくない現実など、自分が音痴だったということだけで充分なのに！」

「まさかお前は、歌乞いのくせに音痴なのか？」

動揺のあまり機密情報を漏らしてしまったと気付いたネアは、慌てて作り笑いで表情を隠した。

「今の言葉は、どうぞ記憶から消してくださいね。自動消去しなければ、その辺にあるもので力一杯殴るか、私の魔物に記憶を消してもらうべきでしょうか」

「自分の失態で、軽々しく俺を損なおうとするな」

「だいたい、何故にあなた方の王様は、変態なのでしょう」

「……変態？」

囁き程の声には、こんな不穏な気配を持つ魔物らしからぬ慄きが滲んでいたので、ネアは、赤紫の瞳を見上げて躊躇もなく返答する。

「椅子になりたがり、髪の毛を引っ張ってもらいたがる方に、他にどんな称号が？」

「……そうか」

そう言えば、アルテアは片手で器用に頭を抱えてしまった。

「でも、王様となると、ディノは、生育過程に、重大なトラウマでもあったのかもしれませんね」

「それは知らん。生まれた時からあいつは王だ。歪むなら最初から歪んでいたんだろう」

「それは、生まれながらの変態だという事では」

「難易度が上がったな……」

「その、お友達として、どうにか正しい道に誘導出来ませんか？」

「やめろ。性癖は荷が重い。戯れではなく、本気のやつなんだな？」

「魔物さんの願い事は、切実な欲求だと聞きました。足を踏んでほしいというのが、ディノの切実な欲求だとしたら……」

「変態だな」

「変態でしょう？」

うっかり話が弾んでしまい、その後に押し黙った二人の背後には、大きな仕掛け時計のオルゴールの音が響いている。天井は高く、柱廊の壁には高い位置にステンドグラスの窓がある。どこかで硝子が割れる音が聞こえ、ざあっと降る俄雨の音が重なった。ばたばたと走る足音が響けば、頭を抱えていたアルテアが、ネアの腕を離して指を鳴らす。

その途端に悲鳴と怒号が遠く聞こえるここは一体、どんな不穏な場所なのだろう。

「……動くなよ。使い魔とは小賢しい」

「……え？」

ふいに視線をネアの背後に向け、赤紫色の瞳の魔物は、愉快そうな微笑みで片手を持ち上げる。

（使い魔……？）

異世界での初対面だ。それはどこにいるのだろうかとそろりと背後を振り返り、ネアは、鳩羽色の瞳を割れんばかりに見開いた。決して見てはいけないものを、目にしてしまったのだ。

「……っ！　待て待て待て！　そこは壁だ！　俺を押し込むな!!」

次の瞬間、どすんと鈍い音が響き、アルテアに飛び付いたネアは、体当たりで壁に叩きつけたアルテアを、更にぐいぐいと押し込んでゆく。

「いや、待て、本気で潰す気なのか⁉」

緊急事態に脳の制御が外れたのかもしれないネアが、無言のまま、ぐいぐいとアルテアを壁に押し込もうと足掻くのは、背後に控えるその生き物から遠ざかるには、壁の向こうに活路を開いてもらうしかない配置だったからだ。仮にも魔物なら、壁一枚くらいどうにかしてくれるだろう。

「わかったぞ、蜘蛛《くも》だな？　蜘蛛が嫌なんだな⁉」

なぜこの魔物は、背後の壁をばりんとやらないのだろうと、ネアが怒り狂っていると、片腕を引き抜いたアルテアが、素早くその手を振るうのが見えた。ふつりと途切れたのは、背中の向こうにあった異形のものの気配だ。

「……もういいだろ。蜘蛛はもういないぞ？」

くしゃりとぞんざいに頭を撫でられ、ネアは目を瞬く。

「何故、私を拘束しているのですか？」

「……お前が、俺を圧殺しようとしたからだろうな」

「理由がありません」

「ほお、腰丈程の蜘蛛の使い魔を見てのことではないと？」

「まぁ、そのようなお名前の生き物がいるのですか？」

「……そうか。種族ごと記憶から抹消したな」

よく分からない冷や汗をびっしょりかき、ネアは、そろりとアルテアから体を離す。甘く濃密な香りは、香水なのか彼自身の魔物の香りなのか。

「やれやれだな。どうして俺と壁しかない方向に向かったんだ」

「よくわかりませんが、失礼いたしました」

ぎゅむっと掴んでしまったせいか、スーツの一部が皺々になっている。余程の力が込められたようだが不思議にも記憶がなく、ネアは首を捻った。

「……解せぬ」

「そう言いたいのは、俺だろうが」

床に落ちた帽子を拾い、アルテアは乱れた髪を掻き上げる。

「……兎《と》に角《かく》、お前は、今すぐ帰してやる。その代わり、シルハーンとの契約を破棄はするな」

「それは、あなたが、ディノとお友達だからですか？」

「俺も流石に命が惜しい。無事に帰してやるから約束しろよ。いいな？」

「……むぅ」

「約束が出来ないのなら、夜の森に放り出すという手もあるな。雨上がりの森には、さぞかし沢山の蜘蛛がいるだろうな？」

「承知しました！」

食い気味に声を張ったネアに、アルテアは、ふっと宥めるような艶やかさで微笑む。けれどもそれは、後ろ手で刃物を隠し持つ人の暗く眩い眼差しだ。

「いい子だ。寝台に帰るといい」

白手袋の指先が、つ、とネアの額に触れる。

くるりと視界が回り、暗転の後に柔らかいものに包まれた。僅かな浮遊感の後、そこはもう見慣れた寝台の上で、ぱちりと目を開いたネアに、ほっとした顔で綺麗な魔物が笑う。


「……ディノ？」

「夢に引き摺られたようだね」

頬に触れる手の温度の心地よさに擦り寄れば、背中に手を回されて半身が起こされている。おかしな要求を持たないときのディノは、どきりとする程に美しく心臓に悪いのだが、この様子からすると、異変を察してネアを起こそうとしてくれたのだろう。

「アルテアに早く返せと言ったのだけれど、君が取り乱しているから待てと言われたんだ」

「アルテアさんのところに迷い込んだのだと、ディノは、すぐに気付いてくれたのですか？」

「他の魔物の気配がしたからね」

「ただ眠っていただけなのに、アルテアさんから、自分に繋がることを考えたのだろうと言われたのですよ。とても不本意ですし、何か仕掛けに不備があったに違いありません」

「仮面の魔物についての資料を、寝る前に読まされたからじゃないかな」

「……仮面の魔物？」

いよいよ、グリムドールの鎖の捜索が開始される運びになり、ネアは確かに、その資料を読んだばかりであった。

任務の中で仮面の魔物に遭遇する可能性もあるので、いざという時の対抗策を決めておくようにと、今までの事例と、未だ正体不明な魔物の、これ迄の調査資料を渡されたのだ。そのような措置やグラスト達の働き方を見ていると、歌乞いというものは、個々に動く執行官としての自主性も求められているのだろう。なのでネアは、覚悟を決めてしっかりと資料を読み込んだばかりだった。

仮面の魔物は、赤毛の少年だったり老人だったりと、報告される姿にばらつきがあり、この国では、白に近い灰色の髪の魔物だという情報が有力視されていた。既に、鎖を探す為に使えそうな魔術道具の在処が特定されており、ネア達は今後、その道具を手に入れてから鎖の探索に当たる。

「でも、私が読んだのは、仮面の魔物さんの資料ですよね？」

「アルテアが、仮面の魔物だからね」

「……髪の毛は真っ白です」

「擬態をしていたのかもしれないし、……少し前まで、彼は魔術的な障りで、白灰色の髪になっていたんだ。その時の姿で、仮面の魔物として認識されたのかもしれないね」

さらりと明かされたとんでもない真実に、ネアは、呆然としたまま目を瞬いた。だからアルテアは、追っ手の処理に追われていたのだろうか。

「……っ、ディノ！　エーダリア様や、グラストさん達は、無事にこの王宮に揃っていますか⁉」

「うん、揃っているよ？」

「……よ、良かったです。アルテアさんに捕まってしまっていたら、どうしようかと思いました」

「アルテアも、私の領域から素材を刈り取る事はしないだろう。ただ君の場合は、……この世界の理から少し外れるから、あちらに呼ばれ易いんだ」

ディノはなぜか、そんな事をとても悲しそうに呟く。となるとこれは、ディノにもどうしようもない事なのだろうと考えたネアは、こくりと頷いておいた。

「三席である彼だと、その階位からの影響も大きくなる。今夜は、少し傍にいた方がいいかな」

「三席というのは、三番目に位が高いという事ですか？」

「そうだよ」

ネアはここで、ディノが王様だという話を思い出したが、こちらに戻してもらう為の対価のようなものに触れると厄介だと考え、今は触れないことにした。

断じて、現実を直視したくない訳ではない。

（とりあえず、明朝になったら、仮面の魔物の事はエーダリア様達にお伝えしないと）

「今夜は、アルテアも獲物を集めているようだね。また迷子になったら嫌だろう？　一緒に寝ようか」

「……ぐ。……今夜のみの、防衛上の特殊措置ですからね？　なお、毛布は個別包装で運用します」

「いつもでもいいけれど、君がそれで不眠症になっても嫌だからね」

こう見えて、ディノはぎりぎりの線引きの見極めが上手い。浴室まで付き纏うことはないし、ネアが疲れ果てているときには、ゆっくりと寝かせてくれる。

「ところで、何を持っているんだい？」

「……むむ？」

ディノの視線を辿ったネアは、左手に妙なものを握り締めていることに気付いた。手を開いてみれば、跡がつく程に握り込んでいたのは、金属製のタッセルのような装飾品だ。繊細な装飾が美しく、とても高価なものに見える。

「……どうしましょう。アルテアさんから、毟り取って来てしまったようです」

「……彼がそれを見逃したのであれば、気にする必要はないだろう」

「またお会いした際に返すとしても、アルテアさんに、私がこれを持ってきてしまった事をお伝え出来ませんか？　落としてしまったと思って探していたら、お気の毒ですから」

「それは仕事かい？」

「お仕事です。願い事は、今叶えますか？」

「後にしようかな……」

その契約が終わるとぱたりと寝台に倒れ込み、ネアは、夢の中で訪れた不思議な空間を思う。そして、思ったよりも疲れていたのか、物語でよくあるような特別な気付きを得る劇的な展開もなく、すやすやと眠ってしまった。

金貨色の訪問者です

「ネア様、どうかお一人で外には出られませんよう」

不意に声をかけられ、その日は、午前中で仕事が終わったので、こっそり街に出られるかなとリーエンベルクの外門の近くに潜んでいたネアは、そろりと振り返った。

そこに立っていたのはヒルドで、優雅に一礼した妖精の美麗さはまるで騎士のよう。王都では次の国王と目される第一王子の従僕だった彼は、ネアの憧れを全部詰め込んだような、清廉で凛とした宝石のような妖精だ。とは言え、脱走しようかなという場面で出会いたい御仁ではない。ネアは、何も悪い事はしておりませんという微笑みを浮かべたが、背中には冷たい汗が伝っていた。

「エーダリア様は執務にかかりきりのようですので、ご不便などがあれば、私が代わりにお伺いしますよ？」

「い、いえ、リーエンベルク前広場の並木道を見ていただけですので……」

「おや、騎士達から、ネア様はよく、お一人で街に出られていたと聞いて驚いていたのですが、今日はそのようなご用事ではないと？」

にっこりと微笑んだヒルドに、ネアは、決して逆らってはならない人がいる事を思い知らされつつ、がくがくと頷いた。だが、きちんと悔い改めている様を見せなければならないこんな時なのに、どうしても目の前の美しい妖精の羽をちらちらと見てしまう。

宝石を薄く削いだような妖精の羽は、陽光の下ではきらきらしゃわりと煌めくステンドグラスのようで、その表面に躍る不思議な輝きに思わず羽を凝視していたネアは、くすりと笑う気配に慌てて話題を変えた。

「……以前から気になっていたのですが、こちらには、文官のような方々はいらっしゃらないのですね。魔術侵食などの問題があるのかもしれませんが、エーダリア様は、ご領主としての執務をお一人でなされているように見えます。ただ、今後はヒルドさんも、エーダリア様の執務をお手伝いされるのですよね？」

最初の訪問の後、ヒルドは数日も置かずにウィームに赴任して来た。ネアは、今後は彼が、王都からの駐在員として、ウィームの領政の手伝いをする事になると聞かされている。

「そうですね、領主としての判断を必要とするものは、決裁前に必ずご自身で目を通しておられるでしょう。ただ、現在はグリムドールの鎖の探索を命じられ、そちらの仕事が比重を増しておりますので、それ以外の領政については、エーダリア様の代理妖精が行っております。私が補佐するようになるのも、そちらの仕事ですね」

「代理妖精……」

また新しい妖精の在り方を知ったネアは、こちらの世界の妖精は、領主業務すら代行してしまうものなのかと、妖精の汎用性の高さにぽかんとしてしまった。

この世界の妖精は、人間にとって最も身近な隣人だ。

例えば、リーエンベルクには大勢の家事妖精達がいる。彼女達は、ぼんやりとした影のような姿のまだ形を得ていない状態の妖精で、家事妖精としての研鑽を積めば形がはっきりしてくるのだそうだ。統一戦争で古い妖精達が失われ、今はまだ、若い者達ばかりなのだという。

「代理妖精は……そうですね、私もその括りではありますが、各機構の要職に、主人の代理として就く妖精のことです。主人と同等の権利を持ちますが、誓約で絶対の忠誠を誓っておりますので、主人の不利益になるようなことは出来ません」

「ヒルドさんは、第一王子様に仕える妖精さんなのですよね？」

「ええ。限定的にではありますが、今も、第一王子の代理としての権限を有しております」

「限定的にというのは、やはり王家の方の権限は特殊だからでしょうか？」

「その通りです。決して代行が許されない権限もありますからね。おや、そう畏まられずとも、第一王子には、他にも数人の代理妖精がおりますし、私は、どちらかと言えば、エーダリア様に近しい立場であろうと心掛けておりますからね」

中央からしてみれば、監視と管理の役割も兼ねて送り込んでいるのだろうが、実はエーダリアの頼もしい味方であるらしいこの妖精は、それを上手く利用し、ウィームに駐在する権利をもぎ取ってきた。そして、この妖精がエーダリアにどれだけ心を傾けているのかは、ネアにも分かる。

「……実は、エーダリア様に、書面での業務報告書をお渡ししているのですが、なかなかお返事がないので、相当にお忙しいのかなと思っていたのです」

実はネアは、先日お庭で拾った魔物が仮面の魔物だった問題を、報告書面でエーダリアに伝えてあった。なぜ書面の報告にしたのかと言えば、エーダリアが追いかけると走って逃げるのが一番の理由なのだが、各国を騒がせている仮面の魔物本人との接点は、なかなかに繊細な問題になりかねないとも考えたのだ。エーダリアからの正式な回答はまだないが、熟慮するべき情報なのは間違いないので、回答までに時間もかかるのだろう。仮面の魔物の正体を知ったところで、こちらから働きかけられる相手ではない。それなのに繋ぎとして政治利用されると、ウィーム領に不利益を齎す可能性もある。エーダリアとて、そんなことから王都に目を付けられたくはないだろう。

（だから、ヒルドさんを介しての伝言もやめておこう。誓約で忠誠を強要されるのであれば、知ってしまったことは、望まずとも報告せざるを得なくなるかもしれないのだから）

報告書面は、グラストに大事な書面である旨を伝え、直接手渡しで届けてもらったので、未だに回答がないのは、対応策を探っているからなのかもしれない。

「……この時期は、大きな季節の行事もありますからね。残念ながら、独自の権限を持つガレンの執務には、あくまでも部外者としての助力しか出来ませんが、第一王子の代理妖精であったからこそ、こうして、再びエーダリア様のお側にお仕え出来る様になりました。今後は、もう少しあの方のご負担を減らしてゆけるよう努力するつもりです」

「ふふ、それを聞いて、少し嬉しくなってしまいました。私にそれを語る程の親しさはありませんが、エーダリア様は、ヒルドさんがこちらに来てからとても嬉しそうなのですよ」

（ヒルドさんが、エーダリア様の代理妖精なら良かったのに……）

ネアは、リーエンベルクの外に自身の領域を持っているというエーダリアの代理妖精も、兄王子についても全く知らないが、ヒルドがずっとウィームに残ればいいのにと思う。エーダリアの大きな助けになるだろうし、ディノと落ち着いて会話をしてくれる希少な人材なのだ。そんな事を考えていたからか歩みが遅れてしまい、名前を呼ばれて慌てて歩調を速めようとした時、ひらりと黄色のものが視界の端で揺れた。

「……おや、外客は受け入れていない筈ですが」

同じものを見付けたのか、足を止めたヒルドの低い呟きが耳を打つ。物語では、大抵こんな展開から事件が起こる事を知っているネアは、むむっと眉を顰めた。

少し離れた通用門の前に立つお客は、華やかなドレス姿の美しい女性のようだ。さらりと揺れる深みのある向日葵《ひまわり》色の髪には上品なクリーム色の筋が入り、艶やかな淡い緑のドレスによく映える。門の近くに居た騎士達がこちらを見ているので、ヒルドに用のある客人なのだろうか。少しお待ちくださいとヒルドがその場を離れ、騎士達と話をしてから戻って来た。

「ネア様、あの者をご存知ですか？」

「いいえ。お会いした事のない方だと思うのですが、私を訪ねて来られた方なのですか？」

「そのようですね。鮮やかな黄色や金色を持つ者は、陽光の系譜なので、良く言えば朗らかで天真爛漫ですが、茶や琥珀を持たない生粋の黄色は、高慢で気位の高い者が多い。……望ましくない客人であれば、応対されない方が良いでしょう。ディノ様はどちらに？」

「今は、出かけてしまっているのです。そして、人外者の方には、身に持つ色でそのような気質の違いがあるのですね……」

「淡い金色や青みや緑みのある檸檬色は、また別の気質ですがね。では、同じ魔物であるゼノーシュに声をかけてみましょうか。彼は、ネア様を気に入られているようですし、リーエンベルクは彼の歌乞いの治める領域でもありますからね」

（……ヒルドさんは、そのように考えるのだ）

こんな時、エーダリアならゼノーシュに声をかけはしないだろう。

人間にとっての契約の魔物は、魔術の儀式によってその恩寵を繋ぐ事の出来た災厄のようなもので、魔術師の長でもあるエーダリアは、その線引きを厳格に守っている事が多い。どんな些細な事も、その言動を強いるという行為には対価が必要になるという前提で考えるのだ。

だが、ヒルドはそうではないらしい。彼は妖精という人間ではない生き物の価値観と、彼なりの考えを持っているのだろう。

「……すぐにこちらに来るようですよ」

すぐに、持っていた魔術通信端末で連絡を取ってくれたヒルドに、ネアは、ほっとして頷いた。

「ゼノがいてくれれば安心です。後で、クッキー缶でお礼をしておきますね」

「食べ物を与えるという事は、愛情を示す行為でもあります。その際には、ディノ様に渡してもらう方が宜しいでしょうね」

「まぁ、それも知りませんでした。はい。ではそのようにしますね」

門の外のお客は美しい少女なので、娘を亡くしたというグラストが同じ年頃の子供に心を寄せるのを警戒しているゼノーシュにとっても、見過ごせないお客なのだとか。

幸い、見知らぬ人外者がリーエンベルクの周囲に現れるのは、異例の事態という程の事ではないのだそうだ。かつてここに暮らしたウィーム王家の人々を懐かしみ、既に彼らがいなくなってしまった事を知らずに訪ねてくる人外者も少なくはないらしい。

(だから、相手があれだけ存在感のある人外者の方でも、対応をしている騎士さん達は、比較的落ち着いているのだわ……)

とは言え、嵐を知っている事と、嵐を防げるかどうかは違う。

もしあの少女が騎士達を傷つけようとしたら、それを防げるかはまた別の問題で、ヒルドの表情を見ていても、油断をしていい相手ではないのは明らかであった。微かに嵩を増してゆく不安を覚えながら、ネアは、すぐにぱたぱたと駆け付けてくれたゼノーシュにお礼を言い、ひとまずはお客様に会ってみる事になる。

「私のお客様なのですか?」

「……まぁ。お前なのね」

ネアを門の外に出さないようにする為に、ヒルドは、たまたまこの門の近くを通りかかったかのように振る舞うという作戦を立てた。外に出て来いと言われた場合は、契約の魔物の許可がなければと断っていいらしく、ゼノーシュは、外から見えないところで待機中だ。

意を決し、門に向かったネアは、初めて出会う魔物のお客に涼やかで美しい声を向けられ、ずしりと重たい威圧感にぎくりとする。

こちらを見ているのは、金貨色の美しい瞳だ。

嫌悪や蔑みとはまた違う、もっと温度のない拒絶に満ちているその瞳を勿論知っている訳もなく、途方に暮れてしまったネアを、近くにいた騎士が気遣わしげに見ている。

「……あの、どなたかとお間違えではありませんか？」

「間違えるものですか。わたくしは、街でもあの方と共にいたお前を見かけたのよ」

思わずそう訊ねてしまったネアに、ヒルドは少し驚いたようだが、金貨色の瞳の女性は、話しかけた事に対し、気分を害した様子はない。

（街で……？）

となると、街歩きやリノアールでの買い物の時だろうか。その時に誰と一緒にいたのかを考えてひやりとしたネアに対し、ネアの理解を察した金貨色の瞳の少女は言葉を重ねる。

「ふうん。……脆弱だけれど、醜いとまでは言わないわ。けれど、お前には何の才能があるの？お前だけのものは何？　凄烈な野望もなく、心を溶かす柔和さもない。お前の無色さは、心から醜悪だわ。……それなのに、お前のような者があの方のお側にいるなんて」

（ああそうか。私がディノと一緒にいることが不愉快で、この人は、それを指摘しに来たのだ）

であれば、そんな唐突で一方的な糾弾を受けるこちらにだって、言い分はある。

でも、おとぎ話の中によくある人ならざるものとの邂逅も、このように一方的な感じなのかなとも思うし、美しい薔薇色の唇が吐き捨てた言葉は、真っ当な指摘でもあった。

（……この人は、こんな風に私を嫌っていても、真っ直ぐに私を観察出来る人なのだわ）

その美貌の特別さは、美貌もまた一つの階位として有する生き物の正当な力である。人間とは違う生き物なのだから、人間とは違うその価値観で美しくもなく力もない人間を卑下するのも、彼等の当然の権利と言えよう。けれども、容赦のない言葉には胸が痛んだし、ネアがこちらに来てからの時間の短さを思えば、あなたに私の何が分かるのだと返す事も出来た。

だが、もしかするとこの生き物達は、人間より長くを生き、叡智を備えた高位のものらしく、ネアのちっぽけな心の内など一目で見抜いてしまうものなのかもしれない。

だからネアはまず、その高貴な生き物に一礼した。当然のようにその礼を受け入れる女性は、当然のように傅かれる階位のものなのかもしれない。

正面から見ると、金貨色の瞳の人外者は、少女と大人の女性の間くらいの年齢に見える、危うく繊細な美貌の持ち主だった。向かい合うと甘さのない爽やかな花の香りがするので、もしかしたら花の系譜の者なのかもしれない。遠目では向日葵色に見えた髪色は、近くで見るともう少し硬質な色合いで、違う花の色だとなぜか思う。

「お前は醜悪だわ。理解しないことが、不相応なことが、そして甘んじていることがとても醜い」

ディノの歌乞いであることを指しているのであれば、勿論そんな事はネアだって理解していた。だからこそ、大事な魔物に、もっと相応しい相手をと考えていたのだから。

「……私は、確かにそのような人間なのでしょう。理解していながらも目を逸らしてしまうこともある私にとって、あなたの言葉はまるで刃物のようです」

「分かっていても、お前は自分を変えようとしないの？」

そう訊ねた声音には雑じりけのない困惑が混ざり、ネアは、この高慢だが無垢な生き物が何だか愛おしくも思えてしまう。

（この女性はきっと、ディノを知っているのだろう。もしかしたら、私の存在を我慢ならなく思うくらいに、ディノの事を大切に思っている人なのかもしれない……）

なぜと問いかける人ならざる者の無垢さに、ネアは、自分の狡さが哀しくなる。

目の前の女性がネアを嫌っているのは違いないが、その言動には、おやっと思う程に毒も暗さもない。多少は過激で身勝手だとしても、主君の憂いを取り除く騎士のようにすら見えるではないか。

「いつかそんな身勝手な在り方が私を殺すのだとしても、この有り様を手離せば、私は私ではなくなってしまう。だから、私は私を手放せません。これは私の理想ではない。でも、私自身なのです」

それは、もしかしたら自分を騙しているかもしれない魔物の言葉を信じ、良いものだけを取り上げて、見知らぬ世界を呑気に楽しんでいる無謀さかもしれない。或いは、あの古い家族の屋敷を手放せず、ゆっくりと破滅に向かっていた、かつてのネアハーレイの愚かさなのかもしれない。

けれども、そんな苦さを噛み締めても、ネアはネアでしかなかった。どれだけそれが必要で真っ当だと言われても、ちくちくするセーターは着られないのだ。

見ず知らずの相手となぜこんな問答をする羽目になったのかは分からないが、確かにネアは、自分が歪な人間だと理解しているので、目の前の女性が、前の世界でも落伍者であったネアの在り方を理解出来ないのは、尤もな事だろう。

「どうしてお前は、自分を生かす事にすら執着しないの？」

問いかけが重ねられたが、隣にいたヒルドが短く首を振り立ち去るように促したので、それを受けたネアも、途方に暮れたような目でこちらを見ている美しい女性に一礼し、立ち去ろうとする。

その時の事だった。

ネアを引き留めようとしたのか、金貨色の瞳の魔物が、門の向こうから手を伸ばしたのだ。

だが、すぐに何かに弾かれたように華奢な手を引き戻す。

「ここはね、僕の歌乞いが守るところなんだよ」

「……ゼノーシュ様」

いつの間にか、ネアの隣にはゼノーシュが立っていて、その姿を認めた少女は、はっきりと青ざめていた。それでも何かを言いたげに唇を引き結んだが、僅かな沈黙を挟み深々とお辞儀をすると、まるで白昼夢のようにふわりと消えてしまう。

「……いなくなってしまいました」

「うん。追い返しておいた。僕ね、あの子の事は嫌いじゃないけれど、グラストの近くに来たからもう嫌い」

「っ、ゼノ、お顔が！　……クッキーを食べますか？」

「食べる」

（これが、ディノという魔物と一緒にいる事で引き起こされる事なのだ。……私自身がディノに相応しい資質を有していない以上、また同じような事は起こるのではないだろうか）

そう考えれば、この訪問に思うところは色々あったけれど、取り敢えずネアは、自分の心の揺らぎなどは後回しにして、たいへん危険なお顔になってしまった怒れるクッキーモンスターを鎮めるべく、クッキーを献上し続ける事となったのだった。

大事な魔物が怪我をしました

ネアはその日、初めてウィームを離れ、学徒と書架の街と呼ばれるアルビクロム領を訪れていた。

本日の任務は、月の羅針盤《らしんばん》と呼ばれる魔術道具の回収である。

グリムドールの鎖の探索はどうしたのかと言えば、その月の羅針盤こそが、グリムドールの鎖を探す為に使う魔術道具なのだとか。ネアとしてはもう、アルテアを捕まえて締め上げれば解決するような気もするのだが、それを躊躇わせるのは、あの魔物のどこかひやりとするような危うさである。

こちらの世界の高位の魔物は、時として、国一つ容易く滅ぼしてしまうそうなので、うっかりお庭から歩いて会いに行けた魔物とは言え、本来は人間の事情で手を伸ばしていいものではない。

エーダリア達が、ディノに、未だにアルテアのことを訊ねようとしないのも、魔物への問いかけは、大きな対価を支払うのが常だからなのだろう。

（それが、この世界の理だというのなら、ディノにさえも、不可能な事は沢山あるのだと思う……）

王様だという契約の魔物が、リボン結びすらままならないのを、今のネアは知っている。

だからこそ線引きを見極め、ネアは、大事な契約の魔物に、アルテアにとって不利益な情報を開示してほしいだとか、アルテアを捕まえてくるようにとは言わないでおいた。出来るよと提示されていない事を願えば、契約の魔物は叶えてくれるかもしれないが、この世界では必ず多少なりの対価が生じる。その対価として損なわれるのは、ネアだけではなく、ディノかもしれないのだ。

今後は、少しずつ自分で出来る事を増やしてゆかねばと思えば、先日リーエンベルクを訪れた金貨色の瞳の魔物について思い出してしまい、ネアは慌てて気持ちを切り替える事にした。

あの少女の訪問についてはディノにも共有してあるが、あまり興味はないようだった。

かくして、いよいよ国家主導の探索任務の開始である。


（……ここが、アルビクロム）

曇天《どんてん》の空から、淡い陽光が閃く。

白みがかった水灰色の石造りの街並を基調とした、優美なウィーム建築に比べると、アルビクロム建築は、黒檀色の石造りで窓の少ない威圧感のある建築を好むのか、どこかゴシック建築を彷彿とさせるガーゴイルや、街中に塔が多いのが特徴的だった。窓が少ないのは書架の街としての特性らしく、太陽の光を好まない雨と霧の街は、ネアの生まれ育った国にどこか似ている。建材や石畳にも青系統の色彩が多いウィームに対し、道の舗装をしてある石畳も黒っぽい。街路樹はなく、家々の窓辺を飾る花々も、ウィームではあまり見かけない赤や黄色が多いようだ。

「じっとりとした街ですね。この手の雰囲気が好きな方には、堪らない雰囲気かもしれません」

「このような街は好きかい？」

「亡霊の館などはあまり得意ではありませんでしたが、切り裂き魔が出そうで少し興味深いですね」

「……お前は、一体どんな文化圏で育ったのだ」

呆れたように呟いたエーダリアと、グラストにゼノーシュ、そしてネアとディノが今回の遠征の顔触れだ。

かつては別の国だったアルビクロム領は、ウィームからは馬車で何日もかかる距離にある都市なのだが、今回は、魔術でぴょいっと距離を飛び越える転移を使っての気軽な訪問となっている。とは言え、転移には限界があり、これだけの距離をとなると、国の管理の転移門を使わねばならない。保安上当然だが、複雑な申請手続きを経て、漸く許されるものなのだとか。

興味津々で周囲を見回しながら、ネアは、慣れない丈のスカートの裾をこっそり引っ張った。

本日は、アルビクロムの正装である漆黒のケープ姿に寄せた装いなのだが、こちらは未婚女性のスカートが膝丈で少し短めなのだ。また、学聖に敬意を払うこの街では、名門校の伝統的な制服と、聖職者の装いの中間のような独特な黒いケープを纏う。特徴的なフード付きのケープは、身分に応じ裏地の模様が違うそうで、郊外では工業も盛んなので、石畳の道を歩き易い底のしっかりとしたブーツも好まれているらしい。そんな土地の装いに倣い、ネアもそのようなブーツを履き、箱プリーツをふんだんに重ねたようなスカートに、学生のようなリボンタイの装いとなっている。

(軍服と学生服の中間という感じだろうか。少しだけ、魔法使い風かな……)

エーダリアとグラストもアルビクロム風の装いだが、お忍びでの訪問についての許可は、王都経由で取り付けてあるようだ。勿論、月の羅針盤捜索をアルビクロム側が意図的に妨害した場合は、国家反逆罪が適用されるという、エーダリアの身を守る保険付きである。

「ネアが可愛い……」

「いつもとは違う服装で、もぞもぞします。ディノは、服装をこちら風にしないのですか？」

「ある程度の擬態はするけれど、私達は、魔物であることを隠さないからね」

髪色をネアと同じ青灰色にしたディノは、仕立てのいい儀礼用の軍服のような濃紺のコート姿で、美麗だがどこか仄暗い魔物独特の気配がある。こうして暗い色を纏うといっそうに、ああこれは人間と同じ生き物ではないのだと感じられた。

（……まぁ！）

ここでネアは、通りの向こう側を歩く父子をじっと見ていたゼノーシュが、その真似をして、そっとグラストの袖を掴もうとしている事に気付いた。不安そうに手を伸ばしたまま動きを止めてしまったので、ネアは、そんなゼノーシュの頭を励ますようにそっと撫でる。こくりと頷いたゼノーシュは怖々とグラストのコートの袖を摘まみ、それに気付いて視線を下げたグラストが、僅かに瞳を揺らしてはっとする程に優しい微笑みを浮かべた。達成感でいっぱいになって振り返ると、ディノがこちらを羨ましそうな目で見ていたので、後で、こちらの魔物も撫でてやった方が良さそうだ。

「さて、行こうか」

差し出された腕を取り、ネアは、ここからは別行動となるエーダリア達とは逆方向に進む。

本日の調査内容は出発前に共有済みなので、アルビクロムの商会の調査を進めるエーダリア達と、月の羅針盤の持ち主だと思われる人物に会いに行くネア達はここでお別れだ。手続き上、公共転移門までは一緒に来たものの、この後は悪戯に人目を引かないよう別行動となる。

「ディノは、アルビクロムの劇場には行ったことがあるのですか？」

「ここは独特だよ。物語や音楽ではなくて、学術や数式を浸透させる為に、劇場を建てたんだ」

「難しそうな演目ですね」

「それなのになぜか、書の系譜と相性の悪い、煙草屋や歓楽街も多いようだ。そういうところが、人間の面白いところだね」

こつこつと踵を鳴らして二人が歩くのは、街の中央を抜ける大通り沿いの歩道である。馬車が多く行き交い、騎兵の姿がちらほら見えるのは、アルビクロムが、労働者階級でも自由に暮らせる土地である反面、他領程に治安が安定はしていないからなのだとか。仕事だと理解はしているのだが、ネアは、初めて見るウィーム以外の街並みをついつい見回してしまう。

「……ディノ、あの黒い大きな塔は何ですか？」

「武器庫だよ。ここは国境域でもあるから、あのような施設が幾つかあるのだろう」

雪を沿わせる高い山々や深い森に囲まれたウィームは、国境域に自然の要塞を持ち、守られているようなものだ。また、普段の暮らしの中でも魔術などの目に見えないもので防壁を築くウィームに対し、それは、ネアがこちらの世界で初めて目にする戦の気配であった。

「この国が、他国との戦争になるようなことはないのでしょうか？」

「今の状態が続けば、百年くらいはないと思うよ。とは言え、天秤の均衡を保つ為の、軍事力の誇示も必要なのだろうね」

書店通りを抜けて、言語学と民俗学の専門書店の角を曲がると、周囲の気配が一転した。石畳は黒煉瓦から赤煉瓦に替わり、華やかな看板を出した店が多く立ち並ぶようになる。通りの反対側にある博物館とその周囲を取り囲む大きな公園沿いには、数多くの飲食店がひしめき合っていた。

「パイのお店、ケーキのお店、飴の専門店までありますよ！　ゼノが喜びそうです！」

「アルビクロムは食べ物が美味しくないそうだから、ゼノーシュは喜ばないんじゃないかな？」

「……美味しくないのですか？」

「調理法が雑で大味らしい。魔物はあまり好まないかな」

そう聞けば食べたいという意欲は失せ、名残惜しげにパイの店を眺めつつ、ネアは神妙に頷いた。

「さて、ここで道が分かれるのですが、まずは、王立図書館に行きますか？　それとも、ノーレム聖堂の墓地に行きますか？」

ネア達に依頼されたのは、グリムドールの鎖の扱い方を知る、王立図書館に住む妖精への面会と、月の羅針盤を所持する墓地に住む魔物の訪問で、そのどちらも、ある程度高位の魔物が同行しないと難しいものなのだそうだ。

「墓地を先にしようか。あの辺りは繁華街だから、遅い時間に君を連れて行きたくないな」

「何となく察しましたが、仮にも大聖堂の周りを、繁華街にしてしまうのも凄いですね」

「裏手の墓地の魔術の流れが良くないから、その周囲に屋敷を建てる者が少なかったのだろう」

こちらの世界の墓地は、木々が繁り花に溢れて長閑なものなのだが、時折死者が脱走するらしく、頑丈な魔術仕掛けの鉄門で囲まれているそうだ。弔いが丁寧なウィームではそのような事はないのだが、魔術に長けた者の少ないアルビクロムでは、頻繁に起こる事件だという。

（……わ、綺麗な女性の方が沢山！）

問題の繁華街の区画に入れば、この時間でも店の前に立つ、華やかできりりとした化粧の女性達がいた。彼女達が呆然とした顔でこちらを見ているのは、ディノが、擬態をしていても造作は変えていないからだろう。客引きをするには向かない相手に、僅かだが、怯えるような目をしている。

「この先が墓地の入り口だね。許可書を出しておくといい」

そんな繁華街を通り過ぎると、いつの間にか目的地に着いていたらしい。成る程、ずっと左手にあった壁は墓地の外壁だったのだなと得心しつつ、ネアは、ケープの内側のポケットから、エーダリアに渡された許可書を引っ張り出した。二つ折りにされた上質な紙には、王家の押印と許可書を発行したガレンの建物を模した絵の印に、エーダリアの署名がある。こちらの世界の墓地は隔離地なので、部外者の立ち入りは厳しく制限されているのだ。

「ここにいる魔物さんは、どんな方なのですか？」

「黒煙《こくえん》の魔物は、火葬場や墓地に住む魔物の一種で、ここの個体は、月の魔物に執着が深い。直接追う事は許されないからと、月の気配を探し出すことの出来る羅針盤を作ったくらいだからね」

「……まさかの製作者で、そしてストーカーです」

「すとーかー？」

「相手の同意なく、つけ回しをする不届き者なのですよ」

ネアのその言葉に、かつてご主人様の髪の毛を集めていた魔物は、困惑したように頷いた。種族的な倫理観の違いかもしれないが、魔物にはストーカーの概念はないのかもしれない。

墓地の入り口は、美術館の受け付けのような堅牢さで、魔術汚染が発生しても活動が制限されないようにする為に、監視員は屋根付きの小さな小屋に常駐しているそうだ。アルビクロムの墓地の中でも特に物々しい雰囲気なのは、この墓地に、偏屈な黒煙の魔物が住んでいるからなのだとか。

（綺麗に整えられた所なのだわ……）

許可書を取り出して受付をすれば、監視員がそう教えてくれる。

「はい、ガレンからも連絡をいただいております。歌乞い様と、ご同行の薬の魔物様ですね」

「有難うございます。黒煙の魔物さんは、どちらにいらっしゃいますか？」

「墓地の中央にある、月の魔物の像に住み着いておりますよ」

ではそこから探してみようと、ネアは墓地に続く石門をくぐった。


さわさわと風に花々が揺らぐ墓地は、整然と立ち並ぶ墓石がどこまでも続き、広大であった。小高い丘の真ん中には教えられた通りの白い彫像があり、その台座の影には確かに黒いものが見えるので、それが黒煙の魔物なのだろう。勿論、野生の魔物なので、面会予約などは取れていない。

「ネアは、私から離れないように」

「はい。黒煙の魔物さんは、獰猛だったりするのでしょうか？」

「よく分からないかな……」

「さては、知らない階位ですね」

「うん……」

すっかり秋の色になっている下草を踏み近付けば、風が吹き抜ける墓地の向こうで、黒い影が身動《じろ》ぎしたような気がする。風に煙の香りが混ざったので眉を顰めると、丘の上に、ざあっと煙状のものが広がり、小さな竜巻のように渦を巻くではないか。濃密な黒煙が蠢《うごめ》くばかりのその様は、どこか禍々《まがまが》しい様相だ。そして、そんな様子を見ていたディノは、僅かに眉を顰めた。

「……おや、少しまずいかな」

「え……？」

ネアがディノを見上げようとした、その時、突然、軋むような低い声が耳元で聞こえた。

「お前もダイアナ様目当てか！」

「……っ！」

咄嗟に体を竦ませたネアは、ディノの腕の中に抱き込まれ、ふわりと魔物特有の甘い香りの中で、周囲の世界から断絶される。ほんの、一瞬だけ黒い煙が渦巻くのが見えた。

「……ディノ？」

「ごめん、ネア。怖かったよね。今回は私の調整が甘かった」

ややあって、すっぽり包まれた腕から顔を出せば、しょんぼりとした顔のディノがいる。

だが、その周囲のどこにももう、黒煙の魔物の気配はなかった。

「黒煙の魔物さんは？」

「腕を落としたら逃げられた」

「腕……」

「ネアがいるから、ここから追い出すことを優先させたんだ、壊すとネアは嫌がるしね」

つい地面を探してしまったが、幸い、腕らしきものは落ちておらず、なんの変哲もない下草が広がっているだけだ。ネアは、ばくばくしている胸をそっと押さえる。

「いきなりでびっくりしてしまいました。あの方は、どうして喧嘩腰だったのでしょうね」

「どうやら、敵として認識されたようだね。恋敵になる可能性のある、同族の魔物には異常反応すると聞いたから、魔物としての質を封じておいたのだけれど、そもそも同性が嫌なのかもしれない」

「……やはり、ちょっぴり普通ではない方なのですね」

エーダリア達がこちらの調査を外れたのは、かの魔物を刺激せず、その上で身の安全を図る調整が難しいからだと聞いていたのだが、黒煙の魔物の階位ではなく、精神状態が問題だったようだ。

「やれやれ、これなら、最初から有無を言わせず捕獲してしまえば良かったな」

この世界での終焉は、一つの扉となる。過剰な魔術を含ませると墓地が荒れやすくなるからと禁止された方策だったが、そちらの方が有用だった可能性が高い。

全ての男性が恋敵に見える黒煙の魔物は、きっと、かなり重たい恋の病なのだろう。

「……ディノ？」

ここで、ネアは異変に気付いた。

ディノが押さえた左手首に鮮やかな真紅が閃き、じわりと滲んだ色彩に、瞳を大きく見開く。

「……怪我を……」

ディノは、ネアの大事な魔物だ。転職せんとする覚悟は変わらなくても、それは変わらない。だが、そんな大事な魔物の美しい左手首には今、ざっくりと深い傷が走っているではないか。

見る間に血が溢れ、けれども、地面に落ちることはなく、淡く光ってしゅわりと消える。

「い、痛いですよね？　ごめんなさい、すぐに気付いてあげられませんでした……」

「……うん」

問いかければ、途方に暮れたようにぽつりと呟かれた言葉に、ネアは気が動転しそうになる。

「ディノ、こういう場合、人間は患部を圧迫して血を止めます。そうしますか？」

「……うん」

ネアは、ケープの下にかけていた鞄から真っ白なハンカチを取り出し、ディノの傷口に当てた。

きつく圧迫し終える頃には、ネアの指先にも血がついていて、その赤さに胸が苦しくなる。

「暫定的な処置なので、すぐにどこかで手当てしましょう。ハンカチは手当て用のガーゼとは違いますし、このままにしておくと、傷口に癒着してしまいますから」

「まだ、痛い……」

悲しげな魔物があまりにも不憫で、ネアは、手当ての為に座らせていた魔物の頬に口付けを落とす。撫でてやりたくても、まだ、指先に血がついていたのだ。

「傷口を心臓より高い位置に持ち上げて、大人しくしていてくださいね。魔物さんの手当てには詳しくないので、すぐにエーダリア様達と連絡を取ります」

魔物の手当てについては学んでいなかったネアは、そんな迂闊さを心から後悔した。ネア用に支給されている道具袋には、人間用の薬しか入っていないのだ。本来はこんなところで上司に迷惑をかけたくはなかったが、人間の感覚で判断してはならないだろう。魔物にとってどれくらいいけないことなのかが分からない怪我を放置は出来ないし、もしものことがあったら、一生後悔するだろう。

「……ディノ、自分で傷薬を作れますか？」

「魔物の為に傷薬を作ったことはないな。それに今は、擬態しているから」

「擬態していると、怪我の状態にも関わるのですね？」

「魔物の質を封じていたので、怪我をしたのだろう。人間と変わらない状態にしているからね」

「す、すぐに擬態を解きましょう！」

「ここは墓地だから、あまりやらない方がいいと思うよ」

ネアは、腹立たしい思いで周囲の墓地を見回した。黒煙の魔物が立ち去ったのなら、もうこんな所に用はないので、一刻も早く、ディノを休ませられる場所を探さねばならない。

「歩けますか？　傷に響いて少し痛いと思いますが、まずはここを出ましょうね」

「……うん」

ディノの目元が薄っすらと赤いのは、怪我をしてしまったことが屈辱なのだろうか。怪我そのものに不馴れな様子が哀れで、ネアは、何でもしてあげたくなってしまう。

「大丈夫。すぐに痛みを緩和してもらいましょう」

ディノはしょんぼりとしたまま歩き、行きとは反対に、ネアが、その体に手を当ててエスコートする。入り口の監視員には、黒煙の魔物が暴れたと告げ口をしておき外に出ると、繁華街を抜ける際には、寄り添って歩く様が親密に見えるのか、先程は怯えた様子だったお店のご婦人達が、あらあらという微笑ましげな目でこちらを見ていた。

「ディノの肌はこんなに綺麗なのですから、傷が残らないといいのですが……」

「人間は傷が残るのかい？」

「そうですね。このくらいの怪我をすると、普通は残ります。でも、この世界には不思議な薬が沢山ありますから、きっと残らずに済みますよ」

ディノは、手首に巻かれたハンカチを不思議そうになぞる。袖口に滲んだ血の跡が消えているのは、何やら特別な力が働いているのかもしれない。

「人間が言う、傷物というのはこういうことなのかな……？」

「もう少し含みを持たせることもありますが、このような傷もそれに当たります。でも、私がディノを、絶対に傷物になんかにさせません！」

「……傷物になったら、ネアが貰ってくれるかな」

ぎくりとしたネアは顔を上げたが、綺麗な目には不安そうな光が揺れていて、その頼りなさに胸が締め付けられてしまった。

「勿論、私が生涯面倒を見ます。でも、そんな風に心配しなくても大丈夫ですからね」

「……ネアが傍に居てくれればいい」

頭を下げて差し出してきた魔物を、ネアは、そっと撫でてやった。

「別行動になったばかりで心苦しいのですが、エーダリア様に通信を送りました。皆様のお仕事に障りがないところで、こちらに合流してもらいましょう」

墓地を出てすぐに擬態を解かせようとしたが、この国境域の街は、魔術異変に敏感であるらしい。痛みはそこまで深刻ではないと言うので、ネアは、届いた指示通り、今回の作戦にあたり、エーダリアが作戦拠点として確保している屋敷に向かうことにした。怪我人をあまり歩かせたくないので、奮発して市販の転移門を乗合場で購入し、屋敷に一番近い道を繋いでもらう。乗合場には転移を得意とする魔術師がいて、料金を払うと、すぐに術式を展開してくれた。馬車に比べるとかなり高価な移動手段だし、ネアの貯金の一部が吹き飛ぶが、その分、並び待ちをせずにほっとする。

淡く光る魔術陣を踏めば、淡い魔術の風が揺れる。ネアはまだ二回目なので少し慣れないが、ぎゅっと目を閉じて浮遊感をやり過ごすと、周囲の空気の匂いが変わった。

（……着いた。……うん。道路標識を見る限り、教えてもらった区画のようだわ）

ガレンがアルビクロムに保有している屋敷は、街の中心地から程近い閑静な住宅地の中にあり、転移先は、そんな目的の屋敷の向かいに設定した。通りを渡り、お目当ての建物の門の前に立つ。

「ここから先は私有地になりますので、もう擬態を解いて大丈夫ですよ？」

檸檬の木とミモザの木の茂る美しい屋敷に、予め渡されていた魔術仕掛けの鍵を使って入れば、少しだけ肩の力が抜けた。振り返ると、ディノも擬態を解いたようだ。

玄関ホールを抜けて、一番近い来客用の部屋に落ち着く事にしたのだが、幸いにも、中庭に面した部屋は、採光窓が大きくて明るい。葡萄酒色で統一された貴族的な装飾の部屋のテーブルには、誰の手配か、アプリコットカラーの薔薇が花瓶いっぱいに生けられていた。

「ディノ、くらくらしたりはしませんか？」

「大丈夫だよ。ただ、怪我をしたのは初めてだ」

「……まぁ。これ迄に、擦り傷を負うこともなかったのですか？」

「うん。こういう怪我の仕方は初めてかな……」

悄然としたまま座り込んでいるディノの髪を撫で、ネアは眉を下げる。傷の痛みも勿論だろうが、慣れないことが続き驚いたことも、不安の理由として大きいのかもしれない。

「薬を作れそうですか？」

「もう少し、このままでいる」

「でも痛いでしょう？　人間用の鎮痛剤を飲んでみますか？　でも、副作用がないとも限らないし……、皆さんが戻るのが遅くなるなら、治療院のようなところがあるといいのですが……」

「このままで平気だよ。髪の毛を引っ張ってくれるかい？」

「そうすると、感じる痛さが二倍になるのでやめましょうね。隣に座るので、寄りかかりますか？」

窓の向こうで、見事なオリーブの木が風に揺れている。紫色の小さな花を沢山つけた紫陽花に似た花や、淡い水色の繁みになっているカモミールのような花。肩口にディノの体温を感じながら、ネアは、どきどきする胸を押さえたまま、窓の外のそんな景色を見ていた。

「……君は、哀れなものが好きなのかい？」

「まぁ、なぜそう思ったのでしょう？」

「すごく優しいから、かな」

「傷ついているひとには、優しくしようと思います。でも、私は博愛主義ではないので、それは限られた方のみのものなのです」

そう言えば、頭をぐりぐり押し付けてきたので丁寧に撫でてやり、頬に手を添えれば、甘えるようにぴたりと擦り寄られた。不憫で愛おしいこの魔物を、また一つ、手放せなくなる予感に心がかたかたと震える。この任務に参加すると決めた時にも、覚悟を一つ決めなければならなかったのにだ。

「ネア、魔物が怪我をしたそうだな⁉」

がたんと音がした。慌てて振り返ると、魔術の道を使ったのか、どこからともなく現れたエーダリアが、ケープを翻して部屋に入って来た。銀糸の髪が少し乱れていて、ほっとして立ち上がったネアを見ると、鳶色の瞳が少し緩んだように見える。

「エーダリア様！　こんなにもすぐに呼び戻してしまい、申し訳ありません。ですが、どうかディノを診てあげてほしいのです」

「いや、負傷したのだから当然だ。お前の魔物でも自己修復も出来ないとは……」

「……ネアは、大丈夫？」

続けて扉を潜ったゼノーシュが、蜂蜜色の髪の擬態のまま、心配そうに声をかけてくれた。

「黒煙の魔物さんにいきなり襲撃されまして、ディノが怪我を……」

「ネアは人間だから、怪我しなくて良かった」

「ゼノーシュ、あなたも、エーダリア様を手伝ってあげてくれ」

最後に姿を現したグラストは、大きな荷物を降ろしながら、自分の魔物に指示を出してくれる。

「……それ嫌」

「ゼノーシュ、……お前も、エーダリア様の手伝いを」

「わかった！」

そして、どうやら言語矯正期間であるようだ。

「グラストさんまで。……お仕事中に急ぎ呼び戻してしまい、大変申し訳ありませんでした」

「いえ、ネア殿が、状況の説明を丁寧に書いてくださっていたので、当初の目標は済ませてきました」

当然のようにそう答えたグラストに、ネアは、ぽかんと口を開いてしまう。

「あれっぽっちの時間で、終わってしまったのですか？」

「今回は、違法商会からの該当書物の回収です。エーダリア様とゼノーシュは階位の高い魔術を使いますので、時間は殆どかからないんですよ。俺はただの盾兵要員です」

「……やはり、凄い方々だったのですね。……エーダリア様、ディノの傷はどうですか？」

背後がいやに静かなので、視線を戻して窺えば、目を伏せているエーダリアの表情はとても暗く、その隣に立つゼノーシュも心なしか浮かない表情ではないか。それに気付き、ネアはぞっとする。

「……すぐには治せない」

「で、でも、魔術治療では、もっと広範囲の深い傷も治せるのですよね⁉」

「ああ。……だが今回は、少し時間がかかりそうだ」

「そんな！　……何か、特別な傷なのですか？」

「いや……そ、そうだな。そうかもしれん」

「そんなに難しいことになっているのですか？　……ゼノ？」

エーダリアが妙に歯切れが悪いので、もう少し頼りになりそうなゼノーシュに質問先を切り替えると、そちらの魔物も、申し訳なさそうに項垂れていた。

「ごめんね。……出来ないみたい」

「謝らないでください。ゼノにも出来ないなら、これはきっと厄介なものなのでしょう」

「待て、診たのは私だぞ？」

「エーダリア様も、こうして駆け付けてくださって有難うございました。……ディノ、痛みはどうですか？」

診察が終わって、再び隣に座ると、ネアの肩口に寄りかかり直した魔物は、力なく小さく微笑む。

「そこまでではないよ。普通の人間と同じように治るから安心していい。……少し時間がかかるかもしれないし、傷跡が残るかもしれないけれど」

「まぁ、傷跡が……」

あまりにも可哀想で、両手で抱き締めてやりつつ、救いを求めるように部屋を見回せば、エーダリアもゼノーシュも、なぜか顔を背けてしまった。

（過度の期待をして、こんな風に縋ってしまっていたせいで、あの二人を落ち込ませてしまった）

出来ないと答えているのだ。その返答に他の要素がないのだから、負担をかけてはならない。

（……そうだ。……黒煙の魔物）

その存在に思い至り、ネアは唇を噛んだ。煙姿しか見てはいないが、あの魔物に治療方法を聞き出せないだろうか。物語では、特殊な攻撃の治癒方法は、加害者当人が握っていることが多いのだ。

「ディノ、落ち込まないでくださいね。少しでも、負担が少なくなるような方法を探してみせます」

部屋の向こうでは、エーダリアとゼノーシュから何かを聞いたグラストが、頭を抱えている。そんなに深刻なのだろうかと、ネアは蒼白になった。

（けれど、深刻そうな素振りを、ディノ本人には見せないようにしてあげないと）

艶やかな髪を撫でつつ、唇を噛み締める。

もし、あの時に守られずに済むだけの能力がネアにあれば、ディノはこんな怪我をしないで済んだのかもしれない。与えられた仕事すら中途半端な有様で、エーダリア達にまで迷惑をかけてしまったのだと思えば、心苦しいばかりだ。

（どうにかして、この傷を治す手段を見付けられればいいのだけれど……）

ひとまずは、ディノを不安がらせないように気遣いながらも、今はせめて、この魔物を全力で甘やかそうと、ネアは心に誓ったのだった。

報復措置を取ろうと思います

王立図書館の妖精には、エーダリア達が会って来てくれることになった。

何一つ任務を遂行出来なくて申し訳ないと頭を下げると、グラストは笑って首を振ってくれる。

黒煙の魔物がこれ程までに狭量だと知らなかったので、寧ろ厄介な任務を引き受けてもらったと言うのだ。何とも心憎い騎士道精神である。

そうして仲間達が出掛けてゆき、かつこつと、艶々に磨かれた飴色の床板を踏んで歩く音が響く館には、インクの匂いと、魔術に使う香草の香りがしていた。

ネアが一人で屋敷の中を歩いていたのは、怪我をした魔物を部屋に残し、水を求めてのことだ。だが、その道中でメモ用紙が釘で打ち付けられている奇妙な扉を発見し、足を止める。

「自由への扉はここだ！　論文の締め切りなど忘れて飛び出そう！　……標語かしら……」

この屋敷は、ガレンに在籍した男爵の別宅だったのだが、相続人がおらず、今はガレンの所有として論文執筆の為のホテルのような扱いとなっているのだそうだ。となればきっと、論文に追われておかしな感じになってしまった者がいたのだろう。論文に追われていないネアはその言葉には惹かれなかったが、手持ちの水筒に入れる水を求めて扉を開くと、なぜかその先も廊下が続いている。

「まさかの、二世帯住宅的な仕切りが現れました……」

少しばかりの水を求めているだけなのに、浴室や厨房はどこにあるのだろう。

眉を寄せながらも仕方なく足を進めると、カチャ、と小さな音を立てて背後の扉が閉まるではないか。一瞬、ホラー映画にありがちな展開が頭を過ってしまい、慌ててぶんぶんと首を振ったネアは、さあさあと音を立てて雨の降る窓の外を見てぎくりと立ち竦んだ。けぶるような薄紫色の薔薇が咲いている窓の向こうは瑞々しい色彩に満ちていて、とてもではないが晩秋の景色には見えない。

「まさかね……」

「俺としても、まさかと言いたいところだな」

ぎょっとして振り返った背後にいつの間にか立っていたのは、黒い天鵞絨のベストに白いシャツ姿のアルテアだ。彼の背後にはもう、ネアが通ってきた筈の扉はなかった。

「……アルテアさんは、私を呼び過ぎだと思います」

「俺からすれば、お前が混ざり過ぎだと思うが？　余程俺に会いたかったらしい」

首を傾げて弄ぶように微笑めば、一級の悪意そのものなのだが、ネアはふと、そんな魔物の有用性に気付いてしまった。

「まさかの、思いがけない専門家を発見しました。アルテアさん、魔物さんの怪我の治し方と、魔物さんへの報復の仕方を教えてください！」

「俺に答える義理があるとでも？　おまけに、最後の要求は何だ。物騒な要求を混ぜ込むな」

「でも、あなたはディノのお友達です。そんなディノの怪我を、治してあげたくはありませんか？」

「……あいつが？」

拍子抜けするくらいに驚いた魔物に、ネアは、機密事項はぼかした上で事情を説明した。途中で気持ちが入り過ぎてしまい、黒煙の魔物が極悪人の変態ストーカーに仕上がったが、この際はやむを得ない。

「……いや、治るだろ」

「さすが、アルテアさんです！　是非にその治療法を教えてください。お給金があるので、ある程度の報酬ならお支払い出来ます。もしくは、クッキーの現物支給でもいいですか？」

「自分で治せるだろうと言ったんだ。クッキー……？」

「いえ、治せないようなのです。すっかりしょんぼりしてしまって、髪の毛が摩り切れそうなくらい、頭を撫でてと強請るような有様なのですよ？」

「それを強請る為に、治さずにいるだけだろ……」

「アルテアさん？」

最後の言葉はよく聞こえなかったのだが、どこか途方に暮れたような遠い目がエーダリア達の反応に似ているので、やはり、事態は深刻だと判断したのかもしれない。

「何とかしてあの黒煙めを捕らえ、治療法を聞き出した上で凄惨な報復をしなければと思っていたのですが、その熱意が、こうしてアルテアさんに会わせてくれたのかもしれませんね」

「いいか、俺を巻き込むな」

「まぁ、友達甲斐のない方ですねぇ」

「魔物に人間的な感情を求めるな。元来た道を帰れ」

冷ややかにそう突き放されると、ネアは、そういえば魔物は人間とは違うのだという事を思い出した。ついつい熱くなってしまったが、であれば要求するだけ無駄だろうとあっさり引き下がる。ある程度は砕けた感じに会話も出来るが、基本的には、得体の知れない野生の魔物なのだ。

「ですが、帰してもらわないと帰れません」

「魔術の道で来たんだろう？　自分で来た道を帰れよ」

「いえ、私は滞在先のお屋敷で、水場を探してうろうろしていただけで、魔術の道とやらは使っていません。そもそも、私にはそのようなものを作る能力もありませんし……」

「……は？」

相当に驚かれたので、ネアは首を捻った。アルテアに呼ばれたのではないとすると、あの奇妙なメモの貼られた扉そのものに、何か仕掛けがあったのだろうか。

「念の為に訊くが、可動域は幾つだ？」

「魔術可動域は四です」

「単位は何だ？」

「四です。それ以外の数字は付随しません」

今度こそ、アルテアは絶句した。十段階の四程度で驚き過ぎだと、ネアは渋面になる。

「いや、じゃあ何で生きているんだよ」

「抵抗値は、観測機器を振り切ったくらいなので、魔物さんとお会いするのは問題ないのですよ」

「マッチに火も付けられないような可動域で、偉そうにする資格はないからな⁉」

「マッチに火くらいは点けられる筈ですし、こうしてアルテアさんに心を抉られたことは、忘れずにディノに言いつけることにします」

「わかった。速やかに元の場所に帰してやる。それで帳消しにしろ」

「その、出来ればディノに、すぐに帰ると伝えてあげたいのですが……」

「俺は、通信妖精じゃない」

「もしかして、ディノから、私が持ち帰ってしまった装飾品についての連絡も届いていません？」

「連絡は来ていないが、お前だろうと見当はついている」

この世界の人外者的な特権で、離れていてもやり取りが出来るのかなと思っていたネアは、それを確認しようとして墓穴を掘ってしまったようだ。ディノから引き離されていると知られてしまい、ひやりとしつつも、足を掬われないように何気ない表情を装う。

「であれば、あれは、意図しない行為だったと釈明させてください」

「別に構わん。俺達は、力に優位性を持たせるからな。奪えた以上、あれはもうお前のものだ」

「いえ、たいへん高価そうな物なので、ご返却しま……」

「ほお、いいのか？」

「では、頂戴します。有難うございました」

魔物らしい冷淡さで薄く笑ったアルテアの表情を見て、ネアは大人しく頷くことにした。

人外者は気紛れなのだそうだ。どれだけ残忍な者でも、稀に祝福を与える事もあるそうなので、偶然手に入れた装飾品がいつか意味を持つ事があるかもしれないと考え直したのだ。

「で、入口はどこだったんだ？　お前の来た道を辿ろうとしたが、逆探知不可能な術式だったぞ」

「推察するに、あれはどうやら、論文の締め切りから逃げる人用の脱出路だったようです……」

「どれだけ死ぬ気で構築したんだよ……」

「では、アルビクロムの……」

住所の半ばまでを諳んじて止めたのは、この魔物に屋敷の場所を教えるのを躊躇ったからだ。意図を察したらしいアルテアは意味ありげに笑ったが、幸いそのまま何も言わないでくれた。

しかしネアは、その笑みの理由をすぐに知ることになる。

「ここはどこでしょう……？」

アルテアがネアを転移させたのはあの屋敷ではなく、見知らぬ森林公園の前だった。

遊歩道などはあるものの、森が広がるばかりで住宅地すら見えないではないか。そろりと振り返ると、わざとらしく微笑む魔物は、如何にも人ならざるものという感じがした。

「お前が口にした住所だとここになる。因みに、アルビクロムは宅地開発が杜撰だったからな。同じ区画名であっても、飛び地的に位置が離れているぞ？」

「……理解しました」

これは、ネアの交渉の不手際である。魔物を責めても仕方ないと思いつつがっくりと力が抜けそうになったネアだったが、ふと、公園の案内板に目を留めた。きちんと整備されている公園なのだろう。黒曜石のような石板に記された金文字には、ダイアナの噴水という公園の名所が記されている。

（ダイアナの噴水……！）

それはまさに、先程ゼノーシュから教えてもらったばかりの、月の魔物の名前ではないか。加害者捜索の一端として、この近くで、他にも月の魔物に纏わる土地がないかを調べたところ、アルビクロムにはもう、ダイアナの噴水しかないと知ったばかりなのだ。たいそう都合のいい展開だが、案外この魔物は、分かっていてやっているのかもしれない。

「気になる要所を発見したので、報復がてら寄って行こうと思います。ご送迎いただき、有難うございました」

「……報復？」

その途端、なぜかとても嫌そうな顔になった魔物はその場に残し、ネアは、石畳の遊歩道を案内板通りに進んでみることにする。屋敷に残してきたディノは心配だが、ここに来てしまった以上は、もう仕方ない。幸いにも武器は持っているし、柔らかな午後の日差しに溢れる森林公園には、そこかしこに、レース模様のような美しい影が落ちていて、絶好の報復日和と言えよう。

「おい待て。可動域四が、何で魔物狩りをしようとしてるんだよ」

「あら、お散歩の邪魔をしないでいただけますか？」

「お前は、自分の顔を鏡で見てみろ。完全に、狩人の顔だぞ……」

そんな指摘は聞き流し、水盆を見付けたネアは、しゅばっと駆け寄ると、ポケットに隠し持っていた真鍮の水筒に水を入れた。馬用の水飲み場であるようだが、飲む訳ではないので気にするまい。

「……今の水筒は何だ」

「ちょっとした、害獣駆除用の秘密兵器です。ふぅ。漸く水を手に入れました……」

そう答えたネアに、アルテアの表情は曇ってゆくばかりだが、そもそも勝手に付いてきているのだから、出来れば静かにしていてほしい。

そのまま歩道を歩き、ふかふかとした落ち葉の積もる、落葉樹の区画に入った。花びらのように色付いた木々の根元には、丁寧に手入れされた花々が咲き乱れているが、穏やかな秋の公園には人影もなく、鳥達や小動物の気配すらないのは背後の魔物のせいだろうか。

「付いてきてもいいですが、用心してくださいね。これから向かう先に居るかもしれない方は、非常に特殊な思考回路を持ち、同性は全て敵とみなす凶暴性の高い変質者です」

「ほお、先程話に出た魔物だな」

「危ないので、あまり近付かないことを推奨します」

「その注意事項を、全部自分事として考えてみろよ」

「あら、私はこれでも武装していますよ？」

「……は？」

形のいい眉を寄せて怪訝そうな顔をしたアルテアに、ネアは厳かに頷きかけてやった。

そもそもネアには、守護を司るディノの指輪があるのだ。加えて先程、投擲された相手を呪うというやや不穏な種を、出掛けるゼノーシュから貰ったばかり。元はゼノーシュのおやつだったというのが凄まじいが、ディノが怪我をしているので念の為にと分けてくれた。

（そしてこの水筒があれば……）

ふっと、ほくそ笑んだ邪悪な人間が水筒をじゃかじゃかと振っていると、アルテアはいっそう嫌そうな顔になった。

「そもそも、そいつは腕を落とされたんじゃないのか？　等価値以上の報復は済んでいるだろう。大人しく帰れ」

「私は、その黒煙の魔物さんを知りません」

「……ん？　……ああ」

「博愛主義ではないので、知らない方と身内とでは、明確に好意の順列をつけます」

「……ああ」

「なので、私は、黒煙めに一切の慈悲をかける予定もありません」

「普通に考えれば、そうしたところで、あの魔物がお前を殺すばかりだがな」

「武装……」

「そうだな。武装しているんだろうよ」

わざと子供をあやすような言葉を使われ、心の狭い人間はたいそう腹を立てた。これはもう、こちらの魔物も巻き込むような形で最終奥義を披露するのも吝かではないと思いながら、また暫く歩くと、ぷんと緑の香りが濃くなる。

漸く見えてきた噴水の周りは、誰かに無残に踏み荒らされた花壇の花々がラベンダーのような独特の強い香りを放ち、柔らかな水音を響かせる大きな噴水台には、煙が凝ったような何かが蹲っている。足音に気付いたのか、のろのろとこちらを振り返るのは、一目で異形と感じる人ならざるもの。

（……あ）

アルテアが付いてきてしまった事で、であるからには、きっとここに居るだろうと予測はしていた。だが、随分と広い公園なのに、ここに来る迄に誰にも出会わなかったのは、こんな悍しい気配のものが現れ、とうに逃げ出してしまったからなのかもしれない。

「……マタ、……お前達か」

ゆっくりと歩み寄ると、掠《かす》れた声が聞こえた。その声は老人のような不思議なひび割れ方をしていて、振り返った人型の煙の頭部に当たる位置には、目だと思われる光がぼうっと光る。今回は唐突に攻撃をしかけては来ず、失った片手を抱き締めるような恰好で敵意だけを向けてきた。

（あ……）

ここで、黒い靄のような輪郭が僅かに鮮明になると、意外にも、黒一色ながら貴族的な装いで、肩口までの黒髪を髪紐で結んだ男性が現れる。暗い暗い瞳をしている男性はどこか怨嗟にも近しい眼差しで、きっと、ホラーが大嫌いな普段のネアであれば、すぐさま逃げ出した筈だ。けれども今は、どうしても引けない。

「私の魔物の、傷の治し方を教えてください」

「……イやだ。治らないなら、勝手に死ねばいい。相応しい報いだ」

「そうですか」

「は⁉　おい！」

つかつかと歩み寄り、黒煙の魔物との距離を詰めたネアに、アルテアが静止の声を上げる。とは言え、手を貸すような素振りはないし、ネアを引き留める労力も省かないのが如何にも魔物らしい。寄り添わないからこそ止めもするまいと想定していたネアは、その声は無視させていただき、迅速に攻撃を開始した。

（この指輪があったのだから、きっと、ディノが怪我をする必要なんてなかったのに）

ネアがそんな事に気付いたのは、エーダリア達が出掛けてからだった。それなのに自分を守る為にディノが傷ついたのだと思えば、いっそうにやりきれない思いでいっぱいになった。指輪の守護では防げない攻撃だったのかもしれないけれども、もしそうなら、尚更にディノを危険に晒したことを反省しなければならない。あの魔物は、リボン結びすら出来ないとネアは知っていたのに。

そこから先は、黒煙という魔物を襲った、一方的な蹂躙《じゅうりん》だったのかもしれない。

煩い人間を片付けようと、残った片手を振り捌くようにした黒煙は、魔術の衝撃波のようなものが、ネアを一切傷つけなかったことに動揺したようだ。魔術可動域が低いので、守護があるとは思わず油断したのだろう。その隙にゼノーシュがくれた種を、てやっと投げつければ、投げつけられた種は見る間に芽吹き、細い蔦《つた》がぐいぐいと黒煙の体に絡みついてゆく。相手が気体だろうがお構いなしであり、細く鋭い棘が生えているのが秀逸なこれは、見聞の魔物が黒煙対策に分けてくれた、実体のない亡霊に寄生する植物の種子なのだ。

続けざまにネアは、噴水の台座から転げ落ちた黒煙の目の前に立つと、真鍮《しんちゅう》の水筒をひっくり返し容赦なく中身を浴びせかけた。その途端、静かな公園の中に、ぎゃーっという悲鳴が響く。

「さぁ、あの傷の治癒方法を吐くのです。そうしないと、最終手段を講じますよ？」

「……ものすごく勇気を振り絞って聞くが、その水筒の中身は何だ」

「あら、アルテアさんはまだいたのですね。これは、水を主体として、知り合いの騎士さん特製の、野生の竜さんが死んでしまうくらいに辛い激辛香辛料油が入っています」

騎士ことグラストは過激な辛党で、彼が持ち歩く香辛料が、うっかり味見した竜を倒してしまったのは有名な話であるらしい。傷口に染みるだろうかとお裾分けしてもらった物を水割りにしたのは、原液のままだと、どろりとし過ぎていて敵にかけ難かったからだ。

「他に、民間伝承ながら悪いものに効くという結び目を作った紐や、針もありますが有効ですか？」

「針はやめろ、針は。と言うか、もう充分だろうが」

そう窘められて、ネアは、敵の状態に目を凝らした。

もはや煙姿ではなく、黒髪の骨ばった男性姿になって転がっている黒煙の魔物は、隈や頬のこけ具合を除けば、やはり魔物らしく端整な顔立ちの男だ。しかし、たいへん情念深い恋をしそうな面立ちなので、ネアの評価は上方修正されなかった。

「さぁ、傷の治し方を教えてください」

「……知らない。あれはただの傷だ。治らないのなら、その魔物の責任だ」

「そうですか」

「おい、腹立ち紛れに水筒を投げつけるのはやめろ！」

「なぜ阻止するのですか。この頑固者には、こちらも強硬手段を講じる必要があります」

「いや、本気で知らないだけだと思うぞ。と言うか、確実にシルハーン自身の問題だ」

「まぁ。アルテアさんは、私の魔物が、傷一つ治せない軟弱ものだと言いたいのですか？」

恋が不完全燃焼なのは気の毒だし、腕を失くしたのも哀れだ。けれども、こちらの話も聞かずに攻撃してきたのは黒煙の魔物で、今回の事は、黒煙自身の社会性のなさと暴力性が齎した顛末である。

「治し方がわからないと言うのであれば、自分でも治せないような怪我を、あなたは私の大事な魔物に負わせたのですね」

勿論、こうして身勝手に他者を傷つけるネアも、残虐で醜い人間なのだろう。だが、復讐がどれだけ身勝手なものなのかくらい、嫌と言う程に知っているネアが、今更、躊躇う訳もない。

（私にとって大切なものなど、片手の指くらいしかないのに）

この見知らぬ世界ですら、ネアに紐付く、ネアが触れられるものはとても少ない。

だが、前の世界とは違い、今は大切なものがあるのだ。その、とうとう手に入れた大切なものの為に必死になれないのなら、どこで心を動かせと言うのか。

「まだ喋りませんか。……残念です」

黒煙は、その後も呻くばかりで、傷の治し方を白状しようとはしなかった。

立ち去る気配のないアルテアに、ほんの少しだけ背後が不憫になったが、こちらも一応は仮面の魔物なので、任務の不手際の挽回も兼ねて諸共狩ってしまおうと、ネアは覚悟を決める。

ここにいるのは、あの歌唱試験の後も自分の正しさを証明しようとし、庭にいた蝶の魔物の前で歌ってみたところ、結果としてその蝶を殺してしまった人間である。そうして、自分の歌声が武器になる事を苦渋の思いで受け入れた今のネアに怖いものはない。羞恥で死にそうになるのでほぼ相討ちになる最後の手段だが、効果の程は保証済みと言えよう。


「……なぜこうなったのだ」

然し乍ら、魔物を弱らせる為に恥を忍んで歌った筈のネアは、歌い終えたところで、這いずって足元ににじり寄ってくる黒煙の魔物を踏みつける羽目になっていた。

ご主人様と呟いている黒煙の魔物をブーツで容赦なく踏みつけ、激辛香辛料油まみれの魔物にへばりつかれないよう、体重をかけて、ぎゅむっと押さえつける。

「ネアが、また目を離した隙に浮気してる……」

更に、最悪のタイミングで転移してきた魔物には、全力で責められていた。

ネアの最終攻撃の直後にふわりと出現した契約の魔物は、怪我人とは思えない荒ぶり具合だが、傷口が塞がるまではどうか安静にしていてほしい。そもそも、怪我をしたことに消沈して、あの屋敷の部屋で寝ていたのではなかったのだろうか。

「ディノ、この状況で私の足の下を羨ましいと言うなら、かなり重症の部類になりますよ？」

「見たことがないことをしてる……」

「これは、決して私に触るなという意思表示ですので、真似をしてはいけません」

「それなら……羨ましくないのかな？」

「語尾の疑問符も取り外しましょうね」

ディノは、こちらに手を伸ばそうとしている黒煙に目を細め、魔術を使って手も触れずに遠くに転がしてくれた。だが、ひょいと持ち上げられかけたネアは、慌ててその手を押し止める。

「ディノ！　今の私は、香辛料だらけの生き物を踏んだばかりで、足裏が香辛料油なのです」

「でも、目を離すとすぐにどこかに行くからね」

「……む、むぅ。今回の迷子では、自分でも積極的に動きましたが、入口は、あのお屋敷におかしな扉が仕掛けられていたせいなのですよ？」

「確かに変な魔術式が残っていたね。後で、それを作り付けた者には責任を取らせよう」

靴裏を魔術で綺麗にしてくれた魔物は、いつものように抱き上げたネアに頭を押し付ける。真珠色の綺麗な頭頂部を撫でてやりつつ、ネアは不安に駆られて眉を顰めた。

「ディノ、左手首は痛くないのですか？」

「……痛い」

「嘘つけ。痛くないだろ」

「痛むのなら、私を下ろしましょう。その腕の上に座らされている身としては、大変心苦しいです」

ディノの抱き上げ方は、いつも同じだ。片腕にひょいとネアを乗せ、片手を自由にする子供抱きスタイルで、ネアを乗せているのは、怪我をしていた筈の左手になる。

「それは嫌だな」

「傷口が開いてしまいます！」

ディノを何とか宥めようとしながら、ネアは、転がされていった黒煙の魔物ではなく、その反対側で大きな木に寄り掛かって立っている、アルテアの方を見た。

ふぅと息を吐き、片手で前髪を掻き上げてクラヴァットを緩める様は何とも官能的だ。あわよくばこちらの魔物も、悪さをしないように少しでも無力化しておこうと思ったのだが、倒してしまうには至らなかったようだ。おまけに、とても嫌そうに顔を顰めてこちらを見たので、健気な乙女は、音痴の誹《そし》りを受ける覚悟を決めた。

「お前のどこが音痴なんだ」

「……え？」

しかし、告げられたのは思いもしない言葉であった。

思わずディノの方を見てしまえば、ディノも困惑したように眉を顰めている。

「もしや、アルテアさんは聴き取り音痴……」

「だったら、黒煙が正常に反応するわけがないだろうが」

「正常……？」

明らかに正常ではないご様子だった黒煙を目で探ったが、ディノに転がされた際に意識が落ちたのか、茂みの手前で動かなくなっている。

「ディノ……、あの方は死んでいませんよね？」

「動かなくしただけだよ。ネアは、壊すのは嫌なのだよね？」

「はい。そして私は、音痴という評価で着地しましたよね？」

「独特な歌い方で可愛いと思うよ」

「……ということなので、たいへん不本意ですが、アルテアさんの耳も、同じように独特だったのでしょう」

「その確定の仕方はやめろ……。シルハーン、こいつに歌わせる歌は、曲まで指定したのか？」

「私の歌乞いの話をしないでほしいな」

「そこからかよ……」

しかし、汚名返上に縋るネアは、そのやり取りを聞き逃さなかった。

「選曲によっては、私は、音痴を回避出来るのですか⁉」

「ネアは音痴だよ。転職は出来ないから、諦めるといい」

「ひどい！」

「どうせ、教本の歌でも与えられたんだろ。あれは古典だ。単調な童謡でも歌ってみろ」

「仰せのままに！」

しかし、希望と夢を抱き、荒ぶる契約の魔物に抵抗しつつも恥じらう心を宥めて歌ったネアは、一小節も進まない内に止められる事になる。

「……類稀なる酷さだな。二度と歌うな」

「おのれ、期待させておいてのこの仕打ち……」

「可哀想に。もうアルテアとは口を利かない方がいいよ」

「とても傷ついたので、あの攻撃的な液体を、アルテアさんにもかけておくべきでした」

「やめろ」

悲しげに地面に落ちた水筒を眺めるネアに、ディノは、珍しく困ったような顔で苦笑する。

「……ネア、黒煙に何かをしたのだね？」

「はい。私の大事な魔物を傷つけたので、報復をしました」

「……そう、……なのだね」

こうしてまた、ほろりと幸せそうに微笑むから、ネアは、凄惨な復讐すら正当化出来てしまうではないか。

「……ディノをしょんぼりさせたのですから、当然の報いです」

「……うん」

木々の間を抜ける風が、繊細な森と花の香りと、いささか不似合な香辛料の香りを運んで来る。

ネアは、この臭いがディノの髪につかない内に、この場から撤収しようと心に決めた。

「ディノ、黒煙めは治療方法も知らなかったので、帰りましょうか？　ただ、我々の探し物についての情報を、後に吐かせる必要はありますね。念の為に、懐を探ってみます？」

「……懐を探るのかい？」

「歓談中に悪いが、とりあえずこの状態の責任は取っていけよ？」

「……はい？」

不意にそんな事を言われ、ネアは眉を顰めた。

嫌な予感にぎりぎりと眉間の皺を深くしたネアに、こちらを見たアルテアは、ぞくりとする程に美しく笑う。

「歌乞いが、魔物を捕えたんだからな」

応じる声を、ネアは持たなかった。ひやりとする程に静かな目をこちらに向けたディノの為に、必死に首を振ったが、ディノの澄明な紺色の瞳は悲しげに翳り、その色の中に浮かぶ白銀や菫色の彩りも鮮やかな煌めきを失う。こんなに悲しそうなディノを見たのは初めてだ。

「……浮気」

「していません!!」

慌てて否定すると、アルテアが愉快そうに声を出して笑ったので、ネアは、やはりこの魔物にも激辛香辛料油をかけておくべきだったと心から後悔したのだった。

その後、再び、白い髪の魔物を持ち帰ったネアは、元婚約者から、たいそう叱られる事になる。

「悪い魔物をくしゃぼろにした筈なのですが、余計なお土産のせいで叱られました……」

エーダリアはとても遠くを見ているし、グラストは、アルテアを連れ帰った途端、ゴールキーパーのようになってしまったゼノーシュが全力で隠している。

「エーダリア様、私は既にディノで手一杯なので、二人目の魔物さんの面倒までは見られません」

「奇遇だな。私もだ……」

「……おい、犬じゃないんだぞ」

アルテアが不服そうに呟く声が聞こえたが、もし、どうしてもこのまま契約となるのなら、誰が飼い主なのかを理解させる必要があるだろう。

「ネア、早く捨てておいで」

「ディノ待っていてくださいね。魔物さんとは言え、適切な野生への戻し方がある筈です。そして、どうか安静に……む」

ここでネアは、短く息を呑み、わしっとディノの手を掴んだ。袖口から覗いた傷一つない肌を検分してからゆっくりと顔を上げれば、ディノは、そろりと目を逸らすではないか。

「……ディノ?」

「治った……」

「まさか、治らないふりをした訳ではないのですよね？」

「違……」

「どうせ、煩わしさに我慢出来なくなって治癒したんだろうよ」

「アルテア、そろそろトカレに帰ったらどうだ？」

「何で俺が、鳥しかいない無人島に住んでいることになっているんだよ」

「おや、違ったのかい？」

この魔物達はすぐに険悪な雰囲気になるので、ネアは、今の内にエーダリアに復活してもらうべく、上司の顔の前で手を振ってみた。

「……意識はある」

「良かったです。ディノの時の二の舞かと思いました。移り気でないのはいいことですね」

「……お前は、白持ちばかり拾ってくるのだな」

「今回は、黒煙の魔物さんを斃そうとした際の、困った副産物なのですよ？」

「なぜ、いつの間に、黒煙の魔物を討伐することになっているのだ」

「仇討ちでしたので、やむを得ません。滅ぼしてしまえば、月の羅針盤もこちらの物です」

「死んではいないし、あの傷自体、いつでも治せるものをあえて放置しただけだ。治癒に手を貸そうとしたら、危うく手首から先を落とされるところだった」

「……まぁ、やはり嘘だったのですね」

魔物の我儘も見抜けなかったのかと、ネアは、エーダリアに頭を下げた。

これは仕事なのだ。判断を誤り、任務に支障をきたしたのならば、ネアの責任である。

「い、いや、それは構わない。狭量さは、魔物の質だからな。寧ろ、ある程度は魔物の欲求を満たしてもらわなくては困る」

けれど、エーダリアはそう言うのだ。

(確かにそれは、正しいやり方なのかもしれない)

美しい魔物に鎖をかける代償に命を削り、歌を捧げ、そして全ての面倒を見てやるのが、歌乞い本来の姿なのは知っている。

でもそれは、なんて冷たい仕打ちなのだろう。

魔物達は皆自我が強く、感情豊かで面白い。そんな彼らが人間に許す契約はとても自分本位だが、それが一概に残酷さでもないのだと、最近のネアは感じ始めていた。

だって、ゼノーシュは、あんなに寂しそうにグラストを見ていたではないか。それにディノは、ネアが髪の毛を三つ編みにしてあげると、小さな子供のように目をきらきらさせるのだ。

(多分、その身を縛ることを許す彼等もまた、心に近いものを差し出すのだ。けれども、魔物は人間とはあまりにも違う生き物で、魔術というものはあまりにも残酷で、優しい共存が叶わないというだけなのだとしたら……)

「今回の事は、私にもどうするべきなのかの答えが出せない。お前の契約の魔物は、お前を削らないのだとしても、あの魔物はそうはいかないだろう。だが、繋いだ鎖を階位の低い人間から外すのは、無作法とされているのだ」

「そういうものなのですか？」

「ああ。歌に乞われた魔物が現れたら、契約と成るかどうかの選択肢は、もうこちらにはない。あの魔物の意思は、確認したのか？」

「いいえ、まだです。……でも、アルテアさんは、面白がっているだけでしょう。きっと、本気で契約を交わすつもりはないと思いますよ」

「……そうなのか？」

「ええ。ああして気安く笑っていますが、実際には、たいそう不機嫌なご様子ですから」

それは、ネアの確信だった。

(自分に鎖をかけた人間に腹を立てていて、だからこそ、こちらを引っ掻き回して嫌がらせをしてから帰りたいのだと思う……)

元より、妙に色めかしい人間臭い魔物だが、アルテアが人間らしい言動を好むのは、人間が好きだからではない筈だ。彼にとっての人間が、愉快な玩具だからこそ、その気配を纏うのだろう。

そんな彼にうっかり鎖をかけてしまったのだから、ディノがいなければ、ネアはとっくに殺されていたに違いない。

「アルテアさん」

名前を呼べば、赤紫の瞳には、愉快そうな問いかけが揺れる。

無垢な愛玩犬のフリをした狼が、何をして遊ぶの？　とこちらを見ているようだ。

「ガレンの魔術師の知恵を借りて、契約のあらましは固まったか？」

「その前にまず、確認事項がありまして」

「確認事項？」

「踏んだり蹴ったり、椅子にする作業はお得意ですか？」

「……は？」

「ディノは、とても優秀な魔物です。万能なので取りこぼしがありません。よって、現在、歌乞いの契約の魔物のお仕事としては、事足りております」

「何が言いたい？」

「つきましては、私が持て余している作業の代行をお任せしようと考えています。現在必要なのは、趣味の範囲の加虐担当と、エーダリア様の攻略担当という二種類なのですが……」

その言葉に、アルテアの弄うような表情が、ゆっくりと強張った。

「ディノのお世話係と、エーダリア様を籠絡《ろうらく》するのと、どちらがいいですか？」

ネアは、真っ白な顔色でこちらを見ている元婚約者をちらりと盗み見る。無言で首を振っているが、照れているのだろう。何しろエーダリアは魔術師なのだ。その説明だけで、充分ではないか。

「この通り、エーダリア様は現在、ディノに思いを寄せていらっしゃいますが」

「やめて」

そう言ってきた魔物に、交渉途中なのでと待機を命じれば、ディノはしょぼくれてしまった。

「しかしながら、私は最近、すっかり大事な魔物になってしまったディノをお譲りするのは、どうも不本意であるという結論に達しました」

「それでいい！　もうそれ以上何も言うな！」

「エーダリア様も当事者なので、少しだけ口を挟まずにいてくださいね」

ここでエーダリアが壁に寄りかかり黙ったので、一息吐いたネアは、アルテアを真摯に見上げる。

「つきましては、アルテアさんの艶やかな魅力で、エーダリア様を攻略していただこうかと。この世には沢山の魅力があるのだと知れば、ディノを諦めてくれるかもしれません。加えてエーダリア様の視野も広がりますし、私のお手柄にもなります」

「何でそっち推しなんだよ。それと、その得意げな顔をやめろ」

「アルテアさんは、大変に魅力的な方ですし、エーダリア様も、根はとても純粋で優しい方です。女性に対しては忌避感を持たれていますが、男性目線だと可愛らしい方ではないでしょうか」

「いや、上手くやったみたいな顔になる意味がわからないぞ。おい、やめろ！」

アルテアはこの提案がとても嫌だったらしく、ネアが、提示した選択肢を引き下げないでいると、頭を抱えてしまった。

（少しだけ本気だからこそ、この魔物は、私の提案の中に嘘を見付けられないのだろう）

そう考えてこの作戦を立てた人間は、たいそう狡猾である。何しろ、その正体は仮面の魔物であるアルテアなのだから、もし、ネアの提案を面白がって表面上だけでも歩み寄る姿勢を見せた場合は、本当に捕獲してしまえばいいのだ。ネアには管理が難しいが、エーダリアなら上手に対処するだろう。

「シルハーン、お前の歌乞いを黙らせろ……」

「君がその契約を破棄するのなら、私の歌乞いは私が回収しよう。この子は獰猛だから、軽い気持ちで手を出さない方がいい。……それにしても、君がそちらの趣味だったとは、意外だったかな」

「お前もかよ⁉」

結局、ネアより遥かに舌鋒鋭いディノに翻弄され、アルテアはひとまず撤退していった。そんな魔物の姿を、ネアは、少しだけ口惜しい気持ちで見送る。

（当たり前の異常なことを、異常だと感じてくれる、貴重な逸材ではあったのだけれど……）

だが、知り得た事は報告書に上げているので、アルテアが仮面の魔物だと知っている筈のエーダリアも止めなかったからには、世界を騒がせるような悪事を働く魔物を、ここに留まらせない方がいいという判断なのだろう。

「ネア、契約の鎖は、後で私が外しておいてあげるよ」

「はい、お願いします」

「あれは高位の魔物だ。未練はないかい？　君の好む美しいものだし、仕えさせるのであれば力にもなるだろう」

「私は、目の前の困った魔物だけで、大忙しですよ？」

「……君は、いいご主人様だね」

嬉しそうに、そしてどこかしたたかに微笑むディノの三つ編みを、ネアはおもむろに掴んだ。

本日はラベンダー色のリボンで緩やかな一本の三つ編みにしており、右側から身体の前に流している。勿論、この魔物には三つ編みもリボン結びも出来ないので、ネアが毎朝やってあげるのだ。

「ネア……？」

「では、怪我の件は、これからじっくり事情聴取します。そして、今週いっぱい椅子はなしです！」

「ご主人様、ひどい！」

「エーダリア様？　……エーダリア様、私達は、少し罪と罰について討論してきますので、いただいたお部屋に下がっていますね。そして、ディノのことは、しっかりと叱っておきます！」

苦しげな声を上げ取り縋るディノを連れてネアが退出すると、壁と向かい合ったままのエーダリアと、そんなエーダリアの肩にそっと手を置いたグラスト、そしてアルテアが立ち去ってほっとした様子のゼノーシュが残された。


「あれ、わざと?」

翌朝の朝食の後で、食後のクッキーを食べるゼノーシュにそう訊ねられ、ネアは首を捻った。この街のお菓子は美味しくないらしく、眉が八の字で大変に可愛……可哀想だ。

「アルテアとの交渉は、嫌な条件を出して、諦めてもらおうとしたの?」

「ああ、昨日の事ですね。……アルテアさんの目的は、八つ当たりの引っ掻き回しでしたから、ある程度は場が賑わい、会話が弾み、遊んだ感が出れば帰ると思いました。ディノにも構ってもらい、さっさと帰ってくれて良かったです。ただ、場合によってはエーダリア様が上手く捕まえてくれないかなとも考えていたのですよ。しっかり捕獲してしまえば、あの方の盾になるかもしれません」

勿論ネアも、本気であの内容をアルテアに頼もうと思った訳ではない。だが、歌乞いが結ばれた契約を解除出来ないように、魔物は、それが容易に可能なことであればある程、仕事の依頼を断るのは面倒なのだそうだ。予めそう知っていたからこそ、あのように振舞ったのである。

「……また来ると思う」

「あの方は、暇なのでしょうか?」

「一人の魔物は、だいたい暇だから」

「それは……少し寂しいですね」

窓の外は、朝からの霧雨で薄闇に包まれていた。昨日は、夕刻から雲がかった晴れへと天気を変えたが、それでもアルビクロムでは良い天気なのだそうだ。

(皆さんに迷惑をかけた分は、何とか挽回出来ただろうか)

あの公園での騒ぎの後、黒煙の魔物の懐を探ったら月の羅針盤が手に入ったので、思っていたよりも早く帰れる運びとなっている。

エーダリアとグラストは、ウィームに帰る為の転移門の利用申請を行なっていて、ここで、ゼノーシュも部屋に美味しいクッキーを取りに行ってしまい、契約の魔物と二人きりになったネアは、隣のディノを見上げる。こちらを見た美しい魔物の瞳は、触れると揺らぐ深い湖のようだ。

「ディノ、どうしてアルテアさんは、あちこちの国の人間を損なうような事をしているのでしょう?」

ネアはずっと、そんな事が気になっていた。アルテアという魔物を知れば知るほど、話に聞いている仮面の魔物の振る舞いには違和感があったのだ。あの魔物が人間にとっては良くないものなのは間違いないが、ただ世界を騒がせて遊ぶような、軽薄な嗜好の魔物にも思えない。

「……恐らくは、その資質だね。彼は選択を司る者だから、枝葉を伸ばし、均衡を崩しかねないものを剪定したがる嗜好がある。後は、資材集めのようなものかな。パーシュの小道で君が見た彼は、仮面の手入れをしていたのだろう?」

「……もしや、あの、畳んでいた皮のようなものが、仮面なのですか?」

「うん。彼が望む仮面の素材は、今回のようにして世界を深部から攪拌《かくはん》しないと、手の中に落ちて来ないのかもしれない。ほら、彼はその為の調整もしていただろう?」

その言葉に、ネアは考えた。

今回は、安寧を脅かされた各国が、それぞれに力のある駒を動かした。となれば確かに、人間の皮を収集する魔物にとっては、良い資材を集める絶好の機会だろう。ましてやその獲物は、仮面の魔物を追いかけて自ら罠に飛び込んで来てくれるのだ。

（……あ）

そこまで考えると、ネアにも、ディノの言いたい事が分かった。

「ヴェルクレアでは、白に近い色を持つ仮面の魔物には、手を出さないようにという方針でした。ですが、仮面の魔物をそれ以外の姿で認識していた国では、アルテアさんを直接抑えようとしたところもあったのかもしれません。それが、あの方なりの選別と調整だったのですね？」

「この国は、彼の剪定の対象ではなかったのだろうね。とは言え、一部の国だけに災いを齎すと、人間の国同士で戦になる事もある。それを避ける為に、対象ではない国にも足跡を残し、世界的な障りだと思わせておいたのかもしれないよ」

「人間からしてみれば、とんでもない災いです。けれども、剪定と言うからには、俯瞰して見れば世界には必要なことで、魔物さんからすれば、さして特別な事ではないのでしょうか……」

「大抵の場合、彼は人間にとっての災いとなるだろう。けれども選択である以上、そうではない事もあるのだろう。君を、恐らく意図的に黒煙に引き合わせたのも、彼の資質によるものだね」

「剪定と調整を行っていた方自らとなると、こうして我々に、ヴェルクレアはその対象ではないと悟らせる為に、あのひと幕が必要だったのかもしれませんね」

「最終的に彼をどのようなものにするのかは、示された物の中から最後の選択をする人間が決めることだ。その剪定が、人間にとって良いものだったのかどうかもね」

言うべき事は言ってしまったのか、ディノは、ネアの膝の上に頭を乗せて目を閉じてしまった。

アルテアを捕まえてから、やはり少し拗ねている。

するとそこに、自分の荷物から美味しいウィームのクッキーを取ってきたゼノーシュが戻って来た。ネアの膝の上に頭を乗せているディノを見て、檸檬色の瞳を丸くする。

「ネアは、ディノが好き？」

その問いかけに、膝の上に頭を乗せた物体がぴくりと動くので、ネアは微笑んで、真珠色の髪を撫でた。

「好きです」

「……結婚する？」

「しません。公私混同はしない主義です。ディノは大事な私の魔物ですが、だからこそ、多少寂しくても、幸せな私生活を送ってもらいたいですから」

「……膝の上、可哀想だよ」

言われて視線を落とすと、何やら魔物が小さく震えているので、寒いのだろうかとストールをかけてやった。

「僕ね、ネアでいいと思う。女の子だし」

「ものすごく大きな括りですね！　しかしながら、ディノのお相手はやはり、足癖が悪く、誰かを椅子にしても心が痛まない、苛烈な女傑でなければ」

「ディノのこと嫌い？」

「いえ、大好きですよ？」

「……もう、ディノの事、怒っていない？」

「こちらでは色々ありましたが、幸いにも、月の羅針盤が手に入りました。職場での私の評価も何とかなりそうですので、きちんと反省すれば、許してあげようと思います」

公園での一件の後、倒れた黒煙の懐から、銀色の羅針盤を見付け出してくれたのはディノだ。

慰謝料として有り難く受け取った羅針盤は現在、激辛香辛料油の達人のグラストに預けられ、丁寧に洗浄されている。今夜には使えるようになるそうで、今後は、いよいよグリムドールの鎖の探索に出ることになるのだろう。エーダリア達が手に入れた文献から、鎖の使い方も判明している。

(……これは、私の大事な魔物)

膝上に頭を乗せて一生懸命に寝たふりをしている魔物の髪を撫で、ネアは、やれやれと微笑む。ディノが怪我をしたと知った時、ネアはもう、黒煙をずたぼろにする事しか考えていなかった。

そして、その騒ぎで心の中の余分な迷いや躊躇いを削ぎ落とせば、これからの自分の為の覚悟が、やっと曇りなく磨き抜かれたような気がする。

この魔物の吐いた嘘は多分、こんな魔物からは離れるべきなのだという、ネアが自分に向けた覚悟の嘘も暴いたのだった。

羅針盤が職務放棄します

数日後、アルテアと黒煙の魔物を捕らえたネアの歌唱力についての、追加調査が終了した。なぜそんな酷い事をするのだろうとネアは悲しかったが、雇用主の責任に於いて、エーダリアが、不確定の要素を消しておきたいのは当然だろう。

「習い方が変質的だったからのようだ」

「エーダリア様、表現の様子がおかしいです」

黒煙の異変は、あまりご主人様を切り売りしたくない魔物にも変化を齎した。すっかり不信感でいっぱいになってしまったディノは、ネアの歌声が場合によっては齎す効果をきちんと調べたのだ。

残念ながら既に契約済みの魔物では反応が得られず、新規の魔物は以ての外である。その結果、魔術の繋ぎを利用し、無理矢理召喚されてしまったアルテアで歌唱実験が行われた。

結果、意外な事実が判明した。ネアは、普通に歌えたのである。

「……ネア、この歌はどうやって習ったんだい？」

不思議そうに訊ねたディノに、ネアは首を捻る。最初は非道な人体実験かと思ったが、音痴の汚名がそそげたので、今はとても協力的な気分だ。

「お気に入りの曲でしたので、毎日、時間さえあれば常に聴いていました」

「……この曲だけを？」

「はい。その一番のお気に入り期間が過ぎても、一日に数回は聴いたでしょうか。その結果、自然に覚えたのです」

「学習ではなく、ほぼ洗脳並みの状態だな。北方では、似たような拷問のやり方があるぞ」

「アルテアさんは、音楽の楽しみを知るべきだと思います」

なぜかそれ以上の追及はなくなり、昔から馴染んだ曲は歌えるらしいという結論になった。

どうやら音楽にも造詣が深いらしいヒルドが、ネアの音痴は調子が外れる音痴なので、その脱線を許さないくらいに体全体で記憶してしまえば、きちんと歌えるのだろうと解説をしてくれている。教本の唱歌は聖歌のようなものなので、儀式で聴くのは好きでも、常に聴いていたいものではなかったのだ。なお、上手いものと下手なものを交互に聴かされたアルテアはふらふらで帰っていったので、もうあの魔物には会えないだろう。

しかし、手に入った月の羅針盤については、中の魔術も壊れていないのに問題が起きた。月の羅針盤はなぜか、グリムドールの鎖の行方だけは教えてはくれなかったのだ。

「どうして針が動かないのでしょう?」

試しに名を挙げた他の品物は指し示すものの、なぜかグリムドールの鎖については、頑なにリーエンベルク内にあると示す羅針盤に、ネアは眉を顰める。

誤作動を警戒して、魔物達を別室に待機させたが反応は変わらなかった。

「月に纏わる品物であれば、必ず在り処を教えてくれるのですよね?」

「ああ。王都にある、月の魔物が身につけた羽根についても、問題なく指し示すのだが……」

「ではなぜ、グリムドールの鎖だけは、針が戻って来てしまうのでしょう……」

「まさか、このリーエンベルク内にあるのでは……?」

恐る恐る、そう口にしたのはグラストだった。エーダリアの方をさかんに見ているので、思い当たる節があるのかもしれない。ヒルドがちらりと鋭い視線を向け、ネアはおやっと首を傾げた。

「そう言えば、ディノが集めてきた品物の整理は、もう終わりましたよね?」

「っ⁉」

「ネア殿!」

そう言えばと、ネアがあの日の品物について触れた途端、エーダリアとグラストが激しく動揺した。そろりと振り返ったネアが見たのは、二人の視線の先にいた美しい妖精だ。

「おや、どうやら報告に上がっていないことがありそうですね」

あの品物の扱いについては、王都とも内密に協議を重ねて決定された筈だった。その上で、ヒルドには話が届いていなかった理由を考え、ネアは小さく呻いた。

「申し訳ありません。失言でした」

「……ああ。報告し難い品物もあったからな。ヒルドには話しても構わなかったのだが、王都には、そのような品物を手に入れる手段があるということを、あまり公にしたくなかったのだ」

ややあって、少しだけくしゃくしゃになってそう教えてくれたのはエーダリアだ。しかしヒルドは、ひやりとするような柔らかな微笑みで、そんなエーダリアを、ぴっと竦み上がらせている。

「だとしても、私に話さなかった理由にはなりませんよ。こちらに来てから、幾らでも機会があったでしょう。そのような事を伏せておいて、あなたに何かあったらどうするのですか」

「ヒルド……」

「やれやれ。その品物の中には、グリムドールの鎖に該当しそうなものはなかったのですか？」

「なかった。一見して鎖の状態になっていない可能性もあるが、武具などの金属製のものもこちらには残していないからな……」

ふと、金属製という言葉がひっかかった。直近でそんな物に接したような気がしたのだ。

（……あ！）

「……それは、装飾品として加工されている可能性もありますか？」

「ネア、まさかとは思うが、心当たりがあるのか⁉」

「最近、アルテアさんから、うっかり毟り取ってきてしまった装飾品があるのです。お返ししようとしたところ、構わないと言われまして、自室の引き出しの中に放り込んであるのですが……」

「高位の魔物から略奪……」

ヒルドの表情はますます険しくなってゆく。

「どんなものだ⁉」

「金属製のタッセルのような装飾品です。クリップ式で、上着のポケットに付けていたようです」

「タッセル……」

「タッセルなら、ありえますね……」

「ネア様、それは何色でしたか？」

「タッセルの上部には月と水仙の彫り物があって、エナメル彩色されておりました。タッセル部分は上品な淡い金色です」

「金色……」

「ネア様、それを持ってきていただけますか？」

「はい。少し待っていてくださいね」

「すぐに確認したい。私が、部屋の前まで転移で連れてゆこう」

「まぁ、ではお願い出来ますか？」

「では……」

「エーダリア様⁉」

しかしここで、ネアを連れて転移しようとしたエーダリアが、くしゃりと崩れ落ちてしまった。

慌てて駆け寄ったグラストが抱え起こし、ヒルドが、意識のないエーダリアの額に手を当てる。

「……眠っておりますね」

「……エーダリア様は、お仕事がお忙しくて眠られてなかったのでしょうか？」

「いえ、昨晩も睡眠はとられていた筈ですが。ヒルド？」

「ええ。寝不足の兆候はありませんね。睡眠不足にしては、倒れ方が特殊でしたし……」

ふわりと白いものが揺れ顔を上げれば、こちらの騒ぎを聞き付けて、ディノが戻ってきたらしい。

「ああ、その人間が反応したのだね」

「ディノが、何か仕掛けておいたのですか？」

ゆっくりと歩み寄り見上げたネアに、真珠色の髪の下で、水紺の瞳が薄く微笑む。不快感を隠しもしない眼差しは、鋭利だが美しい。

「私が君に付与した、守護に触れたんだよ」

「守護、ですか？　エーダリア様は、私に危害を加えようとした訳ではありませんが」

「あの屋敷での一件があったから、私に無断で君を転移に巻き込む者があれば、無効化するようにしておいたんだ」

そう教えてもらいほっとしたネアは、グラストの腕の中で、幸せそうに寝息を立てているエーダリアを見た。幸い、体に害のあるような眠りではないらしい。

（とは言え、体に害はないのだとしても、何と人騒がせな守護なのだ……）

安堵にどっと力が抜けるような思いで、ネアは、ディノの聴取をしながら問題の品物を取りに行く事にした。ディノの与えた守護には、一定の要素を退けるような術式が組まれているそうだ。可動域の低いネアには発動の気配すら感じ取れないが、ヒルドにも分からなかったそうなので、とても高度なものなのだろう。

「エーダリア様が、すぐに目を覚ましてくださって良かったです」

「壊すとネアは怒るからね」

ディノの微笑みは僅かに酷薄なままで、ネアは、その危うさに小さな気掛かりの種を育てる。

この魔物は、何かを考えているぞという何かの予感を、その時にはもう感じ取っていたのだろう。

「……ディノ、エーダリア様を困らせてはいけませんよ？」

「そうだね。いい上司なのだろう？」

「ええ。それにあの方を取り巻く社会性は、私が、この世界で持てる、唯一の世界なのです」

僅かに水色がかる淡いミントグリーンの壁には、同色で繊細な草花が描かれている。白と艶消しの金のモールドに、天井に繋げる彫刻の枠。天井には白灰色の額装を模した区切りを幾つも設けて、見事な天井絵があった。そんな美しい廊下を歩けば、こつこつと床の大理石めいた石床のモザイクを踏む音が、廊下の一部に敷かれた絨毯の上で靴音を変える。

（その術式に触れたということが、ディノは、とても不愉快なのだろうか）

元より契約の魔物は執着に狂うものと聞くが、ディノは多分、一般的な契約の魔物よりも大らかでいてくれた。だからこそこの魔物は今まで、上手くネアを自由に生かしてきたのだ。

「……もし私が、君の世界を剥ぎ取って、小さな箱庭に閉じ込めてしまったらどうする？」

「それは困りましたね。二度目はどうしてくれましょう？」

「……そうか。二度目なのだね」

「ええ。初回はディノに出会えたので良しとしますが、ここでの暮らしで贅沢を学んでしまった私は、自分の意思ではなくここから放り出されたら、怒り狂うかもしれませんよ？」

「君は、今の生活が幸せかい？」

「ええ。とても幸せです」

「……じゃあ、これでいいのかな」

部屋の扉を開けてくれながらディノはそう笑って、ネアが抽斗から取り出したグリムドールの鎖仕様な装飾品を、そっと手の中から取り上げる。

「あ」

そうして、ネアが眉を顰めるのも構わずにタッセル部分の細い鎖を一本引きちぎると、ネアの手のひらに落とした。

「彼が許したのは、あくまでも君がそれを奪う事だ。だから、せめて一欠片は、礼儀として持っているといい」

「では、そうしますね。これはやはり、グリムドールの鎖なのですか？」

「そういう名前のものが、材料になっていたようだね」

「……だからアルテアさんは、これを持っているようにと言ったのですね」

「ふうん、アルテアがそんなことを？　……それと、もうこの指輪を落としてはいけないよ」

ディノが指先で摘んで差し出したのは、よく見慣れた乳白色の指輪だった。

ディノから貰った、ネアの宝物だ。

「まぁ！　いつも大切に嵌めているのですが、落としてしまっていたのですね。……拾ってくれて有難うございます」

「うん。二度と外さないようにね」

「ディノから、守護の意味もあるからと聞いて気を付けていたのですが、落としてしまっていたことには気付きませんでした。ごめんなさい、もう落とさないようにしますね」

受け取った指輪を指に嵌めると、やはり元からネアのものだったように手に馴染んだ。

（……おや？）

それなのに一瞬、見慣れない指輪のように感じてしまったのは、気のせいだったのだろうか。


抽斗から回収されたグリムドールの鎖は、無事にエーダリアに届けられ、どのような形で王都に届けられるのかは、エーダリアに判断を委ねる事となった。あまりにも回収が早過ぎるという事もあるし、手に入れたのがヴェルクレアであると特定されないよう、この任務の完了が大々的に公表されるという事もないらしい。だが、それでは他国の者達がいつまでも探し続けるのではと言えばそうでもなく、予め、資格者の誰かが鎖を手にした場合には、その後の略奪は禁じられるという魔術誓約が交わされているので、一人が勝ち抜けさえすれば捜索自体が叶わなくなり、この騒乱は自然と終息するのだそうだ。

それが魔術の理なのだと聞けば、やはり不思議な世界なのだなと頷き、ネアは、歌乞いとして携わった、初めての大きな仕事を終えられた事に胸を撫で下ろす。

けれども、事件が起きたのはその夜であった。

魔物に命を狙われました

ネアは、その魔物に会った事があった。

向日葵色の美しい髪を持ち、金貨のような目をした美しい少女は、ネアよりも幼く見えることもあれば、真紅に塗られた唇の艶めかしさから、成熟した大人の女性にも見える。

リーエンベルクの門越しだった一度きりの邂逅は決して友好的なものではなく、だからネアは、彼女の訪問については、きちんとディノに伝えていた。

あれから半月あまり。

リーエンベルクの廊下で、久し振りにネアの前に現れた彼女は、ひどく張り詰めた顔をしていて。どうしてここにいるのだろうと驚き、あまりにも思いつめた眼差しをいっそ心配にさえ思う前に、後ろから伸びたディノの手に目隠しをされて、ネアは意識を失った。


「……あの方は？」

真夜中に目が覚めると、寝台の端に腰掛けたディノが、そっと指先で髪を梳いてくれた。

答えを訊く前から何かを察してはいて、それでも知っておかなければいけないことを憂鬱に思う。

「もういないよ」

「……そう、ですか」

予想通りの返答に頷き、あの少女が、ディノが排他結界を重ねてくれたリーエンベルクの内側にまで、どうやって入り込んだのだろうかと考える。もしや、ディノより高位の魔物だったのだろうかと不思議に思っていると、ディノがそんな疑問にも答えてくれた。

「彼女は植物の魔物だから、根を張ることを得意としている。家事妖精の一人を刈り取って、上手く内側に道を繋げたようだね」

「その家事妖精さんは？」

「根が深くなると、道を繋ぐ代わりに宿主は死んでしまうんだよ」

「そう……なのですね」

「私とゼノーシュで他の入り口は全て塞いだから、望まないものは残していない。安心していいよ」

「有難うございます」

部屋の明かりの色に、あの、美しい少女の眼差しが蘇った。

(多分、彼女は私を害そうとしていた)

恐らく成せないとわかっていて、それでも。そうしてネアの前に立ったあの魔物を恐ろしく思う反面、どこか悲しく思うのは、ネアが傲慢だからだろうか。

「エーダリア様達にご報告を……」

「起きたことはゼノーシュから報告してある。今回の件は一方的なものだと話をしてあるので、君からあらためて報告をする必要はないそうだ。今夜はゆっくり休むといい。それとも、空腹かい？」

「いいえ。このまま休むことにします。ですが、このまま眠る訳にはいかないので、寝間着に着替えてきますね」

着替えなのでと一人で衣裳部屋に向かったネアは、この襲撃の間の悪さに溜め息を吐く。

（どうして、こんな風にディノが揺らいでいるときに……）

ネアとて善良な人間ではない。今回の事件がどのような顛末を迎えたのかは理解しているつもりだし、あの少女の死に対して、こんなことを考えるのはとても残酷な仕打ちなのだろう。

けれども、ネアにはネアの事情があるのだ。

ぽたり、ぽたりと落ちる滴が水嵩《みずかさ》を上げるように、ディノが不安やもどかしさを重ねていたこの時期に、どうして決定的な事件を起こしてしまったのだと思わずにはいられない。

けれども、考え込みそうになってしまったネアは、慌てて顔を上げた。今は、あまり長くディノの傍を離れない方がいい。

「ディノ、終わりましたよ」

そして、ぎいっと扉を開いて、ネアは絶句した。


ざざんと、夜と夏の香りのする風が揺れる。

そこはもう、いつの間にか見慣れていたネアの部屋ではなかった。

先程まで床石があった場所には、細やかな水色の花を咲かせた苔が生えていて、壁は朽ち、崩れた屋根の向こうには星空が見えている。ネアが立っているのはがらんどうになって荒れ果てた廃墟で、かつては剪定されて美しく整えられた庭木が、荒々しく生茂り覆い被さっていた。

夜の風に、壊れた扉が、ぎいぎいと音を立てて揺れる。

（……あ）

手の中で、もろりと崩れる感触に、慌てて錆びついたドアノブから手を離し、ネアは後ろを振り返った。けれどもそこには、同じような廃墟が広がるばかり。

「……ディノ？」

また、おかしなところに迷い込んでしまったらしい。どうしてこの夜に続けて事件が起こるのかと呻きつつも、ネアはディノの名前を呼んだ。しかし、答える声はないまま、風の音だけがこだましている。濃密な緑の香りは瑞々しく、咲き乱れる花々にはどこかに夏の気配があった。

「ディノ！」

やはり答えはなく、途方に暮れたネアは、呆然と立ち尽くすしかない。

「……酷い悪夢だな」

不意に、聞き覚えのある声が降って来たのはその時だ。

はっとして声を辿れば、崩れた壁と柱の残骸の上に、アルテアが座っていた。優美な漆黒の燕尾服姿の彼は、まるで不穏な予兆のよう。

「これは、……夢なのですか？」

「そうだな。お前の中にある、とびきりの悪夢だ。この手の悪夢を持つ人間は、わかりやすい悪夢を持つ者よりも厄介だ」

「そうなのですか？」

答えずにアルテアは小さく笑った。

もう暫くは会うこともないだろうと考えていたが、どんな風の吹きまわしだろうか。

「今夜は、早く帰せと言わないのか？」

「ええ。……とてもはっきりとした悪意を感じますから」

少しだけ考えて、ネアは率直に答えてみる。

なぜだろうかと思いはするが、他人の心のことなのだから、分からなくても仕方ないのだろう。人間ですらない生き物であるし、そもそもネアは、それ程にアルテアを知っている訳でもなかった。

「勘は悪くないようだな。今夜は、お前を殺してみようかと思っている。ここは夢だ。黒煙の時と同じような、身の外にかけられた守護は使えないぞ?」

アルテアは、まるで晩餐のメニューの提案でもするかのように、歌うような口調でそう告げた。

言われてみれば確かに、ネアの手にはいつもの指輪がない。着替え終わったばかりの白い寝間着姿で、柔らかい皮の室内履きを引っ掛けただけという、何とも頼りない姿である。

「どうして、私を殺そうと思ったのですか?」

「さあな、他の魔物に殺されるくらいなら、自分で殺してみたかったから、かもな」

「私が、他の魔物さんに殺されるのは、決定事項なのですか?」

「エマジュリアの件があったからな」

「エマジュリア……さん? それはもしかして、金貨色の瞳の美しい方でしょうか?」

「あれは子爵の魔物だが、信奉者の多い女だった。シルハーンはやり方を間違ったな。殺さずに、今まで通りの寵を与えておけば良かったものを」

(寵を与える……)

彼女はただの知り合いではなく、ディノの寵を得ていた者だったのか。

そう考えると、じわりと胸が痛んだ。あの魔物にもやはりそういう欲があって、ただのネアの大事な魔物ではなかったのだという事が、不安の棘となって胸に刺さる。

ここにいるネアにとってはたった一つしかない日常が、自分だけでは繋ぎ止めきれない見知らぬものであったと知るのは、身勝手なネアにとって、あまり愉快なものではなかった。

「覚えておけよ。お前に関わって死んだ女の名前だ」

「あの方は、どのような魔物さんだったのですか？」

「黄菊の魔物だ。大輪の花ではないが、気位が高く、常用され、信仰をも司る完璧な輪郭の花だ」

「そうだったのですね。とても凛として、強くて綺麗な方でした。……忘れません」

真っ直ぐな目でネアを断罪したあの少女の言葉はナイフのようで、心の柔らかな部分がずたずたになった。それでもあの少女を嫌いになれなかったのは、言われたことの全てが、自分でも理解しているネアの欠点だったからだ。それをあの魔物は、違う生き物でありながらも、真摯に正面から知ろうとしてくれた。その上でネアを排除しようとしたのもまた、彼女の選択なのだろう。

「今後、あの方の信奉者の方々が、私を標的にすると考えていらっしゃるのですね」

「お前は、籠の中で暮らしているわけじゃないからな。当然ながら、隙が多い」

それはそうだ。ネアですら、自分の暮らしの自由さを、日々不思議に思っているくらいなのだ。それはつまり、ディノが、どれだけ大きく窓を開けてくれているかという事に繋がる。

「アルテアさんは、面倒臭がりなのですね」

「……は？」

「あなた程の力があれば、私が損なわれそうになってから壊してしまう事も出来たでしょう。それなのに早々に手を打ったのは、先々の予測を立てる煩わしさにうんざりしてしまったのでは？」

ざあっと、温度のない風に木々が揺れる。葉の触れ合う音がさざめき、ネアは、ウィームの雪景色を思った。

これから訪れる、雪の季節のウィームはさぞかし美しいだろう。

オーナメントを飾った、クリスマスに相当する祝祭の飾り木を見てみたかった。

注文しておいた、ディノへのイブメリアのカードや贈り物はどうなってしまうのだろう。

(もし、私が死んだら、残された私の魔物はどうなるのだろう)

「お前は、さして怯えないな」

「いえ、積極的に死にたいとは思いませんが、よく生きた方だなとは思いますので」

「……よく生きた?」

「私の魔術可動域はね、四なんです」

「知っている」

「私はずっと、十段階だと思っていましたが、このウィームの住人の方々は、何百もの数値が当たり前なのだそうです。そしてそれは、地面にささやかな穴を掘る蟻の魔物さんの、半分程度の強さしかないのだとか。蟻の生存率を思えば、私は結構頑張った方ではないでしょうか」

「……言っておくが、自慢げに言う言葉じゃないからな?」

「念の為に確認しますが、それはもう、惨たらしく殺す予定だったりしますか?」

「さて、どんな殺し方が相応しいか」

アルテアは、唇の端を歪めて深く微笑んだ。夜闇の中で咲き誇る大輪の花のような艶やかさに、ぞっとする程の冷ややかさは、人ならざる者の冷淡さだ。

「ふむ。アルテアさんは根性が捻くれていそうですしね。痛い事や怖い事が発生するなら、お先に失礼させていただきましょう」

「ほお、随分と耳慣れない断りを入れてきたな」

「物騒なお仕事もあるかなと予防線を張っていましたので、脱出手段は完備済みです！」

「そりゃあいい」

白い手袋に包まれた手を打って、アルテアが笑う。

わざとらしく目元の涙を拭う仕草には、悪意が滴り、それでもやはり美しかった。

「まさか、逃げられるとでも思っているのか？」

「あなたは魔物ですが、魂ごと死んでしまえばこっちのものです」

「……何だと？」

低く慎重な問いかけに、ネアは考えた。やはり魔物達は、人間のように打算的ではないのだろう。

「ディノを得たばかりの頃の私は、手に負えない魔物をぽいっとやってしまい、リーエンベルクを出て自活しようと考えていました。けれども、それがどれだけの危険を孕むのかは承知していたつもりです。ですので、その顛末として想像しうる悲劇にも備え、とっておきの防衛手段を見付けておきました。だからこそ私は、一人で生きてみるということも選択肢に上げられたのでしょう」

ネアの目的に見合った品物は、リノアールの魔術道具の店に並んでいた。あの高級商店は、お忍びの貴人も愛用する特別な店で、彼等の要求に応える為に特殊な商品も用意されている。

「特殊な魔術陣を描いた紙を飲み込み、魂に術式を書き込むものなのですよ。後は、決められた手順を心の内で踏むだけで、行動すら制限されても、私はいつでも私を見捨てることが出来る」

自壊への潔さは、魔物には不可解な文化なのだという。なのでこれは、良からぬ生き物の手に落ちた時に人間が使う、流行りの自決道具だ。そんなものを店頭に並べるのだから、この世界はやはり美しくて優しいばかりのものではないのだろう。

「だから、こんな風に試されると、私は逃げてしまいますよ、ディノ?」

「……は?」

呆然とするアルテアが振り返るよりも早く、ネアは、突然現れた白い嵐のようなものに揉みくちゃにされ、ぎゅうぎゅうと抱き締められて持ち上げられていた。

「まったく、困った魔物です。私を怖い目に遭わせて、籠に閉じ込めてしまおうとしましたね?」

思わず半眼になり、声も低くなるネアに対し、すっかり怯えてしまった魔物は、問いかけに答える余裕もないのか、ぶるぶると震えながら必死にネアを抱き締めている。

まるで、そうやって拘束してしまえば、魂ごと押し止められるかのように。

溜め息を吐いて頭を撫でてやると、悄然とした瞳がこちらを見ていた。

「……ネア」

割れてしまいそうな悲しげな声に、ネアは、もう一度溜め息を吐いた。

「まったくもう! 私は怖い思いもしましたし、とても腹を立てているので、当分の間は椅子も禁止です。爪先も踏みませんし、髪の毛も引っ張りません」

睨んでみせると、びくりと体を揺らすくせに、その腕は拘束を強めるばかりだ。本気で襲撃したつもりだったのか、向こうでまだ呆然としているままのアルテアといい、魔物達は、やはりちょっぴり無垢で愚かで愛おしい。だからこそ、しっかり躾ないと困ったことになってしまうのだろう。

（やはり暴走しましたね！）

非常に嫌な予感はしていたのだが、案の定の暴走具合である。しかも、あわよくば、アルテアも巻き込んで諸共都合良く整理しようなど、姑息なやり口ではないか。

「ゼノの泣き落としを真似ても駄目ですよ！　……ですが、最初に怖がらせてしまったのは私なので、手を繋いであげましょう」

拘束する腕を引き剥がし、よいしょと手を繋いでみたのは、三つ編みのリードからの卒業を図ってゆく作戦でもある。

（私は、チャンスを無駄にしない女！）

ふんすと胸を張りつつ、ネアは繋いだ手に力を込める。

「ディノ、私が一人で黒煙さんを狩りに出たのがいけなかったのかもしれませんが、怖い時は怖いと言ってくださいね。きちんと要求を伝えてくれれば、私は納得するまで話し合います。こんな風に荒ぶったりしなくても、私はいつだって、あなたのご主人様ですよ」

「……ごめんね、ネア」

あまりにも不安そうに言うので、ネアは、とびきりの怖い微笑みを浮かべた。こちらにも責はあるとは言え、人間の領域で共に生きてゆくのなら、躾に妥協は許されないのだ。

「……そろそろ、事情を説明してくれ」

とても寂しげなアルテアの声も、勿論、無視するのである。

「どこで、私が仕組んだと思ったんだい？」

ディノがそう訊ねたのは、暫くしてからだ。

「望まないものは残していないと言った下りでしょうか。元々、ディノが神経質になっていて、これは何かしでかすぞと思っていたので、警戒もしていました」

「……その魂の術式は、消せるのかい？」

「消せません。消せないからこそ、売れ筋商品なのですよ？」

そう答えたら、ディノは、見ていて可哀想なくらいに落ち込んでしまった。

「……君はやはり、自分の命に執着してはくれないのだね」

「前にも言われましたが、していますからね。ただ今回は、そんな私の忌避するものが、自分の命の価値を上回っただけなのです」

悪辣な手段で殺されるようであれば、さっさと自決したい。

それは果たして、潔さや勇気だろうか。ネアは、逃避に過ぎないと思う。だが、苦しみよりも安らかな終焉を目指す身勝手さは、人間ならばある程度お馴染の欲求ではないだろうか。

「それは、執着していないという事じゃないのかな」

「価値観の差でしょうか。自分自身よりも優先してしまう物もありますが、それは大抵、私自身の為に成す事です。こうして、きちんと強欲に生きていますからね」

「例えば、以前の君の住んでいた屋敷のように？」

思いがけない問いかけに、ネアは、ふっと目を瞠った。

「あの家は、死んでしまった家族の残した、私の最後の宝物でした。それを維持する為に人生を犠牲にすることに、疑問を持たれた方もいます。……まるで、家と心中するようだと。でもね、人の幸福はそれぞれ違うんです。私には私の生かし方があり、それを違えれば……それはもう私ではなくなってしまう」

どうして分かってくれないのだろう。

大きく伸びた庭木が家を損なう可能性があるから、伐《き》ってしまえと言われた。

あんな古い家は売り払い、利便性のいい複合住宅へ越すようにと。

寝食を削ってまで旅行に行くのは愚かで、ツリーのオーナメントを買う余裕があれば、爪を塗ればいいのにと。

でもそれは、ネアの愛し方で、ネアの人生だ。その愛情や欲求を殺せば、ネアの心はひび割れてしまう。そのようにしか生かせないものを変えるのは、それを殺せという事なのだ。

「ですから、頑固だとか強欲だとか言われれば頷きますが、執着がないと言われると否定せざるを得ません。ディノはきっと、私のそちら側の執着が見えずに不安になってしまうのでしょうね。どうすれば安心出来ますか？」

「……ずっと傍にいてくれるかい？」

「それはとても難しい要求なので、私も条件を付けてもいいですか？」

ネアの返答に、ディノは悲痛な顔になった。悲し気な眼差しの頼りなさについつい甘やかしてやりたくなってしまうが、ここできちんと躾なくてはいけない。

「ディノが私を不必要になったり、あまり大事にしなくなったりしたら、私はあなたから手を引きます。ディノにも勿論心変わりする自由はありますが、私は、望まれない相手と寄り添うような趣味はありません」

「いらなくなったりしない……」

魔物はとても不服そうだが、ネアは、感情にも経年変化がある可能性を挙げたのだ。こちらの世界の魔術は言葉にも宿るらしいので、それならば、安易な答えは渡せない。

「私が怖いと思う事をしたら、こちらも自衛手段を取らせていただきます」

「その術式を使うのかい？」

「これは最終防衛手段です。初動では、制裁を加えたり、逃亡したりする可能性が高いですね」

「制裁がいいかな」

「ご褒美でした……」

また風が強くなってきたのか、ざあっと木々がさんざめく。

この夢はどこまで鮮明なのだろうと、後ろの方で、ちょっと不貞腐《ふてくさ》れ気味に置物になっているアルテアを振り返れば、ディノはまたしょぼくれてしまう。

「ひどい……」

「ディノ。私は今、あなたが悪い魔物にならなければ、或いは、私を安心させてくれるくらいに必要としてくれるのであれば、傍に居ますよという話をしているのですよ？　何かを持とうとするならば、きちんと努力をしてください。私もこうやって、あなたの手を取る為の努力を始めています」

「……君も？」

「まぁ。なぜ驚いてしまうのでしょう？　とてもか弱い人間が、悪い魔物さんと二人きりにされたのですよ。なんて酷い仕打ちでしょう！　私の聖母の様な寛容さと、たゆまぬ努力がなければ、とっくに解雇ですからね！」

落ち着くと少しむしゃくしゃしてきたネアは、ディノの胸をばしばし叩き、あろうことか喜ばせてしまった。お仕置きとご褒美の線引きが、難し過ぎるのだ。

「……で、俺はもう帰っていいか？」

何本目かの煙草を灰にしたところで、草臥《くたび》れた顔のアルテアが声をかけてくる。先程の生き生きとした様子が嘘のように、とても疲れた目をしていた。

「ネア、これはどうしてほしい？」

「何もされなかったので、どうもしません。ただ、騒ぎになると面倒だからと私を殺そうとするので、それはやめさせてほしいです」

「それが理由なのかな……」

打って変わって魔物らしい眼差しと口調になったディノが、選択を司るという魔物を一瞥する。

「お前の求愛行動に利用されてやったんだ。もう帰らせろ」

「随分と積極的だったようだけれど？」

「お前は王だ。場を乱すようであれば、整地もするだろ」

「だからといって、君の理由を押しつけられては堪らないな」

「そっとしておいてほしいなら、やり方を精査しろ。エマの件は荒れるぞ？」

（あんまり聞きたくないな……）

自分の心に素直なネアは、そう思って遠い目になる。その件については、こんな風に耳元で会話しないで、どこかで二人で済ませてほしい。人間はとても繊細なのだ。

「おや、この子は私の指輪持ちなのに？」

「……指輪持ち？」

驚愕の表情でこちらを見たアルテアに、ネアも目を瞬いた。

「ネア、私があげた指輪は、今もつけているよね？」

「大事にお守りにしています。ただ、今は夢の中なので、見当たりません」

「意識してごらん。ある筈だよ」

「人間に、随分と高度な技術を要求しましたね」

「ずっとそこに在るから、どんな場所でも在ると思って触れるといい」

意識してみるとやらは、正解がわからないので難しかった。

しかし、ネアがあれこれ脳内で試行錯誤したのが面白かったのか、こちらを見たディノが微笑む。

「……指輪を与えたのか。幾つだ？」

「二回目かな」

「……なら、問題ないだろう」

アルテアは、ちっとも問題がないとは思えない仕草で額に手を当てている。暗い目でその様子を見ていたネアは、あの指輪がどんなものなのかを至急確認しなければと考えた。

「ディノ、私は、一つの指輪しかしていませんよ？」

「うん。それで構わないんだよ」

「……しかも言ってないのか、最悪だな」

（ここは駄目だ。明日、ゼノか、エーダリア様達に聞こう……）

空気を読んで、ネアは押し黙った。今日はさすがに心が疲弊しているので、早く部屋に帰って、最低でも七時間は眠らせてほしい。だがその後はきっと、ディノと、もっと踏み込んで話す必要が出てくるだろう。人間と魔物の違いや、これからの生活や、王様かもしれないという事も。

とは言え、人体の稼働可能時間がそろそろマイナスになっているので、本日は営業終了である。

そんなことを考えていたネアだが、小さく交わされた会話の内容は素早く拾い上げた。

「エマの件も、お前がわざと隙を作ったな？」

「周知は大事だからね」

（……なんですと⁉）

これはもう、精神的苦痛の慰謝料として、リノアールで何か素敵な物を買ってもらうしかあるまい。そう考えると途端に安らかな気持ちになったネアが、自分は強欲だと思うのはこんなときだ。

自分に執着しない人間は、決してこんなことを考えない筈なのだから。

エピローグ

長い長い夜が明けた。

各国の歌乞い達が探索していた成果物を自室の抽斗で発見した後、契約している魔物と過去に何かあったらしい美少女に殺されかけ、更には契約した魔物の友人にも殺されかけたが、契約した魔物の一計であった。総括すると、ものすごく嫌な日だったのだと思う。

そして、睡眠時間は二時間が限界だった。

「……お、おのれ。二時間……」

もそもそと起き出したネアのことを、ディノが、部屋に設置した毛布の塊の中からじっと見ていた。とても震えているし、怒られた犬が飼い主の様子を窺うような目をしているが、ネアはそれどころではない。

「……あのバターを食べ逃すくらいなら、何としても起きてみせます……」

「ご主人様……」

「……ディノ、私は睡眠不足で気が立っているので、今日は、私の言動で傷ついてはいけません」

「……うん」

か細い声が寂しげなので、ネアは小さく息を吐いて男前に手招きをしてやった。

「さ、髪の毛を三つ編みにしますよ」

「ご主人様！」

犬度が増しているのは、一体どんな天の采配だろう。何とか身なりを整えて会食堂にまで辿り着くと、エーダリア達からの強い視線を感じたネアは、昨晩の襲撃事件がどのような形で報告されたのか、把握していないことに気付いた。

しかしながら、今は何よりもまず、睡眠不足を押してここに来た目的と向き合いたい。

「……まぁ。ホイップバターが」

流れるような所作でネアの前に皿を置いた給仕妖精が、一つ頷いて華麗に去ってゆく。大好物なホイップバターが二倍に盛られており、ネアは感激のあまりに涙が出そうになった。

「もう大丈夫なのか？　今日は休んでいたらどうだ」

「有難うございます。昨晩は、お騒がせしまして申し訳ありません。後で少し休ませていただくかもしれませんが、まずはご報告を優先しますね」

「あんな事があれば眠れないだろうが、それでも酷い顔色だぞ」

エーダリアが気にかけてくれているのは、黄菊の魔物の襲撃の件だ。幸いにも、リーエンベルク内への襲撃だったので、きちんと報告はなされていたらしい。

ネアは、ほかほかと湯気を立てているウィーム伝統のグヤーシュや、ローズマリー風味のチーズと玉葱のラビオリに頬を緩ませ、まずは前菜を楽しむべく、海老と香草のマリネ的なものに着目した。酸味と塩味が程よいので、寝不足な朝にもかなり美味しい。ケッパーに似た謎の赤い小さな実は、時折しゃりしゃりするので何物な食材なのだろうか。

「実はあの後にも、追加で私を殺そうとした方がいたので、ディノを含めて話し合いになりまして、結果、夜明け頃には何とか寝台に戻れた有様でした」

「……え」

部下からのあんまりな報告に、エーダリアは、救いを求めるように視線を彷徨わせた。残念ながら、本日はヒルドの姿がないので、味方はグラスト一人となる。

「見たところお怪我等はないようですが、ご無事だったのですか？」

「ええ。幸いにも、怪我をするような目に遭う前に収拾出来ました」

微笑んだネアに、グラストはほっとしたように頷いてくれたが、なぜかエーダリアは青ざめる。

そっと目を伏せたディノと交互に見ているが、一体どんな想像をしたのだ。

「そのような危険が重なるようであれば、警備を見直した方がいい。私の代理妖精を呼ぶべきかもしれないな」

「エーダリア様の代理妖精さんは、お強いのですか?」

「強いというより、脱出や隠蔽に長けている。恐ろしく頭の回転が速く、悪知恵が働き、勝つ為にはどんな手段も厭わない妖精だ。空間に迷路の要素を添付する特殊技能もあるしな」

「……どんな方なのかがたいへん気になりますが、今は問題なさそうです。お気遣いいただきまして、有難うございました」

「そう言うのであれば踏込みはしないが、何かあれば相談するといい」

歌乞いと魔物の関わりは、基本、他者の介入を許さない。

それは魔物の気質によるものが一番ではあるが、魔術の契約自体がそもそも、当人達にしか触れられない秘儀となるからだ。それを思うと、エーダリアの申し出は破格のものであった。

「ところで、エーダリア様。グリムドールの鎖が手に入ったのであれば、私の、今後の業務内容は変わってくるのでしょうか?」

その問いかけに目を伏せたエーダリアは、頬に長い睫の影を落とした。銀色の髪は少し伸びたのか、出会った頃の腹黒系王子な雰囲気より、幾許か味わい深い容貌になった。思えば、そろそろ、ネアのここでの暮らしも二か月になろうとしている。

「そう言ってやりたいのは山々なのだが……どうやら、あのグリムドールの鎖には研究の跡があってだな。鎖の所在追跡効果を、解析されている可能性が高い」

「まぁ。だから、アルテアさんは私にくれたのですね。厚意ではなく、それを手にしても意味がないと教える為だったのでしょう」

「では、あの魔物が、何か事情を知っている可能性があるということか」

「……エーダリア様？」

「あの魔物が、仮面の魔物についての情報を持っている可能性がある」

「アルテアさんが、仮面の魔物なのですよ？」

嫌な予感はしたが、ネアは、敢えて直球で返した。それを聞いたエーダリアが機能を停止してしまったので、その隙にスープを堪能する。本日は、ウィームの伝統料理の一つである牛コンソメのスープにクネルが入ったもので、シンプルだが深い味わいが体に染み入る美味しさではないか。

「ネア、聞いていないぞ……」

「私からの報告書は、ご覧いただきましたか？」

「報告書？」

「あの頃のエーダリア様は、私から逃げ回っておいででしたので、書類でご報告差し上げています。グラストさんに託しまして、きちんと配達完了報告もいただきました。また、少し危ういようなご報告も含みましたので、敢えて書面にしたという面もあります」

「……白い封筒に薄青の便箋の入った」

「はい。それです」

「お伝えしなければいけないことがありますという書き出しの」

「読んでいらっしゃるじゃないですか」

「……そこまでだ」

「はい？」

微笑んで首を傾げたネアに対し、エーダリアは見る間に顔色が悪くなる。

「それ以上は読んでいない」

「それ以上は読んでいらっしゃらない。さて、どういうことでしょう？」

「私信だと思ったのだ……」

「あそこまで無駄を削ぎ落とした文面でお伝えしたのに、私信だと思われたのですか？　そもそも、どうして私が、エーダリア様に私信のお手紙を渡すのでしょう？」

「い、いや……だがな！　あの頃のお前の様子を見ていての、あの切り出しの手紙など、恐ろしくて読める筈がないだろう⁉」

ネアは答えなかった。

元婚約者の背後に、王都より戻った鬼教官妖精の出現を確認したからである。ネアと目が合うと、ヒルドは満面の微笑みのまま頷いてくれたので、後は任せろということだろう。ネアの視線を辿ったエーダリアが蒼白になり、グラストは突然、ゼノーシュにクリームチーズを御裾分けする作業に夢中になってしまう。ディノは、昨晩のお詫びなのか、ネアのお皿にそっと海老を増やしていた。

（……賑やかな朝だわ。誰かがいて、美味しい食べ物と、温かな紅茶があって）

それがどれだけの贅沢なのかを、ネアは知っている。なので、小さく微笑み、魔物に海老を全部献上する必要はないのだと教えてやりつつ、この贅沢な朝を美味しく噛み締めたのだった。

一巻　了

ウィームの小さな物語集

調香の魔物とこれからのカード

調香の魔物が死んだ。

随分と長く生きた魔物だったので、老衰《ろうすい》なのだろう。リーエンベルクの部屋でその報せを聞いたネアは、瞳を揺らしてから深く深く息を吐いた。そんな彼女の姿に胸が苦しくなるのは、ネアが、その魔物の下に通っていたことを知っていたからだ。

足しげく通い、帰って来る頃には笑顔でいることが多かった。予め此方に話を通して調香の魔物には手を出さないよう約束までさせると、いつも、いい香りを纏って帰って来る。

「ほら、いい香りでしょう？　檸檬の香りの香木と、妖精の粉に、林檎の香りを合わせたそうです」

そう、嬉しそうに話してくるりと回ってみせると、部屋には調香の魔物の作品の香りが満ちた。

「いい香りだね」

ネア。君は時々、とても残酷になる。

調香の魔物は、珍しい成り合いの魔物だ。元は妖精の王であったものが、戦乱で焼け落ちた森の中で魔物に成った彼は、一説には、鶺鴒《せきれい》の魔物だった伴侶が再び生まれてくるのを待っているのだとか。とても美しい魔物で、朝焼け色の妖精の羽と黄金の瞳の、うら若き青年の姿をしている。雨だれの声を持ち、木洩れ日の微笑みで、どんな人間の心も寛がせてしまうのだと言う。

ネア。

君は時々、ふわり背を向けていなくなってしまいそうな気がする。

ネア。

そしてその時はきっと、微笑んでこの手を振り切り、二度と戻らないのだろう。

そう考えると憂鬱になるのに、それをどう言葉にすればいいのかが分からない。

そして、調香の魔物が死んでから暫く経ったある日、リーエンベルクに小さな小包が届けられた。

部屋に届けられるまでの検閲に少し時間がかかり、藍色の箱は角がくたびれている。その箱に記された宛名の文字を辿り、懐かしい香りのそれを掲げて、ネアは寂しそうに微笑む。

調香の魔物からの贈り物だった。


「ネア、歌劇場の薔薇のロージェを取ってあげるよ。観たい演目はないかい？」

「……それなら、今度のお休みの日に、博物館通りの野外劇場に行ってみませんか？　ディノは、少しだけ寒いのは苦手でしょうか？」

「君が一緒ならどこでもいいよ。……その絵は、南瓜《かぼちゃ》かい？」

「ええ。私の生まれた世界で、晩秋の祝祭で用いられるお化けの絵なのです。こちらで言うところの、収穫祭や死者の日に該当する祝祭かもしれませんね。エーダリア様から、私の暮らしていた土地の祝祭や季節の風習について知りたいと言われたので、絵を描いてみました！」

その翌日、ネアが自分の生まれた世界について、少しだけ話してくれた。こんな季節には南瓜頭の魔物が出るらしく、それが懐かしいのだそうだ。南瓜の魔物であればこの世界にもいるので、さっそく捕りに行くことにする。だが、階位の低い南瓜の魔物は、触れるとすぐに崩れてしまうので、夜までかかって一匹を捕獲するのがやっとだった。

「今日はね、街で獣が暴れたんだけど、ネアが僕を守ってくれたの。勇ましかったんだよ！」

夜になってリーエンベルクに戻ると、回廊沿いのサロンの一室で、ゼノーシュが話している声が聞こえてきた。今日はネアと一緒に街に出て、とても楽しいことがあったようだ。彼の契約の人間が答える声が続き、懸命に話を続けるゼノーシュの嬉しそうな声が耳についた。

おまけに、持ち帰った南瓜の魔物を見たネアは、足の沢山ある生き物が苦手だと怯えたような目で南瓜の魔物を見ている。どこか遠い場所に捨ててくるように言われてしまったが、その代わりに、南瓜の魔物を捕まえる為に汚れた手を洗ってくれた。香りのいい石鹸を泡立てて丁寧に隅々まで洗ってもらうと、大事にされているようで嬉しくて唇の端が緩んでしまう。

ラベンダーと夜の星影で作られた石鹸の香りは、人間の商店が作った売り物の香りだ。

調香の魔物の香りとは違う。

ネアは、季節ごとの音や香りの、その全てを貪欲に楽しんでいた。

森の散策でぱりぱりと踏む色とりどりの落ち葉や、夜鉱石の鉄板でバターと塩で焼く茸。真夜中に星を見に行こうと言い、色鮮やかな秋の実を喜ぶ。干した果実の焼き菓子や、秋の終わりの霧の朝を好み、冬に備える鹿達をじっと見ている。晩秋から冬の祝祭にかけての季節が一番で、その次に春と初夏が好きなのだと、微笑んで教えてくれた。

この世界の切れ端を宝物のように集めて大切にするネアの手の中のそれはどれも、私自身の欠片でもあるけれど、それに成り代わることは出来ない。

「ディノ、見てください。結晶化した菫のお花です！」

「気に入ったのかい？　……他にも、君が気に入る物が、沢山あればいいのだけれど」

そう言えば、ネアは淡く微笑んだ。

「確かにこの世界には、不思議で美しいものが沢山ありますし、私は強欲ですが……」

仕立屋に頼んでおいた鈍い薄紫色のドレスが、しっとりと霧を纏う。よく似合うし可愛いなと思っていると、彼女はなぜか、こちらを見て微笑みを深くした。

「おとぎ話に出てくる怪物のように、たった一つの特別な宝物を得て、それを守ることが出来たのなら、私は、今度こそこの世で一番幸せな人間になれるに違いありません」

だとすれば、私は幸せなのだろうか。

その宝物がこの指先からすり抜けようとしても、怪物はそれを呑み込めるのだろうか。


「ディノ、贈り物を受け取ってくれますか？」

ある日、ネアが白い封筒をくれた。驚いて、少し厚みがある封筒をひっくり返してみると、蜜蠟で封印されている。鳩と柊、そしてリボンの印章が繊細で、崩したくないと思う。

「印章を作ったのかい？」

「ええ。何かと便利だと聞き、作ってもらいました。それが、今度から私のサイン代わりですからね」

「どんな意味があるんだい？　鳩は、君の瞳の色かな」

「皆さんがそう言ってくれるので、鳩を私の象徴にしました。どこにでもいて、食べると美味しい平凡な子ですけどね。リボンはディノの象徴で、柊には、私の生まれた世界では、お守りのような意味があるのですよ」

「……リボンが、私なのかい？」

「今のところ、私の中のリボンの印象は、全力でディノです！　見かけるとつい買い与えたくなる貯蓄の敵ではありますが、どれも似合うから仕方ないですね」

ほろほろと胸の中で崩れるものを上手く言葉に出来ないまま、蜜蠟の封印を指でなぞった。傷つけたくないので丁寧に開けようと、癒着面に小さな魔術の刃を入れると、封印の部分だけではなく、全体に保護をかけて風化の拒絶を添付した。

中から現れたのは、一枚のカードだ。

ネアがクリスマスツリーと呼ぶ、大きな飾り木に沢山のオーナメントがかけられている絵で、オーナメントの部分に仕掛けがある。触れると、月光や星屑の祝福石が埋め込まれていてちかちかと光ったり、妖精の魔法で色が変わったりした。蚕の魔物の飾り糸や、銀細工と硝子細工の繊細な飾りもある。そして、飾り木の先端についている星飾りには氷の結晶石が使われていて、触るとふわりと香りが立ち上る。

「……この香り」

「その星飾りの氷の結晶石は、液体を結晶石にすることが出来るので、香水を使うのが流行っているそうなんです。ディノの好きな香りを調べて、調香の魔物さんに作ってもらいました」

最後のお客になってしまいましたねと、ネアは寂しそうに微笑んだ。

「……その為に、あの魔物のところへ通っていたのかい？」

「ええ。それと、カードの他の仕掛けを、調香の魔物さんの奥様にも手伝ってもらいました」

「他の仕掛け？」

あの魔物に伴侶がいたというのは、初耳だった。

鶺鴒を追い掛けていたと聞いたけれど、もう諦めてしまったのだろうか。

「飾り木の下にある、私のメッセージを指でなぞってみてください」

そう言われて見てみれば、艶消しの金色の文字で、ネアのメッセージが書かれていた。


『私の、大切な魔物へ』


じわりと目の奥が熱くなる。

それでも、震えそうな指でそっと優美な文字を撫でれば、オルゴールのような音楽が鳴り始めた。

「調香の魔物の奥様は、鶺鴒の魔術師という名前の、凄腕魔術師さんでした。あの方の調合したインクは、触れると、こうして音楽を奏でるのです」

「鶺鴒の魔術師……」

「お年を召されていても、あんなに瑞々しくお綺麗な方でしたので、若いころはさぞかし噂の美女だったのでしょう。他の魔物さんに求婚されていたのを、自分の運命の乙女であると名乗り出た調香の魔物さんが略奪したのだとか。一緒に居ると、とても幸せそうで素敵なお二人でしたよ」

その言葉に、漸く分かった。

ネアの浮かべる寂しそうな微笑みは、調香の魔物に向ける愛おしさではないのだと。

「寂しい……のかい？」

「そうですね。あんな風に思い合うご夫婦が、離ればなれになるのは悲しいことです。お二人の年齢がもう少し近ければ、二人はまだ一緒にいられたでしょう」

「君は、その夫婦が好きだったのだね」

「はい。私はただの顧客でしたが、それでも幸せの御裾分けをいただきました。大好きなご夫婦だったんです。……いつか、ディノにも会わせてあげようと思っていたのですが、奥様も、私への納品を最後に、魔術になってしまわれたそうですので……」

ごく稀に、卓越した魔術師が魔術そのものに還元されることがある。体と魂を捨てて魔術に成ることで、その魔術師の固有魔術を、誰にでも使える魔術として開放することが出来るのだ。人間の魔術の歴史の中には、後世の礎になった者達としてのその事例を数多く見ることが出来る。

「ディノ……私は、あなたが、くしゃくしゃになってまで南瓜の魔物さんを持って来てくれなくても、高価な薔薇のロージェに毎日連れて行ってくれようとしなくても、こうして、この美しくて不思議な世界で、色々な物を見て思い出を増やしてゆければ充分に幸せなのです」

「……ネア？」

静かな声でそう言われ、途方に暮れた。

きっと、普通の者達は、この言葉の意味が分かるのだろう。それなのに、どこにも行かないで側にいてほしいのに、ネアが何を伝えようとしているのかが分からないのが、堪らなく苦しくて恐ろしい。けれども、どうすればいいのか分からずにじっと見ていると、小さく笑ったネアが、そっと頭を撫でてくれた。

「森をお散歩して、星屑や結晶化した団栗を拾い、ふかふかのパンやバターにあつあつのスープなどの美味しいものを贅沢にいただいて、お休みの日に街に買い物に出かけるこの暮らしは、私にとって夢のような時間なのです」

「……それだけで、いいのかい？」

「むむ。勿論、私はとても強欲なので、素敵な物があれば、あれもこれもと沢山手を伸ばしてしまいますが……私はここで、私以外の人達がみんな当たり前のように持っていて、かつての私がずっと羨ましくて堪らなかった普通のものこそが沢山欲しいのです」

ネアのその言葉に、胸が潰れそうになった。そうだ。ずっとそんなものが欲しかった。それなのにそれはどうしても手に入らなくて、ずっと昔に諦めてしまった。

「今の私はもう、走る事も出来るのですよ。仕事をして、食事や買い物をして……そして、もう一人ではないので、朝起きたらディノにおはようと言えますし、こんな風に素敵なカードを贈る事も出来ます。一昨日のように、精霊さんが荒ぶりごうごうと風の吹く日も、ディノが一緒なので怖くありませんでした。それはね、とても贅沢で素敵なことなのですよ？」

その言葉に、ほろりと、心の奥で何かが解けたような気がした。ネアがここにいるから、他の誰かのように大切な物があり、他の誰かのように微笑みかけてもらえる。ネアは当たり前のように名前を呼んでくれるし、髪の毛を三つ編みにしてくれて、食事を分け合ってくれる。

それは、今迄にどれだけ望んでも、どんなに探しても、一度も手に入らなかったものばかり。

「うん。……では、明日はどんなことをしたいんだい？」

「で、では、ウィームの中央市場に行ってもいいですか？」

「市場、なのだね？」

「もう長いことずっと、誰かと市場でお買い物をしてみたくて堪らなかったので、私は、少しはしゃいでしまうかもしれません。それでもいいですか？」

「うん。……かわいい」

そう言えば、ネアは少しだけ困惑したように視線を彷徨わせた。ひやりとして、怒らせてしまったのだろうかだとか、どうしたのだろうかと考えていると、鳩羽色の瞳が真っすぐにこちらを見る。

「私がここで……これから夢中で拾い集めてゆくのは、恐らく、大多数の方々は既に持っているような代わり映えのしない物ばかりなのでしょう。……これからも国の歌乞いとしてのお仕事を任されるでしょう。でも私は、ディノはとても凄い魔物さんであるのに、そんなお仕事の中から国をどうこうしたり、地位や名誉を望んだりするつもりはこれっぽっちもないのです。それどころか、自分を幸せにするのにとても忙しいので、困っている誰かを救いたいというような崇高さすらありません。ウィーム中の博物館や美術館をお休みの日に制覇するという野望を持ち、季節のお菓子を売っている屋台で買い食いし、市場のチーズ専門店でお気に入りのチーズを見出すことこそを至上としている、とても強欲で身勝手な、特別なものを何も持たない人間なのです。なお、薬作りのお仕事は、見ているだけとは言えそれもお仕事の内なので、自堕落ではありません。……私は、それだけなのですよ？」

こちらを見てそう言ったネアに、彼女の伝えたい事が漸く腑に落ちた。

ネアは多分、一枚のカードを選び、贈ってくれる迄のその工程で、自分がどのようなものを欲しているのかを、伝えようとしてくれたのだろう。

「でも、そのような事が……君の願いなのだね」

「はい。他の誰かには、何でもない事に感じられるのであろうそんなことこそが、私という人間を豊かにしてくれるもので、ずっとずっと欲しかったご褒美なのです」

一つ頷き、ネアから贈られたカードを、またそっと指先で撫でた。

「有難う。こんな凄いものを貰ったのは初めてだよ。私の宝物にしよう」

「ふふ。宝物にしてくれると嬉しいのですが、またイブメリアの祝祭の日にもカードを贈りますし、新年のお祝いもあげますから、大きめの宝箱が必要ですよ？」

「君も入れていいのかな……」

「人間は密閉されると死んでしまうので、止めてくださいね。……ディノ？」

隣に座ったネアを持ち上げて強引に椅子にしてもらうと、困った顔をされてしまった。

これをするとネアはいつもとても困った顔をするけれど、愛する人をぎゅっと抱き締めて大事にしたい時には椅子になるのだと、かつて側にいた者から教えられたのだ。けれども、もしかすると人間には上手く伝わらないのかもしれない。

カードごとネアを抱き締めて、指先で辿る音楽をもう一度鳴らす。

「……綺麗な音楽ですね」

「うん。とても綺麗だね」

甘やかすことにしたのか、髪を梳いてくれるネアの手には、この魂を切り分けた指輪がある。

（……そろそろ、もう一つ増やそうか）

指輪を増やす事を考えたら、ひどく安堵した。

魔物から指輪を贈られるその意味を、ネアはまだ知らない。

たった一人のお姫様

瞼を閉じると、手のひらに触れていた吐息が、弱く弱くなってゆき、やがて、ふつりと途切れた瞬間の事を思い出す。

小さな宝物が、この腕の中で失われた暗い夜。あの夜に失われたのは、不格好な手作りのケーキを食べて笑ってくれた、たった一つの宝物。

グラストにとっての、最後の恩寵であった。


少し前まで、俺には最愛の娘がいた。

栗色の巻き毛で新緑の瞳は大きく、陽に当たらない白い肌は妖精のよう。

けれども、父親としては、どれだけ不恰好でもいいから太陽の下で元気に飛び回っていてほしかった、可愛い娘だ。あの子が自由に走れるだけの体をくれてやると言われたならば、どんな事だってしただろう。きらきらと光る陽光の下で遊ばせてやれたのなら、どんなことだって。

けれどもそのような選択は、終ぞ与えられないままであった。

妻は、娘のお産の際に亡くなった。

所謂、貴族同士の政略結婚であったが、お互いに不馴れな好意を育て合い、良い夫婦になりつつあったと思う。生まれてくる娘にどんな服を着せようかと幸せそうに笑っていた彼女が死者の国に旅立ったのは寒い冬の朝で、ゆっくりと体温が失われてゆく指先を握り締め、声を殺してすすり泣いた。

お互いの思いが重なり、二人だけで通じる言葉が増え始めたばかりだったのだ。これからもっとしっかりと家族になって、親子三人で、どんな事が出来るだろうと胸を弾ませたのはつい昨晩の事だったのに。

だからこそ俺は、娘を溺愛した。

小さな娘を抱き締めてくれる筈だった母親を、自分は守ってやれなかった。だからこそ、この子は絶対に幸せにしよう。その覚悟を胸に、こちらを見て笑う子供の小さな手に触れると、喜びに心が弾む。声を上げて笑う小さな娘を抱き上げると、あまりの愛おしさに胸が潰れそうだ。こんなに可愛い子供は世界中のどこにもいないのだと言えば、家令も、大真面目にその通りだと頷いてくれた。

(……あの子供達のように、遊ばせてやれたなら)

見回りの途中で、淡い木洩れ日の下で走り回る子供達を眺め、小さな溜め息を吐く。春先の柔らかな下草に落ちる枝葉の影はレースのように繊細だが、最愛の娘があの子供達のように太陽の下で遊ぶ事はない。仕事柄、魔術の障りを抱えて生まれてくる子供が少なくはない事は知っていたが、それでも、娘の手のひらからこぼれた健やかさを思うと、胸が潰れそうになる。

(いや、だからこそ……俺が、失った物など気にならないくらいに幸せにするんだ……)

そう考えて自分を奮い立たせたその日は、仕事を終えて屋敷に帰ると、母親の領分である子守唄を歌ってやった。

娘が欲しがるレースやフリルのドレスを買い漁り、縫いぐるみも絵本も掻き集めたし、この手で不格好なケーキを作った事もある。乳母も料理人もいるのにと言われはしたが、傍に居てやれない時間を埋めるように、何でも与えてやりたかった。

この世界に存在するどんな怖いものからも、この手で守ってやりたかった。


「ただいま、お姫様。今日は、何をして過ごしたんだい？」

騎士の仕事は、決まった時間の帰宅が難しい。

エーダリア様は、早く帰ってやるようにと言ってくださるものの、役職を拝するこの肩書ではそれが容易ではない事も少なくはない。夕刻過ぎまで大掛かりな障りを封じる討伐に出ていて、折れたままの腕を隠して屋敷に帰った夜もある。それでも、昼間に休憩を取れる日には、明るい内に屋敷に帰り、娘を寝かしつけてから仕事に戻るようにしていた。

そんな働き方を許してくれていた主人と部下達には、今でも深く感謝している。

だがどうだろう。そんな日々は、不幸かと問われれば決してそうではなかった。

可愛い娘がこちらを見て笑う度に、胸の中を満たすのは幸福感に他ならない。小さな宝物を膝の上に乗せて、強請られるままに沢山の絵本を読み、眠ってしまった小さな体を抱き締める。そうして大事な娘と過ごす時間は、この上なく穏やかで幸福なものではないか。

「伯爵家のお家ではなくて、街の小さなお家の子供だったら良かったのに」

遠い窓を眺め、小さな娘が悲しく呟いたのは、街が華やかに色付く祝祭の日の翌日の事だったと思う。乳母は細やかな気遣いの出来る優しい女性だったし、使用人達も小さな娘を愛してくれていたが、それでもあの子は孤独だったのだろう。開けようとした扉の向こうから聞こえてくる、あどけなく寄る辺ない呟きに、息が止まりそうになった。

まだ小さな子供なのに、あの子は、そんな願い事を誰にも言わず、自分しかいない暗い部屋でそっと呟くばかり。その呟きが、家柄に付随する煩わしさを指したものではなく、手が届かない外の世界に繋がる、部屋の窓までの距離が遠い事を苦にしての言葉であるのだと知っていた。

だから、その言葉に応えたふりをして、小さな家の子供の親達のようにと、自分の手でケーキを作り、子守唄を歌ってやったのはただの自己満足に過ぎない。だが、生まれつき陽光の魔術の障りを受けている娘の寝台を、陽射しの強い窓辺に移動させてやる訳にはいかなかったし、どんなに代わってやりたいと思っていても、障りが呼び込んだ娘の病気を、あの小さな体から追い出してやることも出来ない。だからせめてと、彼女の願いを取り違えたふりをして、情けなくて泣けてくるぐらいにささやかな、自分に出来る事をしてやるしかなかったのだ。


さらさらと、時が流れてゆく。

必死に掻き集めようとしても無情に、そして冷酷に。

娘と過ごす時間があまりにも短いと知りながらも、騎士の職を辞する事が出来なかったのは、生まれながらに持った魔術可動域が足枷になったからであった。

可動域が高く、人ならざる者達の祝福を集めやすい体質を持つグラストは、リーエンベルクのような一定の階位の人外者達の侵食を退ける土地に定期的に通い、または、任務の中で身に持った過分な祝福を削ぎ落す必要があった。付与されるのが、通りすがりの人外者の罪のない祝福であっても、それはやはり人間の領域外のものである。そうして人ならざる者達から慈しまれる事で多くの幸運も授かったが、その祝福を都度削ぎ落してゆかねば、体の弱い娘を殺してしまう。

よりによってなぜか、グラストが授かる祝福は、陽光の系譜のものが多かったのだ。

しかし、もしそのような枷がなく、この身が自由であったとしても、後先考えず仕事を投げ出し、まだ当時は立場の弱かったエーダリア様の身を危うくする事はきっと出来なかっただろう。

だが、もしもという選択肢すら得られない父親の不甲斐なさのせいで、どうして罪のない娘が苦しまなければならないのか。

「愛しているよ。お姫様」

そう呟き、眠っている娘の柔らかな髪を撫でる。

子供らしい健やかさを奪われ、細く骨っぽくなった腕に触れると、わぁっと叫びたくなった。

初めてこの子を抱いたあの日から、なんでもしてやろうと決めて、こんなにも愛しているのに。

それなのになぜ、手のひらから幸福な時間は零れ落ちてゆくのだろう。

（どうか……）

どうか、どこにも行かないでくれ。どんな事でもするから、置いていかないでくれ。そう願って泣いてしまう父親は、なんて身勝手で愚かなのだろう。

娘は、八歳で死者の国に旅立った。

走ることも歌うことも出来ないまま、小さく小さくなって、温度を失った。

窓からこの丘を眺めた娘が大好きだと言っていた木の下に墓を作ってもらうまでには、墓地としての敷地外云々と少々揉める羽目になったものの、主人が教会側を説得してくれたようだ。

「……やっと君を、太陽の下に連れ出してやれたな」

そう呟き、木洩れ日に温められた墓石を撫でる。小さな娘がとうとう見る事の叶わなかった、晴れた青い空の向こうには、陽光にきらきらと輝く湖が遠くに見え、目を細めてその美しい景色を眺めた。この丘にある木の下で、あの子はピクニックをしてみたかったのだ。けれども、青空を映した湖の美しさすら、愛する我が子に見せてやることは出来なかった。

「二人でピクニックには来たけれど、あの時は、夜だったからな……」

それでも娘は嬉しいと喜んでくれたが、魔術の火を入れたランタンの明かりで過ごすキルトの上には、あの子が憧れた木洩れ日は落ちない。綺麗なドレスを着て王子様と踊ってみたかったと笑った娘の願いも、叶うことがないまま。仕立てさせた沢山のドレスを着る事もなく、家の庭より先へ出る事も叶わないまま、あの子は死んだ。

「……愛しているよ。これからも、ずっとずっと、君を愛している」

そう呟き、零れ落ちた涙を妖精に奪われないようにケープで受け止め、手の甲で乱暴に目元を擦る。雪結晶に薔薇の花の彫刻を施した墓石を見下ろし、どうにかしてこの喪失感に蓋をして、息子のようでもある主人の前で、明日からは平静を保たねばならないのだと考えていた、その時の事だった。

「ねぇ、あの白いケーキ、僕にも作って」

頬を伝う涙を隠す為に両手で顔を覆うと、誰もいる筈のない場所から声が聞こえた。

ぎょっとして顔を上げれば、水色の髪をした麗しい青年が、娘の墓の後ろ側に座り込んでいる。

ぞくりとするような美貌に、魔物だと一目見て理解した。

この心の絶望が、とうとう魔物まで呼んでしまったのだろうか。

「あなた歌乞いでしょ？　僕にもケーキ作って」

「歌乞い？　……いや、俺は騎士で、歌など……」

否定しかけて思い出した。先程まで、これで最後だと、娘のために懐かしい子守唄を歌ってやっていたではないか。

（……まさか、あの歌で？）

そう愕然とすれば、これは歌に請われて現れた魔物だと分かり、背筋が冷える。正式な儀式もなく招き入れてしまった者を、どう御すればいいのだろう。

「僕の頭も撫でる？」

それなのになぜか、淡い琥珀色の瞳をした魔物は、そんな事を言うのだ。

（だが、魔物との契約が成されたとなれば、ウィームの益となるのは確かだろう）

染み付いた騎士の思考でそう結論を出し、即座にこの契約を背負う覚悟を決める。娘のことで、エーダリア様には随分と迷惑をかけた。契約の魔物を手土産に戻れば、少しでも立場の弱いあの方の助けになるかもしれない。

そう考えて、こんな時にすらただの父親でいられない己の無情さを思う。

「いえ、あなたの頭を撫でるなど。白いケーキとは何でしょうか？　及ぶ範囲の限り、対価として叶えさせていただきましょう」

「……じゃあ、白いケーキはいいや。僕は美食家なの。美味しいもの、たくさん用意してよ」

矮小な人間の呼びかけに応じてくれた魔物なのだ。おまけにその美貌からも高位の魔物であるのは明らかで、そんな彼の機嫌を損ねないよう、誠意を示したつもりだった。それなのになぜか、そのときの魔物のどこか悲しげな微笑みが、今でも抜けない棘のように胸に残っている。


（……それが、ゼノーシュとの出会いだった）

この日、グラストがなぜそんな事を思い出していたのかと言えば、リーエンベルクで迎え入れたばかりの歌乞いの少女に、不思議な要求をされたからである。

「グラストさん、もしよければ、グラストさんのお家のケーキのレシピを教えてくれませんか？特に、子供が食べるような、クリーム系の見た目が白い素朴なケーキがあれば、是非教えてほしいのです」

あまりにも具体的な要求に眉を顰めたのは、そんな言葉をどこかで聞いたことがある気がしたからだ。

「……ケーキ？」

「無遠慮な質問だったらごめんなさい。お子さんがいらっしゃったのなら、そのようなレシピをご存知かと思ったのです」

「……とは言っても、私が知っているのは、自分で作って娘に与えた、ただのスポンジケーキですので参考にはならないかと」

「スポンジケーキ？」

「はい。昔、私が作ろうとして失敗したケーキを、娘が好んでいたもので。ただのスポンジケーキに、生クリームを塗っただけのものです。後はそうですね、屋敷の料理人に聞いてみないとですが、子供用となるとそれくらいしか……」

この少女の言動にはいささか規格外のところがあるが、あの白持ちの契約の魔物から何かを要求されたのだろうかと考えていると、こちらを見る不思議な瞳に胸がざわめいた。

それはまるで、出会った日にこちらを見ていたゼノーシュの眼差しのよう。言うべき言葉を示しはしないが、それでも、何かを伝えようとする眼差しであった。

「それならばきっと、そのケーキなのでしょう。ゼノの憧れのケーキなんです」

「……ゼノーシュの？」

（……あ）

そう言えばあの日、僕も白いケーキが食べたいと、そう、彼は言ったのだ。

甘えるように強請った魔物に跪いた時、彼はどんな顔をしていたのだろう。記憶の中で見上げたゼノーシュはいつも、途方に暮れたような悲しげな目でじっとこちらを見ていた。そして、いつも眠そうな目をしていて静かに佇んでいる事の多かった魔物は、今では時折、この少女に頭を撫でてもらっている。そうすると、ゼノーシュはひどく嬉しそうに、そして微かに頰を染めて笑うのだ。

人間を掌握する事など容易い高位の魔物が、まるで、小さな子供のように。

「……ネア殿、ゼノーシュがどこにいるかご存知ですか？」

「中庭のベンチでお昼寝していますよ。今日は、なぜだか少し寂しくなってしまった日のようなので、構ってあげてください」

中庭と聞いて驚いた。まだ冬本番ではないとは言え、今日は、朝から雪が降っている。こんな日に外で寝ていて、体調を崩したらどうするのだ。ゼノーシュは見聞の魔物であり、調査能力や解析能力には長けていても、環境の変化には意外に弱い。

「……っ、す、すぐに迎えに行って来ます」

「ええ。きっとゼノはとっても喜びますよ。それでもまだ寂しそうだったら、子守唄でも歌ってあげるといいでしょう」

慌てて戸を開け、中庭に飛び出してゆく背中にかけられた言葉に頷けば、鳩羽色の瞳をした少女は不思議な微笑みを浮かべていた。

私の大好きな人

私は、病気というものらしい。

体を壊してしまうのは、お日様の光の宿る魔術や祝福であるらしく、そんな原因が判明するまでに浴びてしまった陽光の障りを受けて、日差しの強い日は窓に近付く事も出来なくなった。

今ではもう、寝台から下りて部屋の中を歩くだけでも、喉の奥が熱くなる。はくはくと口を開けて息をしなければ、苦しくて胸が潰れてしまう。でも、そこまで苦しいのは、いつだって内緒なのだ。世界で一番大事なお父様の為に、私はいつだってにっこり笑う。

「ただいま、お姫様。今日は何をして過ごしたんだい?」

お父様の帰りは遅い。乳母が、お父様は王宮でとても立派なお仕事をしているのだと教えてくれた。みんなが憧れる、とても素晴らしい人なのだと。それでも時々、お父様は明るい内に帰ってくる。抜け出してきたよと笑って、お土産のぬいぐるみや綺麗な花を私にくれるお父様が、そんな日は、深夜にこっそり仕事に戻ることを、私は知っている。

「……愛しているよ。お姫様」

そう呟き、頭を撫でてくれる大きな手。その手で抱き上げてもらえると、怖い事なんて何もないような気がする。私は世界一幸せで、お父様は世界で一番かっこいいのだ。そして、私の部屋はいつの間にか、お父様のお土産でいっぱいになっていた。

「お父様、もう寝台が満員です」

「困ったな。お父様は、まだまだ買い足りないんだ」

新しく買ってくれた子羊のぬいぐるみが可愛くて、それが嬉しくて抱き締めながら言うと、お父様は笑って、ぬいぐるみを並べる棚を作ると宣言してくれた。少し前に、私が伯爵家ではなく庶民に生まれたかったと言ったせいで、お父様は何でも自分でやろうとするようになってしまっている。

(庶民のお家なら、息を切らさずに窓まで行けるからそう言ったのに)

あの言葉は誰にも聞かせるつもりはなかったのに、お父様は聞いてしまったのだろう。そして、自分がいなくて寂しいのだと、すっかり誤解してしまったようだ。この前も、庶民は自らの手で料理をするのだと、不恰好なケーキを作ってくれた。でも、お父様の手作りのケーキがとても嬉しいので、私はお父様の思い違いを正さない。

（そんな私は、とても狡い子供なのだわ……）

お父様がお忙しいのは知っているけれど、きっともう、あと少しの我が儘だから。

「お嬢様、お可哀想に」

私はもう、あまり長くは生きないらしい。みんなが陰でこっそりと泣くのだ。お可哀想にと。どんなに勉強を頑張っても、私にはワルツは踊れない。数少ないお友達に、お父様が元第二王子のお気に入りだと羨ましがられても、私が社交デビューをして王子様と踊ることはないだろう。きっと、式典や祝祭の儀式で、立派な服を着たお父様の騎士姿を見ることもない。

だけど、哀れで不幸だと言われると、もっと、もっと悲しくなってしまう。生きているだけで不幸ならば、私は何の為に生まれてきたのだろう。どうしてこんな風になってしまったのだろう。

「それ何？　美味しいの？」

「あっちにいって！　これは私のケーキだから、あなたにはあげません！」

そんなある日、また部屋に魔物が来ていた。この魔物は最近よく部屋に来る、私の大嫌いな魔物だ。白と水色の巻き毛をした、檸檬色の瞳の男の子で、びっくりするぐらいに綺麗な魔物。他の誰かが見たら、物語の王子様だと思ってしまいそうなくらい、綺麗な男の子だ。

でも私は、その魔物がとても嫌いだった。

「いいよ。いつか僕も、グラストに作ってもらう」

「お父様は、あなたの為になんか作らないもん！」

この魔物は、お父様が大好きだ。お父様の仕事を覗き見してきたり、お父様の執務室のペンをくすねてきたりしている。お父様の騎士のお仕事を毎日見ていて、お父様が馬を走らせている早朝には、高い木の上からその姿を見ているらしい。だから私は、この魔物が大嫌いだ。

だって、お父様は私のものなのに。

「お父様は、あなたのことなんて好きにならないもの」

そう言うと泣きそうな顔になったけど、私は悪い事をしたとは思わなかった。

あと少し。あと少しだけしか、私にはないのに。


「ほら、今日はドレスが仕上がったんだぞ！」

その日、お父様が持ち帰ったのは綺麗な鴇色のドレスだった。宝石を縫い込んだ刺繍とレースで、とても贅沢な夢のようなドレス。他のご令嬢達が、王宮のお茶会に着て行けるようなドレスだ。

「おとうさま……だいすき」

微笑んで受け取ったけれど、泣き出してしまいそうだった。私が、このドレスを着ることはないだろう。もう、お喋りをするのもやっとで、まともに立つことも出来なくなったのに、このドレスを着る力がある筈もない。私は素敵なドレスを貰えて嬉しいけれど、私が死んだ後、お父様はこのドレスを残されて、一体どんな思いで過ごすのだろう。

けれど、そう思ったくせに、私はその後も、縫いぐるみやドレスなど、女の子にしか使えないものを欲しがった。あの魔物に残せるものなど、絶対に許せなかったのだ。我が儘だとわかっていても、ドレスを見せるたびに魔物が悔しそうな顔になるので、どうしても止められなかった。

そして、たくさんのドレスが出来上がり、衣装部屋がドレスで窒息しそうになる頃、わたしは、大きな発作を起こして生死の境を彷徨った。


（お父様……）

真夜中に目を覚ますと、誰かが泣いている。

お前しかいないんだ。いなくならないでくれと、咽び泣く人の声を聞いている。

その時になってやっと、私よりも怖かったのは、お父様なのだとわかった。私は死ぬまで一人にはならないけれど、私の死んだ後、お父様は一人きりなのだ。最期までお父様に抱き締めてもらえる私は、こんなにも恵まれていたのかと。

お父様がただ一人恋をした、優しくて綺麗なお母様はもういない。こうして抱き締めるのは、お仕えする王子様や、叔父様達では駄目なのだと、ぼんやりわかった。

（泣かないで、お父様）

そう言ってあげたいのに、一度消耗しきってしまった体は、泥のように重い。今は目が覚めたとしても、もうそう長くはないと、自分でもよくわかった。

（誰か……）

声なき声で、悲鳴を上げる。誰か、どうかここに来て。お父様を一人きりにしないであげて。

（私はもういいから、お父様を助けてあげて！）

心の中でそう叫んでも、どこからか、もろもろと命の温度が零れ落ちていってしまう。その全てが失われてしまう前にどうか、お父様を誰かに託さねばならない。だって私は、お母様の分も、たくさん、たくさん、お父様を幸せにしてあげなければいけなかったのだから。

「……僕がいるのに」

その時、どこからともなく聞こえた声に驚いて、何とかそちらを見ようとしたけれど、もう、頭を動かすことは出来なかった。でも、部屋の隅に誰かの気配がある。

（あの魔物……？）

そう考えてはっとした。そうだ。お父様には、あの魔物がいたではないか。あの魔物ならきっと、お父様を一人きりにはしないだろう。お父様の事が大好きで、毎日隠れて付き纏っているくらいなのだ。そんな事を思い出したらとても安心してしまい、大きく深い息を吐くと、ゆっくりと瞼が重くなる。

（……お父様が、あなたを好きにならないなんて、言ってごめんね）

今の声も、とても寂しそうだった。あの魔物がそんな風に悲しそうな声を上げたのは、お父様が見ているのが、私だけだから。だから、ごめんなさい。どうかあと、もう少しだけ。

もう少ししたら、お父様をあなたにあげるから。

（……だから、お父様を一人にはしないでね）

お父様を一人にしないでくれるだろうと思えば、初めて、あの魔物のことを少しだけ好きになれた気がする。だってやっぱり、私にとって一番大事なものはお父様なのだ。

「愛しているよ、お姫様」

最後の眠りに落ちる瞬間、頭を撫でるお父様の優しい手を感じた。ぽたりと頬に落ちた温かな雫は、お父様の涙だろう。その温度に声を上げて泣きたくなったけれど、少しずつ失われてゆく意識の中で、私の大好きな人に呼び掛ける。

大丈夫。大丈夫よ、お父様。

あの魔物が、これからもずっと傍にいてくれるからね。

調香の魔物と優しい工房

とぷとぷんと、小瓶の中の香油が揺れる。雪結晶の白い石板の上には様々な花々や果実が並び、調香の魔物は、美しい指先でそこから香りの魔術を紡ぐのだ。魔術で紡がれたきらきらと光る雫は、調香の魔物が指先を動かすと、まるで魔法のように、とぷんと小瓶に収まる。

「先日の香りは、気に入ったのだな」

そう問いかける声の柔らかさに、ネアは、夢から醒めるような思いで顔を上げた。ついつい調香作業の手元を凝視してしまっていた人間に、こちらを見た調香の魔物がくすりと笑う。その微笑みはヒルドのものによく似ていたが、もう少し老成しているだろうか。どちらにせよ、ネアの大好きな、素敵な微笑みだ。

「はい。やはり、複雑な花の香りよりは、爽やかで安らぎを感じる香りの方が好きなようです」

「では、あの香りと相性のいい夜霧の香りを足しておこう。香りを揺らさない程度に加えておくと、より安らぎを感じるような香りに仕上がる」

そう呟いた調香の魔物の口調は淡々としているが、ネアはもう、この魔物がとても優しい魔物である事を知っている。僅かにラベンダー色の滲んだ琥珀色から薔薇色に変化をつけた美しい妖精の羽を持っていても、今はもう、調香の魔物である事も。

黎明の光を溶かしたような金色の瞳を持つこの魔物は、妖精から魔物に成った珍しい存在なのだそうだ。とは言え気質は妖精のままで、ヒルドにも共通する、そっと寄り添うような独特の妖精らしい柔和さは、こうして工房で向かい合っていても心を寛がせてくれる。

ことことと音がして振り返ると、優しい暖かさを部屋に広げる火鉱石のストーブの上に置かれた泉結晶のポットの中で、しゅわしゅわと光る花畑の星屑が火にかけられていた。こちらは香水ではなく、お客様に淹れるお茶の為の準備だ。

「どうぞ。ティーバッグだが、いい紅茶を貰ったばかりなんだ。祝祭の夜明かりの林檎と雪薔薇の紅茶で、この星屑を煮出したお湯で淹れると美味しくなる」

「まぁ！　カップの中に星屑の光が残るのですね」

お湯が沸くと立ち上がり、調香の魔物は紅茶を淹れてくれた。華奢な白磁のカップには薔薇のリースの絵付けがあり、クリスマスの日の朝のような香りが漂う。早速一口いただけば、林檎と仄かな薔薇の香りが絶妙で、口の中に残る微かな甘みは、花畑の星屑特有の甘さなのだとか。

天井から吊るされた花々と、ランタンの中でちかちかと光っている流星。少し離れたテーブルの上の練り香用の天板には、小さな鉱石の花が咲いている。

（……ああ、なんて素敵な工房だろう）

かつて思い描いた物語の魔法使いの工房そのものの場所が、目の前に広がっていた。それだけでもう、ネアは胸がいっぱいになってしまう。

「先日は、予約の変更をさせてすまなかった。シュタルトの湖水メゾンのレストランの予約が空いたので、どうしても、妻を食事に連れて行ってやりたかったんだ」

「ふふ、そのような予約変更であれば、いつでも仰ってください。きっと、素敵なお時間だったのでしょうね」

「……ああ。彼女は、とても喜んでくれた」

あまり表情豊かではない青年姿の魔物の唇が、こちらまでにっこりしてしまいそうな、幸せそうなカーブを描く。最愛の伴侶を食事に連れてゆきたいのだと、予約の変更をお願いされたのは三日前の事で、そのような予約の変更をお願いするかもしれないという事は、今回の調香の依頼の時に事前に確認を取られていた。

（お二人に残された時間は、もう残り僅かだから……）

淡いオレンジ色の炎の結晶石のランプの下で、真剣な顔で調香を進めている魔物の横顔を眺め、こんなに若々しく美しい人の寿命が尽きかけていることの無常さを思う。

この工房を初めて訪れた日、残された時間が少ないので妻との時間を優先したいのだと詫び、隣に座った女性に優しく微笑みかけた調香の魔物を見た時から、ネアは、この調香の魔物とその伴侶である鵲鴒の魔術師が大好きになった。

穏やかに寄り添う二人の姿は、かつてネアハーレイが望んでも手に入らなかった理想そのもので、そしてどこか、無残に奪い取られた大好きな両親の、幸福だった頃にも似ていたから。

（だから、そんな方達に、このお仕事をお願い出来て良かったな……）

ネアが、ディノに送るカード用にと発注した仕事は、調香の魔物の最後の仕事の一つになるのだと言う。最初は、一通りの仕事を終えてから夫婦でゆっくりするのかなと思っていたネアは、今回の仕事が、調香の魔物の命が尽きる、そのぎりぎりまでの作業であることに驚いてしまった。

最後の最後まで仕事を続けるという決断は、夫婦の時間を優先しながらも、出来るだけ日常を崩さずにいつものように暮らしていこうと決めての事なのだとか。己の司る物を蔑ろに出来ない魔物と、仕事中毒の傾向が強い魔術師の主張がこうして一致したのは、とても幸運な事なのだそうだ。

確かに、このあたりの価値観の差違は、擦れ違いや我慢を生んでしまいがちである。人生の最後の望ましい過ごし方が同じだという事は、最高に素敵な事かもしれない。

流石に、体力の落ちる最後の数日間は二人で過ごすそうだが、そんな風に穏やかに幕を引く生き方もあるのだと、ネアは、とても素敵な生き方を教えてもらった。

ちりりんと、どこかでベルが鳴る。おやっと顔を上げたネアは、音が聞こえた方を見て成る程と頷いた。どうやら、隣の工房にお客が来たらしい。

調香の魔物と鶺鴒の魔術師の工房は、母屋を挟んで背中合わせに建てられており、仕事の合間に一緒に食事が出来るのは勿論のこと、手が空けば、仕事をしている伴侶に紅茶を淹れてあげたり、何でもないお喋りをしたりも出来る。また、今回のネアのように、夫婦二人に仕事を発注するお客も少なくはないので、そんな仕事について議論をしたりもするのだとか。

（……この居心地のいい工房は、お二人が幸せで豊かな暮らしをしているからこそ、なのだわ）

古い薬局を思わせるこちらの工房には、窓辺に明るい色を灯すように、水色の花瓶に檸檬色の薔薇が飾られていた。飴色の木の調香棚は、月光に晒して結晶化させた松の木を使っているらしい。調香に必要な素材の属する季節が終わっても香りが劣化しないよう、季節ごとに分けられた棚には、その季節を示す可愛らしい花輪飾りがかけられている。沢山並んだ瓶には様々な色があり、出来上がった香水にはラベルが貼られ、鍵のかかった硝子棚に保管されているようだ。天井から吊るされたシャンデリアは木洩れ日と月光を組み合わせた明かりを灯し、その鎖には、小さな毛玉のようなシャンデリアの妖精が住み着いている。

「では、この香りを比較してくれるだろうか。インクに織り込む音楽を妻に聞かせてもらい、左の物は、僅かに果実の香りを柔らかくしている。あの音楽に合わせるのであれば、こちらもありだろう」

「では、この二種類の瓶の香りを比べてみますね」

目の前に置かれた小瓶を手に取り、ネアはまず、変化を付けていない右側の物を嗅いでみた。

（わ、いい香り……！）

ふくよかで柔らかな夜の音楽のような香りは、けれども瑞々しく、胸いっぱいに吸い込みたくなるような爽やかな果実の香りでもある。そんな香りをすっかり気に入ってしまったネアは、三回ほどくんくんしてうっとりしてしまってから、香りの確認作業中だったことを思い出すと、慌てて残った香りの印象をリセットする為に珈琲豆の香りを嗅ぎ、今度は左側の小瓶に鼻を近付けた。

「……個人的には、右側の香りの方が瑞々しく感じられて好きですが、少し個性を押さえて丸くした左側の香りの方が、カードに添える香りとしてはいいのかもしれません。繊細なオルゴールの音色と組み合わせるのでと、音楽と香りが混ざり合うよう、香りを優しくした物も作ってくださったのですね」

「ああ。音楽との組み合わせを考えて、香りを調整してみた。カードに使う物とは別に、同じ香りでトワレも作るのだろう？　であれば、そちらと香りを変えてみてもいいかもしれないな」

そう言われて、オリジナルの香りにすっかり心を奪われていたネアは、むぐぐと少し迷い、とは言えここは専門家の意見を採用しようと、ディノへのカードは左の小瓶の香りで仕上げてもらう事にした。折角調香をお願いするのだからと併せて依頼していたトワレは、この季節限定の、イブメリアリースの絵のあるラベルを貼った小瓶に入れてもらえる。


「では、これで出来上がりだな」

最終確認を終え、並んだ小瓶が片付けられる。最後のお客達は、店舗引き取りではなく発送での納品となるので、後はもう、出来上がった商品がリーエンベルクに届くのを待つばかりだ。なお、納品されてから品質に問題があった場合は、事後業務を一年程引き継ぐ同業者が対応にあたってくれるらしい。そちらの調香師も優秀なので安心してほしいと言われたが、それはつまり、その頃にはもう自分達はいないと考えての事なのだろう。

（だから私は、この香りに手をかける事はないだろう……）

檸檬色の薔薇の飾られた工房で、優しい目をした調香の魔物と話した時間を思い出したい時に、何度も懐かしい香りを楽しめるように。

ネアはきっと、その香りを楽しむ度に、この日の事を何度も何度も思い出すのだろう。

「はい。素敵な香りを作っていただき、有難うございました。私の大事な魔物への初めてのイブメリアのカードですので、どうしても素敵なカードにしたかったのです」

「この最後の仕事では、調香した香りを、愛情や友情の為の贈り物にする依頼主だけを選ばせてもらったんだ。こちらこそ、美しい贈り物に携わらせてもらえたことを感謝する。それに、君のお蔭で、大切な友人がウィームに来てくれた」

作業確認書の白い紙を取り出しながらそう微笑んだ調香の魔物が、どれだけ澄んだ優しい瞳をしていたことか。そこにサインをしながら、ネアは、この優しい魔物に会う事はもうないのかもしれないと考えると、涙がこぼれてしまいそうになった。

先に商品確認を済ませてあった鶺鴒の魔術師の工房には、残念ながら、先程訪れたお客がまだいるようだ。最後にもう一度ご挨拶をしたかったなと思いながら、作った香りをつけてくれた確認書の控えを封筒に入れてもらい、優しい香りに満ちた店を出る。

鶺鴒と香水瓶の絵柄の飾り窓のついた扉が背後で閉まると、まるで夢から醒めたように、冬の香りのする冷たい風が頬に触れた。


「戻ったか。無事にカードは完成したのか？」

「はい。後は郵送で納品されるそうで、今日でお店に伺うのは最後でした。エーダリア様、ヒルドさん、素敵なお店を紹介していただき、また、送迎に騎士さんを付けていただき、有難うございました」

「この祝祭の季節に相応しい贈り物の手助けが出来たと、彼等も喜んでおりましたよ。特にヒウルは、人間から魔物への贈り物とあって、自身を重ね合わせて感慨深かったと」

リーエンベルクに戻ると、本棟の廊下で、騎士棟での打ち合わせを終えた帰り道だというエーダリアとヒルドに出会った。黄菊の魔物の一件以降、街へ出かける時にはきちんと許可を取るようにしたネアは、ちょうど二人に挨拶に行くつもりだったのだと話し、あらためて調香の魔物と鵲鴿の魔術師を紹介してくれたお礼を言う。実は、お礼の焼き菓子の箱を買ってきているのだが、さすがに廊下で渡すのは失礼なので、後で部屋に届ける事にした。

「あの魔物さんは、ヒウルさんというお名前なのですね」

「ええ。魔物としての正式な名前はまた別にあるようですが、私は、かつて彼が妖精だった頃の名前で呼んでおります」

そう微笑んだヒルドこそが、調香の魔物が話していた大切な友人である。

こちらの世界の贈り物の作法が分からなかったネアが、ディノへのカードや、イブメリアの贈り物についてエーダリアに相談したところ、たまたまその場に同席していたヒルドが、今年のカードの流行りや、調香の魔物の工房を教えてくれたのだ。

「……お前が彼等と知り合ってから、もう七年になるのか」

「ええ。休暇でこちらを訪ねた際に、あなたに紹介されてからの付き合いでしたが、幸いにも、最後は隣人として見送る事が出来るようになりました。明後日の議事堂での仕事の帰りに工房に寄る予定ですので、その日が別れの挨拶となるでしょう。彼は既に妖精ではなくなっておりますが、こうして、最愛の者の隣で生涯を終えられる元妖精を見送るのは、同族としてとても誇らしい事です」

「……とは言え、雪チューベローズの妖精達の再派生も、叶えば良かったのだが……。ウィームなら或いはと思っていたが、間に合わなかったな……」

「滅びた氏族の再派生は、それが叶い易い植物の系譜とは言え、かなりの時間がかかるものですよ。ですが彼は、魔物に転属した後に、人間に産まれ直した伴侶と巡り会えた強運の持ち主です。次の道筋では、再び雪チューベローズの妖精として派生するかもしれませんね」

調香の魔物は、かつて、ウィームより北に位置する小国の森に暮らす、妖精の王だったという。

馨しい香りを持つ雪咲きのチューベローズ、即ち雪チューベローズを司る妖精達の守護を受けたその国は、人間よりも妖精が多い、香水作りの盛んな美しい国だったそうだ。しかし、その国が大きな戦乱で滅び、雪チューベローズの妖精達も一人残さず殺されてしまった。一族と伴侶を滅ぼされた恨みを纏い魔物に転じた妖精王が、その悲劇の果てに、彼の伴侶であった記憶を辛うじて残した鶺鴒の魔術師と再会したのは、まさに奇跡としかいいようがない。

（こちらの世界では、前世の記憶を残す事を欠け残りと言い、あまり望ましい事ではないのだそうだけれど……）

しかし、そうして残された僅かな魂の痕跡があったからこそ、再会が叶って結ばれた夫婦である。

二人が共に暮らせた時間は決して長くはなかったそうだが、それでもと微笑んだヒルドは、かつての雪チューベローズの妖精王と同じように、己の一族の全てを失った妖精の王だ。そんな二人が、エーダリアを介してウィームで出会ったのも、小さな運命の為せる技なのかもしれない。

（でも、調香の魔物さんが亡くなられた後で、奥様もインクの魔術に成ってしまうそうだから、もうあの二人が生まれ変わりの果てに巡り合う事はないのだ……）

そう思うと寂しく思ってしまうのは、ネアという部外者の感傷でしかなく、当人達は、納得の上で今生を終えるのだろう。そして、そこから先はきっと、また別の誰かのものなのだ。

ウィームの魔術学院には、かつては雪チューベローズの妖精王だった調香の魔物が、じっくりと土壌の祝福を育てた花壇があるのだそうだ。そこは、まだ学生だった鵜鴒の魔術師と、非常勤の講師として学院を訪れていた調香の魔物が出会った場所であり、今は、雪チューベローズという花の復活を目指し、学生達が近しい品種の花を育てている。この世界の品種改良は魔術変化によるものであるそうで、ヒウルが祝福を授けた畑にはいつか、失われた筈の美しい花が咲くかもしれない。


イブメリアが近くなったある日、リーエンベルクには小さな荷物が届いた。

中身は分かっていたのだが、領主館の規則を守り、正規の検査をきちんと受けてからネアの手元に届けられた荷物からは、どこか懐かしくも感じるあの日に仕上げた香りが漂う。祝祭の日が近くなるのを待ってから初めてのイブメリアのカードを贈られたディノは、何回も何回も、嬉しそうにカードを開いては、飾り木の香りを揺らしてインクの魔術を奏でていた。

(私の、大切な魔物へ)

窓の外にはらはらと降る雪を眺め、近付いてきた祝祭に心を躍らせる。

雪影の落ちる部屋に柔らかなオルゴールの音が聞こえる度に、これからもネアは、あの日の工房での事を思い出すのだろう。

ホットワインとリノアール

ウィームで一番の祝祭は何かと問われたなら、イブメリアだと答えるべきだろう。

こちらに来てからまだ日が浅いネアですら、そう答えるべきだと知っている。

(だって、クリスマスなのだ……！)

この世界でのクリスマスに該当する祝祭、イブメリアが近くなったウィームでは、家々の扉に艶やかな赤い実のリースが見られるようになり、街灯にも、既に祝祭の飾りがかけられている。あちこちで祝福石や魔術の火を灯したクリスマスツリーに相当する飾り木が煌めき、晩秋の彩りをある日に一瞬で白銀に塗り替えたばかりの雪景色の街並みを、今度はおとぎ話の世界に変えてみせた。

それだけでもう、この季節に恋をしてしまったネアは、リーエンベルクの中庭に通じる扉のリースを見るだけでも、わくわくと心が弾むのだ。

(クリスマスをこんな風に楽しめるのは、両親が生きていた頃以来だもの……)

誰かと華やぐ街を歩いたり、共にケーキを食べたり出来るのは、どれだけ久し振りだろう。

祈るような思いで、そして、胸の痛みを堪えて見上げていた綺麗な光の瞬くツリーは、この世界では、ぼうっと魔術の火が燃えるランタンや青白く燃える薔薇、そして、祝福結晶や星屑の光を宿した不思議なオーナメントをかけた飾り木になった。

(ウィームの街並みに、クリスマスツリー……飾り木がどれだけ似合うかなんて、言うまでもない)

ウィームの色相は、青みに偏るのだそうだ。

これは、冬の系譜の守護の厚さが土地に与える影響で、確かに、秋の紅葉以外のところで橙色や黄色みに偏る色彩はあまり見かけない。立ち並ぶ街路樹や森の木々は白緑色やセージグリーン、そして青緑が中心となり、豊かな土地の魔術のお蔭で、冬でも、冬薔薇や霧紫陽花に雪ライラックの花が満開になる。薄っすらとかかる霧は僅かに水色や藤色が滲み、雪明かりの森では細やかな妖精の光がちかちかと揺れるのだ。そんな風景に、清廉な白い雪がはらはらと降り積もる様子は、それはもう、息を呑む程に美しかった。

「ディノ。今日は、街の屋台で美味しい焼き菓子を買いましょうね。ホットワインも試してみましょうか」

「……うん」

リーエンベルクを出て街に買い物に行く日、ネアは、朝からうきうきしていた。

このウィームでは、生活基盤の整っていない移住者の中でも、迷い子と呼ばれる資産などを持たずにこの地に迷い込んだ者に対し、生計を安定させる迄に支給される祝祭給付金というものがある。祝祭には、土地の魔術に根付き、祝福を循環させる儀式的な役割もある。だからこそ、祝祭を楽しむようにという運用なのだが、ネアは、その仕組みを知ってたいそう感心してしまった。

(みんなが楽しく過ごしている祝祭の季節に、金銭的な事情で何も得られないというのは、どれだけ惨めで苦しい事だろう……)

古い家の修繕費が嵩んだり、医療費だけで支払いが行き詰ってしまったりして、この世界に来る迄のネアは、何度そんな惨めさに涙を落としてきたことか。きらきらと光る窓の外の美しい風景を見上げ、何も食べる物がないばかりか、ストーブすら壊れてしまったひとりぼっちの家で、ぎゅっと目を閉じた夜もあった。そんなネアにとって、このウィームの祝祭給付金の制度は、ますますこの土地が好きになってしまう切っ掛けの一つにもなっていた。

人間ですら、心を翳らせると祟りものになってしまう世界に於いて、この気遣いが退けた災厄は少なくないだろう。残念ながら、既に領主館で雇用されていて、衣食住を賄っても充分なだけのお給金を貰っているネアには、正規の財源からは支給されないものだ。しかし、そのような補助制度を整えた土地らしい気遣いで、エーダリアから祝祭用のボーナスを上乗せした給金を貰っている。

溜め息がこぼれる程に美しい街並みを眺め、街歩きを楽しめるお小遣いを胸に、今日は何をしようかと思うだけで心がぴょいんと弾んでしまうのは、致し方ない事と言えよう。屋台での買い食いが初めての魔物は少し不安そうだが、あまり表情は変わらずとも内心は大はしゃぎのネアに気付いたのか、こちらを見て僅かに唇の端を持ち上げていた。


かくして二人は、ウィームの街に向かった。

「まぁ！　この通りの木々にも、オーナメントが飾られているのですね……」

リーエンベルク前広場から続く二重並木の道を真っすぐに進めば、ウィームの市街地がある。そして、驚くべきことに、そんな並木道の木々にすらオーナメントのような飾りがそこかしこにかけられているではないか。そんな光景を見せられてしまったネアは、リーエンベルクを出てすぐの所でもう興奮してしまう。おまけに、きらきらしゃわんと光る祝祭飾りの隣には、枝の上でもふもふの毛を膨らませていた栗鼠のような妖精達が嬉しそうに飛び跳ねていた。歩道に視線を戻せば、艶々とした赤い林檎を報酬に、せっせと歩道の雪かきをしている雪兎のような妖精もいる。

ウィームでは、ご近所住まいの小さな隣人達の力を借りる事で、人家などがないような所の歩道までもが綺麗に除雪されているのだそうだ。魔術が潤沢で真冬でも花が咲く土地とは言え、冬場はやはり食べ物の確保が難しくなる。こうした外で暮らす生き物達にとって、除雪作業で貰える林檎は大事な生活の糧になるのだという。

「ネア、何かあるといけないから、三つ編みを持っておいで」

「ディノ……公共の場では、やめましょうか」

「また迷子になったら困るだろう？」

優しく微笑んでそう言われてしまうと、パーシュの小道に迷い込んだ過去を持つ人間は、ぐうの音も出ない。ぎりりと眉を寄せ、たいへん恨めしい思いで、差し出された三つ編みを見つめた。

確かに、この世界にはそこかしこに魔術の不思議が溢れており、人外者達もあちこちに居る。安全の確保という意味では、三つ編みを手に持っておくというのは手堅い手段なのかもしれない。

安全性と精神の安定を秤にかけて暫し悩んだが、街中に出るまではという約束で結局三つ編みを受け取ったネアは、殉教者のような気高い心で、高位の魔物の三つ編みをリードのように引っ張った。

ディノは、そのままの色彩で街に出るとあまりにも多くの悲劇を招いてしまうので、魔術的な擬態をして青灰色の髪色になっている。さりげなくネアとお揃いの髪色にしてくるので少しぞくりとしたが、造作には天と地程の差があっても、少しだけ親族のように見えるという利点もあった。

（これでどうにか、兄妹だから三つ編みリードなのだと思っていただけないだろうか……！）

そんな事を考えながら空を見上げれば、先程までの雪は降り止み、吐き出す息が白くけぶる。微かに青く滲む雪空の灰色に、雪が積もった繊細な木々の枝葉がレースの縁取りのよう。そんな風景を背にこちらを見た魔物は、何と美しい事か。

本日の装いは、どこか軍服のようなかっちりとしたデザインが禁欲的な美しさを感じさせる濃紺のコートで、滑らかな手触りと縫製の優美なラインが、ディノの美貌を優雅に引き立てている。

なぜだか、あまりにも隔絶されたその美貌に僅かにひやりとしてしまい、ネアは、こちらを見た水紺色の瞳に微笑みかけた。長命高位の生き物らしく老獪にネアをエスコートしてもいい筈のこの魔物は、屋台で買い食いをするのが余程不安なのか、先程からこうして、少し歩く度にネアが側にいる事を確認してくるのだ。聞けば、誰かと屋台で飲み物や食べ物を買った事はないらしく、街に観光に出かけて、祝祭の為の買い物をするのも初めてだと言う。

（なんて美しくて困った……そして、なんて孤独な生き物なのだろう）

この世界の仕組みやその深淵の魔術についてはは理解していても、どうして人間が温かな香辛料入りの葡萄酒を飲むのかは知らない魔物は、あちこちの美しい祝祭の飾りつけを見ながらゆっくりと街までの道を歩き、博物館前の広場でホットワインの屋台の前に立つと、途方に暮れたような目でこちらを見るではないか。

「ディノ、これはホットワインの屋台です。ホットワインは、飲んだことはありますか？」

「……良く分からないけれど、あると思うよ」

「その時の、なかなか悪くないなだとか、美味しかっただとか、お味の感想を覚えていますか？」

「……覚えていないかな」

「では、私が一杯買って分けてあげますので、一口飲んでみて美味しかったら、ディノの分も買いましょうか。あちらに見本で置かれているカップの大きさで出てきてしまうので、買ってから美味しくないと思ったら悲しいですものね」

「……悲しいと、思うのかな」

自分の返答が正しいか分からないのだろう。不安そうに瞳を揺らしている魔物は、まるで寄る辺ない子供のようだ。そんな魔物が愛おしくなってしまうのだから、ずっと誰かを慈しみたくて堪らなかった孤独な人間もまた、なんと狡い生き物なのだろう。

「美味しくない飲み物をカップ一杯も押しつけられて、あなたの責任でどうにかし給えと言われたなら、きっと悲しいと思いますよ。ましてや、こんな風に皆さんが楽しそうに過ごしている中で、なぜ自分の手の中には美味しくない飲み物があるのだろうと、むしゃくしゃするに違いありません」

「……飲み物や食べ物を分け合うのは、親しい者同士にしか許されないことだと聞いているよ」

「……その問題を失念していました。私のカップから飲むのは、ディノも嫌ですよね。であれば……」

「え……」

ネアはここで、慌てて何かを言い重ねようとして言葉を失くしたものか、悲しげに睫毛を震わせた魔物を置いて屋台に向かうと、一杯のホットワインを購入してきた。未だに慣れない土地での硬貨の支払いには少し緊張するが、自由に嗜好品を買えるという喜びも大きい。ほこほこと湯気を立てるカップを手に戻ってくれれば、ぱっと瞳を輝かせたディノはまるで、見捨てられていなかったと言わんばかりの安堵の目をするではないか。

「はい。お先にどうぞ」

「……くれるのかい？」

「さては、誰かと、飲み物を分け合いっこしたことがありませんね？」

「そういうことはしないかな……」

「では、もし嫌でなければこれを一口飲んでみてください。ディノが最初の一口なら、口をつけるのも気にならないでしょう？　美味しければそれはディノにあげますし、もし気に入らなければ私が貰います。その際、私が同じカップから飲むのが気になるのなら、お店で新しい紙のカップを貰って移し替えますからね」

「……君が嫌でなければ、私は気にならないよ」

「まぁ、ではこれからも一緒に分け合いっこが出来ますね？」

「君は……私と飲み物を分けるのが、嫌ではないのかい？」

そう問いかけこちらを見た魔物に、ネアは、ふわりと微笑みかけた。不安そうな目をしたこの綺麗な生き物をぎゅっと抱き締めてやりたくなったが、さすがに、そうする訳にもいかない。

「まぁ！　どうして私が、ディノとの分け合いっこを嫌がるのでしょう？　ディノは私の契約の魔物ですし、こんな風に綺麗なツリー……飾り木のある美しい街に二人で遊びに来たのですから、美味しいものは是非に一緒に楽しみたいと思ってしまう、大切な同僚なのですよ？」

「……同僚」

なぜかその言葉にしょんぼりした魔物は、幸いにも、ホットワインが気に入ったようだ。選んだ屋台にはもう少し葡萄酒の風味が強めのものもあったが、ネアが注文したのは、果実やお砂糖の甘みのある、どちらかと言えば女性や子供向けの飲み易いものだ。なお、こちらの世界でもこの飲み物はホットワインと命名されているのが、たいへんに謎めいている。

（この世界には、私の生まれ育った世界と同じ意味を持っていて通じる言葉や固有名詞も多いけれど、見知った物とはまるで違う意味を持つ言葉も多い。……私の生まれ育った世界とはまるで違うように思えて、どこかや何かが、こうして重なる部分もあるのは不思議だな……）

ディノにも、その言葉の重なりの謎は分からないようだ。とは言え、この世界が生まれた頃から、異世界から招き入れた者はいなかったよと言えてしまう魔物なので、ネアのように他の世界から呼び落とされた誰かが残していった言葉という訳ではなさそうである。考えれば考える程不思議だが、どのような賢い人間よりもずっと多くの叡智を有している魔物が知らないのであれば、このようなものだと受け入れるだけでいいやと大雑把なネアは結論付けた。

はらはらと、粉雪が降る。

けれどもそれは、体に触れる前に消えてしまうような儚さで、二人は、壮麗な建物が美しい博物館や、小さな王宮のような造りの自然史美術館などを眺めながら、シナモンやドライフルーツの入ったイブメリアの時期限定の茶色い蒸しパンのような焼き菓子も買い、広場の屋台での買い食いをたっぷりと堪能した。

ディノは、余程ホットワインが気に入ったのか、空になった紙コップを持ち帰ろうとするので、それは捨ててゆくのがお作法なのだと教えると、悲しみのあまりに髪の毛がぱさぱさになってしまうくらいだ。そこでネアは、買い食いの際に提供される使い捨ての容器は、ご主人様からの贈り物ではないのだという説明をしなければならなかった。

そしてその次に向かったのが、ネアにとっては油断のならない敵、複合商店リノアールである。

ここは、高級百貨店のように様々な専門店を有した施設なのだが、残念ながら、楽しみにしていたエントランスホールの大きな飾り木がお披露目されるのは、三日後からであった。

「……誤算でした。てっきりもう、飾られているとばかり……」

「では、大聖堂の横の飾り木を見て帰るかい？　街に向かって歩いている時に先端が見えたから、そちらはもう飾られているようだ」

「……寄ってもいいですか？」

「うん。ではそうしようか」

すっかり意気消沈していたネアは、楽しみにしていた飾り木がそちらで見られると聞き、安心してリノアールを楽しめる精神状態を取り戻す事が出来た。

(何て美しいのだろう……！)

そうして心を整えてから見回せば、足を運ぶのは初めてではないが、最も華やかな祝祭の訪れが近付いたリノアールは、輝くような美しさと、心が弾むような賑わいの中にあった。

買い物客達の表情は楽しげで、ショーウィンドーに飾られた妖精の瓶に入った香水には、魔術仕掛けで粉雪が降り、瓶の周囲に小さな水色の薔薇が咲くようになっている。天井にはモミの木に似た飾り木の枝が飾られ、繊細な光の影を落とす硝子のオーナメントがあちこちに吊るされていた。

入り口で貰った、飾り木のお披露目イベントのお知らせのチラシには、本格的なイブメリアの内装になる前の今の時期の飾り付けも必見なのだと書かれている。言われてみれば確かに、最初のオーナメントをかけたばかりのツリーのような上品さがあるこの飾り付けも、祝祭本番の華やかさを予感させるような繊細さや上品さが、何とも美しい。

（……きれい）

唇の端を持ち上げ、素敵なお店が並ぶ店内を見回したネアは、期待と興奮に足踏みしたくなるのを必死に堪えていた。入り口を入ってすぐのエントランスホール近くには、贈答用の菓子折りや高価なお酒に、祝祭飾りなどの季節の品物の特設販売スペースが設けられており、否が応でも購買意欲を高めてくれる。

「いい匂いがしますね。この香りは、薔薇とオレンジでしょうか……」

「夜と雪の祝福の香りも混ざっているようだ。多くの人々が集まる店だから、災い除けの香を焚いているのだろう」

「まぁ、いい香りというだけではなく、そのような役割があるのですね！」

ネアの生まれ育った世界の高級百貨店とは違い、外気との魔術反応で変質しやすい化粧品などは、上の階の奥の方に販売区画があるらしい。その代わりに入り口付近を占めるのは、目を瞠るような祝祭向けの美しい贈り物の数々だ。エントランスホールの中央には、きらきらと水面を光らせる湖の畔の景色の一部が魔術移植されており、そこに贈り物の小箱を並べた装飾は、どこか祝祭の日を思わせる。風景を魔術で写し取り、調度品のように飾れるというだけでも驚きだが、湖畔に咲いた花々が柔らかな風に揺れ、湖の底には元気よく泳いでいる魚達の影まで見えた。

「このオーナメントは、森結晶に、夜の静謐の祝福石を嵌め込んであるのだそうです……」

売り物の小さなオーナメント一つを取っても、ネアにとっては魔法の宝物のよう。

息をするのも忘れそうになりながら、柔らかな店内の照明にきらきら輝くオーナメントを眺め、近くにあった硝子ケースの中に収められた、青く滲むような輝きがゆらゆらと光る素晴らしい首飾りに目を丸くする。

「何か欲しいものがあれば買ってあげるよ？　その首飾りを買って帰るかい？」

「ディノ、私はこういう買い物はあまり……好ましくありません。ほら、金額を見てください」

「金額……？」

「お、おのれ、庶民の前で、その不思議そうな顔をするのをやめるのだ！」

とは言え、あまりにも美しい首飾りに、ぽかんと見惚れてしまったのはネアなのだ。魔物の目には、それがきっと、この首飾りが欲しいという主張に見えてしまったのかもしれない。慌てたネアは、入店の際にわざわざ三つ編みを引っ張る運用はなしだと宣言したのをすっかり忘れ、むんずとディノの三つ編みを掴むと、魔物を連れて危険な売り場を離れる事にした。

（あ、危なかった……！）

このような高級商店の例に洩れず、入り口付近の展示ケースには、お客の期待値を高めリノアールの品格を示す為の、高価そうなものばかりが並んでいるではないか。金銭感覚に不安のあるディノから何かを買い与えられてしまう危険もあるし、お給金が入ったばかりのネアは、今日のお出かけの記念に、ディノに何かお土産を買ってあげると約束していたのだが、もし、ここにある物を欲しいと言われてしまったら大惨事になるところだった。

「いらないのかい？」

「ディノ。お土産なら、きっと、もっといい物が他のお店にありますよ？」

「でも、君はこういう物も好きだろう？」

魔物らしい、どこか老獪な眼差しで問いかけられ、ネアは途方に暮れてしまう。きらきらと光る美しい宝飾品を見るのは大好きだが、それは、購入して自分で使いたいという欲求には結ばないものだ。しかし、憧れと所有欲の線引きの曖昧さは、人間特有の欲求のような気がする。

欲しい物は手に入れるばかりの魔物に対し、人間は、価値を見出しても欲しくない物で、尚且つ、不要だからと打ち捨てられるとなるとそれもまた違うのだという品物が沢山ある。

過不足なく人間の強欲さと身勝手さを伝えるのに、こんな時はどのような言葉を選べばいいのだろう。どうしたものかなと考えたネアは、あの首飾りへの思いを説明するよりも、これが欲しいのだという品物を示した方がより明解なのではと思い立った。

（何か、もっと安価で、実際に買って帰りたいと思うような品物の売り場があれば……！）

その時のネアは恐らく、ご主人様が買いたい物がどの程度の品物なのかをディノに説明しようとして、いっぱいいっぱいだったのだろう。そもそも今回は、ディノのお土産を買いに来たのであって、ネアの欲しい物を探す会ではない。だが、そんな当初の目的を思い出してはっとした時にはもう、嵐のように心を揺さぶる、恐ろしい売り場に立っていた。

「ディノ……これは何ですか？」

「フィンベリアだね。気象が化石になったもので、その原石を研磨して加工しているんだ。石材としては事象石と呼び、家具や建材に使う事もある。……ほら、これは雪の夜が化石になったもの。こちらが朝焼けで、これは、夏の夜の雨だね」

「それだけではなく、中に小さな細工が入っています。こちらには聖堂があって、こちらには鳥さんがいますよ！」

「おや、石の中に手を加えて、風景そのものを切り取ったようにしたのかな」

「魔法のスノードームのようで、何て綺麗なのでしょう……」

ネアが足を踏み入れてしまった区画には、少しだけ表面がざらりとした水晶に似た石を、ぱかりと割ったような置物が幾つも並んでいた。人工的に割られた断面は硝子のように透明で、内包された自然気象は、深い森にはらはらと雪を降らせていたり、柔らかなヴェールのような霧雨で薔薇の庭園を濡らしていたりする。あまりの美しさと不思議さに、ネアはその場から動けなくなってしまい、隣に立った魔物がどこか満足気に深く微笑む気配がした。それなのにネアは、うっかり手に取ってしまったフィンベリアの一つを、どうしても、どうしても、商品棚に戻せずにいる。

（……綺麗）

両手で持てる程の石の中に、一つの風景が収まっているのだ。ネアの価値観では、どう考えても伝説の秘宝級の不思議な置物だが、何種類ものフィンベリアが商品棚に並んでいる様子からすると、こちらの世界では、それこそスノードームのような位置付けの品物なのだろう。そろりと周囲を窺い値札を捲ってみても、あまりの高価さにぱたりと息が止まってしまうような価格設定ではない。勿論、気軽にお買い上げ出来る程に安価ではないものの、有名な陶磁器メーカーの、小さめの置物くらいの価格であった。

「ネア、気に入ったのなら買えばいいのに」

「……やっぱり、これは買えません」

「この雪のものと、夜の雨のものも気に入ったのかい？」

「ディノ、これでは本末転倒と言うものです。今日はですね……」

「君だけでは、狡いと思わないかい？」

「……ずるい？」

そう問いかけたディノの声は低く甘く、優しい祝福を宿したクリスマスの日の朝のようだ。

ぱちりと目を瞬き、ネアは、こちらを見ている歌乞いの契約の魔物を見上げる。

「今日は、君ばかりが、私に色々なものを買ってくれているだろう？　どうか、私にも同じことをさせてほしいんだ」

「……私が買ったのは、食べ物ばかりですよ？」

「うん。でも、とても嬉しかったから、私もしたいな。君は、そういう事も望ましくないかい？」

（……嬉しかったから）

その言葉に、ネアは、未だに両手で持ったままでいるフィンベリアを見つめて考える。

ネアが、今日のお出かけでディノに何かを買ってあげたかったのは、もうずっと、誰かに贈り物をする事も出来ずに生きてきたからだった。自由にお金を使い、大事な人に贈り物をしたいという欲求は、孤独にひび割れていたネア自身の心を満たすものに他ならない。そしてそれは、例えようもないくらいに贅沢であたたかな事なのだ。

「……で、では、一つだけ……」

「幾つでも買ってあげるよ。これと、これかな」

「な、なぜ、私の欲しいものばかりを、正確に把握しているのだ！」

「こちらも欲しいかい？」

「一つで充分ですので、この二つで暫し悩ませてください！　いいですね？　まだ、店員さんを呼んではなりませんよ？」

とは言えこんな素敵な買い物に心が弾まない筈もなく、ネアは、喜びのあまりに口元をむずむずさせながら、二つのフィンベリアをしっかりと見比べて、その内の一つを選び上げた。

雪の降る夜の森に、聖堂と鹿の小さな置物が設置されたフィンベリアは、見ているだけでうっとりとするような美しい景色を卵型の石の中に閉じ込めている。このような商店での買い物となると苦手ではなくなるのか、店員を呼んでいるディノをちらりと窺えば、美しい魔物は、はっとする程に幸せそうに微笑んでいた。

（……うん。ディノが、幸せそうにしてくれているのなら、いいのかな）

強欲な人間は、欲しくて堪らなかったフィンベリアを買ってもらえた事にそんな理由を付け、綺麗な祝祭の絵の入ったリノアールの紙袋を見て、再び喜びに弾んでしまう。支払いが終わって大切な品物の入った袋をぎゅっと抱えると、幸せに頬を緩ませてディノにお礼を言った。

「ディノ、こんなに素敵な置物を買ってくれて、有難うございます。大事にしますね！」

「……可愛い。ずるい……」

しかし、ほくほくした気持ちでフィンベリアの入った紙袋を持って歩いていると、こちらを見たディノが、少し考え込むような目をするではないか。ネアなりに大事に持っているつもりだったのだが、もう少し慎重に持った方がいいのだろうかと慌てて視線を下に向ければ、また小さく微笑む気配があった。

「ごめんね、すぐに気付かなかったけれど、そうして持っていると重たいだろう。荷物は、部屋に届けておいてあげるよ」

「まぁ、こうして持っているのも楽しいのですが、そんな事も出来てしまうのですか？」

「うん。今度、君が荷物を持たずに済むように、装飾品などに加工した魔術金庫を用意しよう。金庫師の手配をしなければだね」

「それは、果たして一般人の持ち物に含まれるのでしょうか。私は、これ以上、庶民的な道筋から逸脱したくないのですが……」

安易に不思議道具を受け取ってはならないと思ってそう言ったのだが、魔術金庫は、人間の持ち物としてもさして珍しい品物ではないらしい。金庫師という職人が作るのだが、懐中時計型や鞄型など、生み出される金庫は職人ごとに違う。このような商店の店員達の持つ小さなポシェットや、騎士達の携帯する水筒などにも使われる空間魔術を応用しているのだと教えてもらい、ネアは、あらためて異世界の不思議な道具の魅力に胸を躍らせた。


リノアールには、様々な専門店や商品区画があった。

花々や夕暮れの色、雪明かりや星空から宝石を紡ぐ妖精の宝石店に、幾つもの魔術工房の品物を取り揃えたインク売り場。繊細なレースは、月明かりの乙女たちの工房の店舗に並び、柔らかな手触りの革製品は竜革で、一括りに竜革と言っても様々な種類の竜がいるのだそうだ。

おとぎ話の竜に憧れたネアには少しばかり刺激が強い話ではあるが、毛皮や皮革製品にされてしまう竜種は少なくないらしい。人間達に守護を与える、人型を持つ高位の竜種もいるそうだが、本来の姿を踏まえると獣の区分なのだろうなと、ネアは少しばかり悲しい思いで頷く。

繊細な花の模様や優美な連続模様を、細やかなエッチングにした硝子や泉結晶のグラスの専門店も多い。聞けば、これはウィームの伝統工芸の一つであるらしく、他にも、戦前は王家御用達だったという陶器工房もあるようだ。そちらは、白磁に深い夜青の染料で花模様やこのウィームを象徴するリースの絵付けをするのが伝統的な手法だと聞き、ネアは、リーエンベルクの食卓で見かける食器の歴史を思った。

「ディノ、この小さな鈴蘭のようなベルは、何に使うのでしょう？」

「魔術具のようだね。祝福結晶を使っているから、災い除けの一種ではないかな」

興味津々で品物を覗き込んだネアに気付き、商品説明をしてくれた店員によると、この、艶消しの淡い金色の輪に、鈴蘭の花のような水色の結晶石のベルを幾つも通した品物は、家の裏口などにかける、妖精除けの扉飾りなのだとか。

妖精達は、基本的には住人の招待がなければ家には入り込めないが、力を強める祝祭の日や夏至祭になると、住人の隙や魔術の揺らぎを衝いて忍び込もうとすることも少なくない。そんな時は、このベルリースを祝祭飾りの下に重ねてかけておけば、悪いものの侵食を防げるらしい。

「色々なお作法があって、様々な生き物がいるのですねぇ」

「欲しかったら買ってあげるよ」

「とても綺麗なものですが、我々のお家には必要ないかもしれませんね」

そう言えば、ディノは一瞬困惑したように瞳を揺らしてから、ゆっくりと頷いた。何か引っかかる言葉があったのだろうかと思えば、水紺色の澄明な瞳をきらきらさせて嬉しそうにしている。

「そうだね。……あの家には、必要がないものだろう」

「……ふと思ったのですが、ディノは、私に出会う前迄は、どこで暮らしていたのでしょう？　帰りを待っている方や、お屋敷の管理をされている方が、帰ってこないディノを捜していたりはしないですよね？」

「そのような者はいないよ。私の城には、私以外の他の生き物はいなかったからね」

「……という事は、野良的な……」

「野良、なのかな……」

集団生活をする者も多い他の種族の人外者とは違い、魔物は、単体での生活を好む生き物なのだという。とは言え、系譜の王として同系譜の生き物達を従え、城勤めさせている高位の魔物も多いようなので、一瞬、帰ってこない主人を捜している人達がいるのではとひやりとしてしまったが、幸いにも、ディノは野良魔物のようだ。何やら、城という不穏な単語が聞こえてきたような気もするが、魔物は、どのような階位であれ己の司る物の王となる生き物なので、我が家は総じてお城なのかもしれない。心の守り方を心得ている人間は、その問題は掘り下げてはならないと判断した。

（でも……こんな魔物が、どうやって一人で暮らしていたのだろう？）

この寂しがり屋な魔物がずっと一人でいたのなら、誰かに撫でてもらいたい日や、お喋りをしたい日はどう過ごしていたのだろう。そんな事を考えると、孤独という厄介なものの鋭利さをよく知っているネアは、勝手に心配になってしまう。ただ、人間には想像出来ないくらいの時間を生きる老獪な生き物の筈なのだから、友人や恋人達は当然居た筈だ。

（……けれども多分、この魔物は、孤独の形をよく知っている）

感情の動かし方の不馴れさを見ている限り、その扱い方は知らないのかもしれないが、孤独が孤独である限り、それは心を容赦なく食い荒らすのだ。

「……ねぇ、ディノ。私も、私のお家にずっと一人で住んでいたのですよ。それはとても長い間で、孤独は静かな繭のような安らかさもありましたが、こうして、誰かとお買い物に行く楽しさを得る事は出来ませんでした。……なので、もし良ければまた、お休みの日に一緒にお買い物や観光に行きませんか？　勿論、ディノに用事がなく、付き合ってもいいかなと思う時で構いません」

「うん。……いつだって、君と一緒に行くよ」

またお出かけしようと誘われた事は、ディノにとってはとても嬉しい事だったようだ。目元を染めて微笑んだ魔物がもじもじすると、近くのお店にあった結晶化した薔薇の蕾の花飾りがぽぽんと咲いてしまい、ぎょっとしたネアは、慌ててディノの三つ編みを掴んでその場から離脱した。


その後も二人は幾つもの店を見て回り、共用で使う、いい匂いのするボディークリームや、街並みの絵が美しいイブメリアのカードなどを購入した。

ディノが欲しがったのはどれも一緒に使うような物ばかりだったので、ネアは、最近になって入浴の楽しみを覚えた魔物の為に、好きな香りの入浴剤や極上の肌触りのタオルなどを買ってやる事にする。専用の木のスプーンで浴槽に入れる入浴剤に、魔物は目をきらきらさせて大はしゃぎだ。

「地下には、お菓子屋さんや、有名店のお惣菜屋さんなども入っているのですね。食べ物のお店は、市場に行かなければないのだと思っていました」

「ウィームは、食文化の豊かな土地なのだそうだ。人間は、食生活を育む土壌は豊かな方がいいのだろう？」

「ええ、勿論です。こちらの世界に来て何よりも嬉しかったのは、ウィームのお料理がどれも美味しい事なのですよ」

「……浮気」

「生活環境への賛辞は、どうか浮気の区分に入れないでくださいね。……そして、髪や瞳の色は違うような気がするのですが、あちらであれこれと調味料を購入されている男性は、どこかで見た事のある方ですね……」

食品売り場の一画に目を向けたのは、上品な焦げ茶色のカウンターのある店舗を見付けたので、紅茶のお店かなと思ったからなのだが、どうやら香辛料の専門店であるらしい。

そして、そこで買い物をしている背の高い男性の姿に、どうも既視感を抱いてしまうのだ。

いきなりネアに耳打ちされてしまった魔物はとても弱ってしまったが、片手で耳を押さえて狡いと呟きながらもそちらを見てくれて、問題の男性の姿に、すっと瞳を細める。

「……アルテアだね。特に悪さをしている様子はないから、私用の買い物なのではないかな」

「……となると、魔物さんにも、市場のお肉屋さんの袋を持ち、香辛料の量り売りのお店にやって来るという、なかなかに庶民的な一面があるのですね」

「あの紙袋は、市場のものなのだね……」

「念の為に補足すると、チーズ専門店らしきお店の袋と、お野菜の入った布袋も持っています。アルテアさんは、金庫とやらを使わない派なのでしょうか……」

「人間に擬態しているようだから、あまり魔術道具を使いたくないのだろう」

「お買い物の内容的に、まるでご近所さんのようです。……む、こちらに気付きましたよ」

「……行ってしまったね」

「……明らかにぎくりとしてから、足早に姿を消しました」

お買い物姿を見られて逃げてしまった魔物に、ネア達は顔を見合わせた。もしや自炊しているのかなという買い物袋の様子であったが、あの暗く残忍な微笑みの似合う魔物が、どんな感じに手料理を作るのかなと思うと心が迷路に入ってしまったので、ネアは、この問題も早々に棚上げする事にした。

「ディノ、リノアールの裏通りに、素敵なカフェがあるそうなのです。そこのメランジェが美味しいとゼノに教えてもらったので、ちょっとお茶をしてゆきませんか？　その帰りに、大聖堂の飾り木や歌劇場を見に行きましょう」

「……うん。そうしようか」

ディノは、知り合いの公爵位の魔物がご近所で食材を買い込んでいた事を知り、少しだけ動揺してしまったようだ。少し落ち着かせた方がいいと判断したネアの誘いに悲しげに頷くと、そっと爪先を差し出してくる。渋々その爪先を踏んでやりながら、ネアは、魔物もお料理の際にエプロンなどをつけるのかなと、取り留めのない事を考えていた。

隣でしょんぼりしている契約の魔物にも、まだまだネアの知らない不思議があるのかもしれない。

あとがき

初めまして。桜瀬彩香と申します。

この度は、「薬の魔物の解雇理由」をお手に取っていただき、有難うございました。

初めての書籍化作業にあたり、大勢の方々にご指導やご助力をいただき、無事に書籍となりました「薬の魔物の解雇理由」を、読んでいただき有難うございます。

長い物語の最初の一冊となる本作ですが、「小説家になろう」の連載では、オムニバス形式に近い構成となっていたものを、今回の書籍化にあたり、再構成しております。どちらかと言えば、ウィームの住人達の日記のようでもあるウェブ版に対し、書籍版では、見知らぬ世界に呼び落とされたネアが辿る物語に、主軸を置かせていただきました。

「薬の魔物の解雇理由」は、おとぎ話の魔法を得られなかったネアハーレイが、おとぎ話の魔法によく似たものが溢れる、美しく奇妙な世界に招かれて始まる、再生のお話です。

舞台となるウィームは、クリスマスに相当する祝祭「イブメリア」の庭。物語の全編を通して、そんな祝祭を彩り、薬の魔物の生活の中のお守りであるリースが、作品の象徴となっております。

一人ぼっちのネアが、見知らぬ世界で編み上げてゆくリースは、丁寧に時間をかけて沢山の花々や木の実、枝葉を集め、今はまだ不器用なディノが綺麗なリボンをかけてくれる頃には、毎日帰る家や、大事な家族という宝物を縁取る、最高の額縁になるのかもしれません。

異世界に迷い込んだ筈のネアハーレイが、本当はどこから来たのか。ネアがウィームに呼ばれたのは、なぜだったのか。そんな物語の入り口を、一緒に覗き込んでいただければ嬉しいです。

また、本作には、こっそりと、ガイドブックとしての役目を持たせています。

もし、クリスマスの朝や夏至祭の夜に、深い霧の日や雨の日に、橋の向こうや扉の向こうにある見知らぬ土地に迷い込んでしまった時には、本作をガイド代わりにしてみて下さい。そのまま暮らすようであれば、食べ物が美味しくて、迷い子の支援制度が整っているウィームがお勧めですが、その他の土地や国についても、続く薬の魔物の物語の中でご紹介してゆければと思っております。

最後に。ウィームに繋がる窓の前から頑固に動かなかった私を、根気強く見守って下さった皆様へ、心より御礼申し上げます。皆さんの励ましの声を頼りによろよろと前に進んだところ、このような幸運に出会う事が出来ました。初めて読んでいただけた方、どうかまた、薬の魔物の世界に遊びに来ていただけますように。ＴＯブックスのご担当者様や、イラストをご担当下さったアズさんにも、心よりの感謝を申し上げます。一足先に橋の向こうへ探索に出かけてしまった、大切な家族や友人達の元へは、いつか必ず、出来上がった本を持ってご報告に伺いますね。

これからも、ネア達の物語をお届けしていければと思っておりますので、懲りずにお付き合いいただけますと嬉しいです。

薬の魔物の特別図鑑

Special Pictorial Book

解説
桜瀬彩香

イラスト：アズ

支給着（背面）

リーエンベルクからの支給服。ネアの可動域が観測される前に

用意されてしまった為、魔術師としての装束だった。

ディノのリボン

ふっくらと厚手で

滑らかな手触りの、

リボン専門店で購入した

天鵞絨《ビロード》のリボン。

ディノの宝物。

結晶石飾りの守護帯

ウィームの魔術師の

装いによく見られる、飾り帯。

飾り石は、守護や

魔術補給の役割だけでなく、

人外者に襲われた際には、

鎮《しず》めの品として使う事も出来る。

ネアに合うとされた飾り石は、

雪と霧雨《きりさめ》の祝福結晶だった。

妖精刺繍のドレスリボン

ウィームの

伝統産業の一つである、

妖精刺繍を施したドレスリボン。

魔術式を図柄に変換し、

守護の術式が精緻に

表現されている。

リーエンベルクの庭園に咲く薔薇

ウィームでは、花びらの多いカップ咲きの薔薇が主流。

冬と雪の系譜の強い土地なので、淡い水色から紫系統の

薔薇が多く、黄色がかった赤や黄色、橙色などの薔薇は咲かない。

リーエンベルクの庭園では、魔術階位の高い白薔薇も何種類か育てられている。

ウィームの磁器

ウィームの色とされる白と青で成る、
白磁に青色の繊細な花模様の
絵付けがある磁器は、
王立の製陶所が閉鎖された今は、
幾つかの工房でのみその技術が引き継がれている。
リーエンベルクで使われているのは、
王立の製陶所時代に作られた品。
ウィームの伝統的な磁器として、領外でも人気がある。

リーエンベルクの朝食

エーダリアの嗜好もあり、ウィームの伝統料理や家庭料理が多い。

●オレンジと紅茶のパン、
ブリオッシュ、ホイップバター

●クネルの入った牛コンソメのスープ

●ボイルした白いソーセージ

●ソーセージのソースにもなる
ポテトグラタン

●焼き栗や揚げ野菜を散らしたサラダ

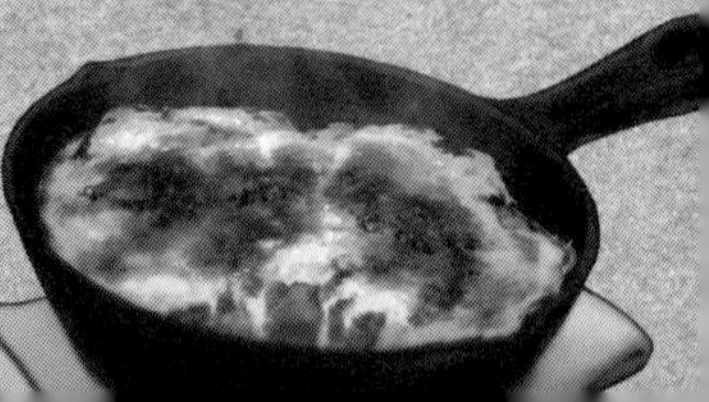

季節のリース

生活に取り入れられた儀式魔術の道具となるリースは、
イブメリアの祝祭の中心となるウィームの象徴の一つでもあり、
「門」や「封印」という魔術的な意味を持つ。
統一戦争前は王都だったウィーム中央は、
リースを模した形を街路樹や建物の配置で象ることで、
土地の魔術基盤が整えられている。
季節や祝祭に合わせ、様々なリースを使い分ける。

ディノが集めてきた宝物

●あわいの回廊にあった魔術書

●森の精霊の持っていた王冠

●教会の聖遺物だった
錫杖(先端はまだ秘密)

●王都にあった
火竜の卵

●雪の精霊ラムネルの
毛皮

魔術書

エーダリアが、ネアとの魔術誓約に使った魔術書。
魔術が揺らがないように、
鎮静効果のある花枝を添えてある。
ネアの特性を見て、この契約では、
雪白と祝祭の魔術書が使用された。

私のものから、手を離してもらおうか
オリジナルグッズ好評発売中！
中！

ディノ、
私はここに
居ます
助けに来て
戦場に落とされたネアは、
大事な魔物《ディノ》の下へ
戻ることはできるのか——？
3
薬の魔物の解雇理由
Ayaka Sakuraze
桜瀬彩香
Border
イラスト：ボーダー
好評発売

2025年1月から
TVアニメ放送開始!
U-NEXT・アニメ放題で最速配信決定!
没落予定の貴族だけど、
暇だったから魔法を極めてみた
©三木なずな・TOブックス/没落貴族製作委員会

COMICS

［漫画］秋咲りお

※8巻書影

最新話はコチラ！→

コミックス❾巻
今冬発売予定！

NOVEL

［イラスト］かぼちゃ

原作小説❾巻
10月19日発売予定！

SPIN-OFF

［漫画］戸瀬大輝

最新話はコチラ！→

「クリスはご主人様が大好き！」
コミックス
今冬発売予定！

ANIMATION

STAFF

原作：三木なずな『没落予定の貴族だけど、暇だったから魔法を極めてみた』（TOブックス刊）
原作イラスト：かぼちゃ
漫画：秋咲りお
監督：石倉賢一
シリーズ構成：髙橋龍也
キャラクターデザイン：大塚美登理
音楽：桶狭間ありさ
アニメーション制作：スタジオディーン×マーヴィージャック

CAST

リアム：村瀬 歩
アスナ：戸松 遥
ラードーン：杉田智和
ジョディ：早見沙織

詳しくはアニメ公式HPへ！

botsurakukizoku-anime.com

シリーズ累計 80万部突破!!（紙＋電子）

アニメ化決定!!!!!

COMICS

第6巻
2025年
発売!

※第5巻書影 イラスト:よこわけ

コミカライズ大好評・連載中!

CORONA EX コロナEX TObooks

https://to-corona-ex.com/

DRAMA CD

好評
発売中!

CAST
凪蝶:久野美咲
レグルス:伊瀬茉莉也
アレクセイ・ロマノフ:土岐隼一
百華公主:豊崎愛生

白豚貴族ですが前世の記憶が生えたのでひよこな弟育てます

shirobuta
kizokudesuga
zensenokiokuga
haetanode
hiyokonaotoutosodatemasu

シリーズ累計
50万部
突破!
(電子書籍を含む)

シリーズ公式HPはコチラ!

本がなければ作ればいい――
原作小説
（本編通巻全33巻）
第一部
兵士の娘
（全3巻）
第二部
神殿の巫女見習い
（全4巻）
第三部
領主の養女
（全5巻）
第四部
貴族院の自称図書委員
（全9巻）
第五部
女神の化身
（全12巻）
ハンネローレの貴族院五年生1
好評発売中！
決定！
ありがとう、本好き！
シリーズ累計
1100万部突破！
（電子書籍を含む）
アニメーション制作：WIT STUDIO
TOジュニア文庫
コミックス
第一部
本がないなら作ればいい！
（漫画：鈴華）
第二部
本のためなら巫女になる！
（漫画：鈴華）
第三部
領地に本を広げよう！
（漫画：波野涼）
第四部
貴族院の図書館を救いたい！
（漫画：勝木光）

夢物語では終わらせない
ビブリア・ファンタジー
ふぁんぶっく
1～8巻
ドラマCD
1～10
ミニマイングッズ
椎名優描き下ろし
第三部「領主の養女」
アニメ化
本好きの
下剋上
司書になるためには
手段を選んでいられません
香月美夜
miya kazuki
イラスト：椎名 優
you shiina
Story
とある女子大生が転生したのは、識字率が低くて本が少ない世界の兵士の娘。いくら読みたくても周りに本なんてあるはずない。本がないならどうする？　作ってしまえばいいじゃない！
兵士の娘、神殿の巫女、領主の養女、王の養女――次第に立場が変わっても彼女の想いは変わらない。
本好きのための、本好きに捧ぐ、ビブリア・ファンタジー！
詳しくは原作公式HPへ
https://www.tobooks.jp/booklove

薬の魔物の解雇理由

2021年9月1日　第1刷発行
2024年9月5日　第2刷発行

著　者　桜瀬彩香

発行者　本田武市

発行所　TOブックス
〒150-0002
東京都渋谷区渋谷三丁目1番1号　PMO渋谷Ⅱ　11階
TEL 0120-933-772（営業フリーダイヤル）
FAX 050-3156-0508

印刷・製本　中央精版印刷株式会社

ISBN978-4-86699-308-9

Printed in Japan